सच्चिदानन्द हीरानन्द वात्स्यायन 'अज्ञेय'

7 मार्च, 1911—4 अप्रैल, 1987

स्वतंत्रता आन्दोलन में क्रान्तिकारी के रूप में भागीदारी से सार्वजनिक जीवन की शुरुआत। प्रयोगवाद एवं नई कविता के शीर्षस्थ कवियों में से एक। उपन्यास, कहानी, यात्रा-वृत्तांत, डायरी आदि विधाओं में भी उल्लेखनीय लेखन। हिन्दी और अंग्रेजी में अनेक पत्रिकाओं का सम्पादन। प्रसिद्ध 'तार सप्तक' शृंखला के सम्पादक। 'साहित्य अकादेमी पुरस्कार' और 'भारतीय ज्ञानपीठ पुरस्कार' से सम्मानित।

सम्पादक

ओम निश्चल

वरिष्ठ कवि, आलोचक, निबन्धकार और सम्पादक। कविता और आलोचना की कई किताबें प्रकाशित। कुँवर नारायण और कैलाश वाजपेयी पर साहित्य अकादेमी के लिए विनिबन्ध। बैंकिंग में हिन्दी के प्रयोग पर अनेक पुस्तकें। 'आचार्य रामचन्द्र शुक्ल आलोचना पुरस्कार' सहित अनेक सम्मानों से सम्मानित।

शृंखला सम्पादक

बद्री नारायण

हिन्दी के महत्त्वपूर्ण कवि और समाजविज्ञानी। कविताओं के चार संग्रह प्रकाशित। हिन्दी और अंग्रेजी में अनेक किताबों के लिए चर्चित। आजकल गोविन्द बल्लभ पंत सामाजिक विज्ञान संस्थान के निदेशक। 'भारतभूषण अग्रवाल पुरस्कार' और 'साहित्य अकादेमी पुरस्कार' सहित अनेक महत्त्वपूर्ण सम्मानों से सम्मानित।

शृंखला संयोजन

डॉ. सूर्य नारायण
डॉ. विवेक निराला
डॉ. सुबोध शुक्ल

विचार का आईना

कला ✦ साहित्य ✦ संस्कृति

अज्ञेय

सम्पादक

ओम निश्चल

शृंखला सम्पादक

बद्री नारायण

लोकभारती पेपरबैक्स

लोकभारती पेपरबैक्स में
पहला संस्करण : 2023

लोकभारती पेपरबैक्स : उत्कृष्ट साहित्य के लोकप्रिय संस्करण

लोकभारती प्रकाशन
पहली मंजिल, दरबारी बिल्डिंग, महात्मा गांधी मार्ग
प्रयागराज-211 001
द्वारा प्रकाशित

शाखाएँ : 1-बी, नेताजी सुभाष मार्ग, दरियागंज, नई दिल्ली-110 002
अशोक राजपथ, साइंस कॉलेज के सामने, पटना-800 006

वेबसाइट : www.lokbhartiprakashan.com
ई-मेल : info@lokbhartiprakashan.com

बी.के. ऑफसेट
नवीन शाहदरा, दिल्ली-110 032
द्वारा मुद्रित

मूल्य : ₹250

Vichar Ka Aina
Kala Sahitya Sanskriti
AJNEYA
Edited by Om Nischal

ISBN : 978-93-92186-96-7

दो शब्द

कला, साहित्य, संस्कृति, लोकभारती प्रकाशन की एक अनूठी पुस्तक शृंखला है जिसमें भारत के मनीषियों, रचनाकारों एवं चिन्तकों के कला, साहित्य एवं संस्कृति पर केन्द्रित आलेखों, विचारों एवं साहित्य और अभिव्यक्ति की अनेक विधाओं में अभिव्यक्त चिन्तनपूर्ण गद्यों का संकलन किया गया है।

आज के बाजारवाद के दौर में कला, साहित्य एवं संस्कृति को बचाए रखने के लिए यह जरूरी है कि हम अपने लेखकों, कवियों, मनीषियों, राजनीतिक द्रष्टाओं के कला, साहित्य एवं संस्कृति विषयक विमर्शों को याद करें एवं उनसे अपने को जोड़ें। ये विमर्श ही हमारी रचनाशीलता पर उपस्थित खतरों से हमें बचा पाएँगे। आज तो हमारी सामाजिकता पर भी खतरे उपस्थित हो गए हैं। मुझे तो लगता है कि कला, साहित्य एवं संस्कृति न हो तो समाज नहीं, समाज नहीं तो हम नहीं। फिर प्रश्न उठता है कि कला, साहित्य एवं संस्कृति को सत्ता एवं बाजार से कैसे बचाया जाए। मुझे तो लगता है कि खुद साहित्य, कला एवं संस्कृति में निहित, प्रवाहित, अभिव्यक्त हो रहे विचार ही साहित्य, कला एवं संस्कृति को बचा पाएँगे। उन विचारों को जितना स्मरण एवं पाठ किया जाएगा, उतना ही कला, साहित्य एवं संस्कृति के बचने के स्पेस हम निर्मित कर पाएँगे।

यह शृंखला न केवल हिन्दी वरन् अनेक विश्व भाषाओं में इसलिए विशिष्ट है क्योंकि इसमें भारतीय लोक एवं समाज चिन्तन की वैचारिक छाया भी मौजूद है। इस शृंखला में शामिल चिन्तकों एवं लेखकों का चयन एक अत्यन्त संवेदनशील विद्वानों के समूह ने किया है। साथ ही इसमें हरेक खंड के सम्पादक अपने-अपने क्षेत्र के महत्त्वपूर्ण नाम हैं।

शृंखला के इस खंड को प्रसिद्ध आलोचक श्री ओम निश्चल ने तैयार किया है। यह खंड हिन्दी के महान कवि श्री सच्चिदानन्द हीरानन्द वात्स्यायन 'अज्ञेय' पर केन्द्रित है। अज्ञेय जी महान कवि तो थे ही साथ ही अत्यन्त अन्त:दृष्टिपूर्ण चिन्तक भी थे। एक महान कवि का गद्य भी महान होता है। उन्होंने समय-समय पर अपने अत्यन्त प्रभावी गद्य के माध्यम से भारतीय कला, साहित्य एवं संस्कृति पर अत्यन्त चिन्तनपूर्ण गद्य की सर्जना की है। यह गद्य आलेखों, टिप्पणियों एवं संक्षिप्त निबन्धों

के माध्यम से अभिव्यक्त हुई है। अज्ञेय जी के चिन्तन में ज्ञान, अनुभव एवं अन्त:दृष्टि का चमत्कारिक समन्वय देखने को मिलता है। उनकी चिन्ताएँ सभ्यता, समाज, कला, साहित्य, राजनीति के अत्यन्त व्यापक परिदृश्य समेटे हुए हैं। आधुनिकता की दृष्टि एवं विचार पर भी गहन-चिन्तन एवं मनन करते रहते थे। इस प्रकार आधुनिकता, सभ्यता राजनीति के साथ ही भारत जैसे साभ्यतिक राज्य में कला, साहित्य एवं संस्कृति की दृष्टि क्या हो, इस पर अज्ञेय जी से ज्यादा अन्त:दृष्टिकोण शायद ही हमें मिले। ओम निश्चल जी ने बहुत ही लगन एवं लगाव से यह संकलन तैयार किया है। विचारों का अद्‌भुत संयोजन आपको इस संकलन में मिलेगा। यह संकलन पाठकों, छात्रों, शोधार्थियों, सांस्कृतिक अभिरुचि की बौद्धिक जनता, समाज एवं साहित्य चिन्तन से जुड़े लोगों एवं सामान्य पाठकों के लिए महत्त्वपूर्ण हो सकेगा, ऐसा विश्वास है।

—बद्री नारायण

गोविन्द वल्लभ पंत सामाजिक विज्ञान संस्थान

प्रयागराज-2110019

अज्ञेय का कला, साहित्य एवं संस्कृति-चिन्तन

कभी अज्ञेय ने लिखा था *मैं गाता हूँ अनघ सनातनजयी*। अज्ञेय भारतीय परम्परा और आधुनिकता के छोर पर सन्तुलन से पाँव टिकाए ऐसे रचनाकार थे जिनके लिए कविता, कहानी, उपन्यास, टीप, निबन्ध, सब मनुष्य के चिन्तन की ही छितरी-बिखरी इकाइयाँ थीं जिनके माध्यम से वे मनुष्य के सुख-दुख कहते थे। उनके भीतर एक स्वायत्तचेता मनुष्य विद्यमान रहा है जो किसी विचार विशेष की छाया में पल-पुस कर बड़ा नहीं हुआ बल्कि विचारों की विश्वव्यापी सरणियों से गुजरता हुआ स्वयमेव अपनी नित नई राहें तलाशता रहा। अज्ञेय कवि थे, किस्सागो थे, चिन्तक थे, अनुवादक थे, कलाकार थे, तमाम फन में माहिर थे, अन्त तक सीखने की ललक से भरे एक जिज्ञासु बने रहे। जब चलाचली की बेला होती है वे पेड़ पर घरौंदा बना रहे थे और मुस्कराकर पूछ रहे थे, "ऐसा कोई घर आपने देखा है?" यह उनका आखिरी संग्रह था जो उनके जीते जी निकला था तथा इस संग्रह तक आकर वे कविता की वाचिक भंगिमाओं में उतर चुके थे। वे पंजाबी भाषा-भाषी थे किन्तु पुरातत्त्वविद् पिता के साथ अनेक जगहों में आना-जाना होता रहा। देश को समझने में उन आवाजाहियों ने बड़ी मदद की। वे सेना में रहे जहाँ से उन्होंने न केवल फौजी कार्रवाइयाँ सीखीं बल्कि अनुशासन भी सीख लिया। उनके जीवन में जिस तरह का संयम दीख पड़ता है, वाचालता के इस युग में उन्होंने जिस मितभाषिता का परिचय दिया वह काबिलेगौर है।

अज्ञेय की निगाह एक लेखक की ही नहीं, एक कलाकार, कलामर्मी और चिन्तक की निगाह थी। वे रचते थे और सोचते थे। सोचते थे और रचते थे। उनका कुछ भी लिखा अप्रयोजनीय नहीं है। उनका क्राफ्ट बहुत मँजा हुआ था। वह गतानुगतिकता का हामी न था। वे विश्ववैचारिकी को अपनी वैचारिक सेहत को दुरुस्त करने के लिए आवश्यक मानते थे पर उसके प्रभाव की छाया से भरसक बचते भी थे। उनमें भारतीय पुरास्थलों, मिथकों से भी एक खास तरह की प्रीति थी तथा वत्सलनिधि की रचनात्मक यात्राएँ उनकी इसी सांस्कृतिक अन्तर्दृष्टि का साक्ष्य हैं। उन्होंने जीवन में अनेक सुचिन्तित व्याख्यान दिए, साहित्य सर्जना और तत्त्वचिन्तन को छूनेवाला दिक्-काल सम्बन्धी अनेक विषयों पर अपनी बातें रखीं तथा अपने को कभी तत्त्वचिन्तक के

रूप में स्वीकार नहीं किया यद्यपि उनकी दार्शनिक प्रत्यभिज्ञा और चिन्तन तार्किकता का अनन्य उदाहरण हैं।

देखा जाए तो अज्ञेय का सम्पूर्ण लेखन एक बड़े वृत्त और परिधि का लेखन है। उनका जीवन अनुभवों के एक बड़े और वैविध्यपूर्ण कालखंड से होकर गुजरा है। उन्होंने अपने व्यक्तित्व से हमारे समय की सर्जना को केवल पल्लवित-पुष्पित ही नहीं किया बल्कि विधाओं के विविधीकरण से उन्होंने उसे अनेकायामी विस्तार दिया। उसे सार्थक सम्प्रेषण से जोड़ा और भारतीय मनीषा के उत्कर्ष का अहसास कराया। उनके लेखन में कलात्मकता थी, यथार्थ का बहुत बारीक विन्यास था। वह समसामयिकता से आक्रान्त न था, शाश्वत और सनातन के उद्घोष से परिचालित था। उनके देखने, निहारने, अवलोकने, रचने, पढ़ने, बहस करने सबमें एक खास तरह की कलात्मकता थी। उनके प्रति एक दौर में नकार का भाव विद्यमान रहा है किन्तु उससे वे विचलित नहीं हुए। परन्तु उनके जीवनोपरान्त उनके प्रति लोगों का दृष्टिकोण बदला। उन्हें लोगों ने पहचाना। उनके अवदान को रेखांकित किया। अज्ञेय इस तरह अक्षुण्ण प्रतिभा के धनी थे। अपने नाम के अनुरूप उनमें अज्ञेयता बनी रही। सरलता से न जाने जा सकनेवाली ऐसी प्रतिभा, जिसे जैसे अंगूर खट्टे हैं कहकर नकारा गया किन्तु वह अपनी अनघ सनातनजयी प्रतिभा से आज फिर अपनी लोकप्रियता और प्रासंगिकता के केन्द्र में हैं।

क्या साहित्य में उनके उठाए सवाल आज प्रासंगिक नहीं हैं? क्या भारतीय संस्कृति के बारे में उनका चिन्तन प्रासंगिक नहीं है? क्या देशकाल और इतिहासबोध को लेकर उठाए सवाल प्रासंगिक नहीं हैं? वे उन थोड़े से साहित्यकारों में रहे हैं, जिनकी एक *पब्लिक इंटेलेक्चुअल* की हैसियत थी। उन्होंने साहित्य में व्यक्ति को, व्यष्टि को महत्त्व दिया तो समष्टि को भी। अपने समय के यथार्थ से जुड़ते हुए उन्होंने एक संजीदा सम्पादक की भूमिका निभाई। *दिनमान* को वैचारिक ऊँचाइयों पर प्रतिष्ठित किया कि आज भी वैसी हिन्दी की संजीदा पत्रिका हमारे बीच नहीं है। अज्ञेय ने साहित्य, कला व संस्कृति को केन्द्र में रखते हुए कभी भी भाषा के प्रश्न को गौण नहीं समझा या बनने दिया। भाषा सदैव उनके चिन्तन के केन्द्र में रही। तभी तो वे कहा करते थे, "मैं अपनी भाषा में अनुक्षण अपने को जानता हूँ।" उनकी काव्यभाषा में लौहतत्त्व ज्यादा है। वह मौलिक चिन्तन की पोषक है। वह भारतीय अवधारणा की पोषक है। वह लोकशास्त्र, समय व समाज सभी से अनुप्राणित है। कविताओं में बीच-बीच में सलमे-सितारे की तरह टँके उनके कई शब्द, कई पदावलियाँ, कई मुहावरे उनके अपने हैं। वे अपने बीच के कवियों से सर्वथा भिन्न लिख रहे थे तथा जैसा कि कहा जाता है गद्य कवियों की कसौटी है; उनका गद्य इसकी निर्भ्रान्त मिसाल है।

अज्ञेय अपने समय के सभी ज्वलन्त सवालों से टकरानेवाले लेखक थे। हमारे यहाँ साहित्य को प्रयोजनीय माना गया है। निष्प्रयोजन कुछ भी नहीं है। संस्कृत के

आचार्यों ने काव्य के हेतु बताए हैं। एक वक्त था जब कला के लिए ऐसा ही सवाल बहुत उछाला गया कि क्या कला कला के लिए है या इसका कोई हेतु है? कोई उद्देश्य है? यह उन कवियों, लेखकों को केन्द्र में रखकर उछाला गया सवाल था जिनके यहाँ यथार्थ निरूपण के बजाय कला के स्थापत्य पर ज्यादा ध्यान दिया जाना दिखता था। ऐसे समय अज्ञेय ने कला के स्वभाव और उसके उद्देश्यों पर लिखते हुए कहा कि—"कला सामाजिक अनुपयोगिता की अनुभूति के विरुद्ध अपने को प्रमाणित करने का प्रयत्न-अपर्याप्तता के विरुद्ध विद्रोह है।" काव्य कला के बारे में वे वाल्मीकि की कथा का सन्दर्भ देते हुए वे कविता के उस स्वभाव की ओर इंगित करते हैं जिसके कारण वह मानव की आत्मा के आर्त चीत्कार का सार्थक रूप बन सकी। पर इसे वे दूसरे शब्दों में एक सुन्दर कल्पना भी मानते हैं। इसके पीछे वे मानवीय सौन्दर्यबोध को रेखांकित करते हैं और कहते हैं कि पहला कलाकार ऐसा ही प्राणी रहा होगा, पहली कलाचेष्टा ऐसा ही विद्रोह रही होगी, फिर चाहे वह रेखाओं द्वारा प्रकट हुआ हो, चाहे वाणी द्वारा, चाहे ताल द्वारा, चाहे मिट्टी के लोंदों द्वारा। इस तरह उन्होंने सिद्ध किया कि कला सामाजिक अनुपयोगिता की अनुभूति के विरुद्ध अपने को प्रमाणित करने का प्रयत्न—अपर्याप्तता के विरुद्ध विद्रोह है। इसे आगे वे स्पष्ट करते हुए कहते हैं कि कला सम्पूर्णता की ओर जाने का प्रयास है, व्यक्ति की अपने को सिद्ध प्रमाणित करने की चेष्टा है। यह कलात्मक क्रिया सदैव हमारी जाँच के दायरे में रहती है। उसका एक नैतिक मूल्यांकन निरन्तर होता रहता है। यानी दूसरे अर्थों में कहें तो सच्ची कला कभी अनैतिक नहीं हो सकती या प्रत्येक शुद्ध कला-चेष्टा में अनिवार्य रूप से एक नैतिक उद्देश्य निहित है, अथवा सच्ची कलावस्तु अन्ततः एक नैतिक मान्यता पर आश्रित है, एक नैतिक मूल्य रखती है। (अज्ञेय, सर्जना और सन्दर्भ, पृ. 18)

और अन्ततः वे इस निष्कर्ष पर पहुँचते हैं कि कला एक प्रकार का आत्मदान तो है और इस अर्थ में वह केवल नैतिक मान्यता के लिए बाध्य नहीं है, वह स्वान्तः सुखाय भी होता है। वे मानते हैं कि "कला कला के लिए झूठ नहीं है, वह अत्यन्त सत्य है लेकिन एक विशेष अर्थ में। यदि कला कला के लिए का अर्थ है निरे सौन्दर्य की खोज—किन्हीं विशेष सिद्धान्तों के द्वारा एक रासायनिक सौन्दर्य की उपलब्धि, तब तक वह कला कलाकार को कोई भी सुख नहीं दे सकती—न आत्मदान का, न आत्मबोध का, वह कला बन्ध्या है।" (अज्ञेय, वही, पृ. 19)

अज्ञेय ने कलाकारों के इतिहासबोध पर भी बात की है। ऐसे प्रश्न उन्होंने 'संस्कृति बनाम इतिहास : कल की समस्या' विषयक निबन्ध में उठाए हैं। इसमें भारतीय पारम्परिक चित्रकला का उदाहरण देते हुए उन्होंने उसमें इतिहास बोध के अभाव की चर्चा की है। चित्रकार बहुधा कलाकार न होकर कारीगर थे, लिहाजा उनकी शास्त्रीय शिक्षा अल्प होती थी या नहीं होती थी। लिहाजा बनाते तो थे वे रामायण,

महाभारत व भागवत के चित्र लेकिन युद्ध की पोशाक में समकालीन भारतीय सैनिकों के पोशाक ही दर्शाते थे, रामायण व महाभारतकालीन नहीं। इसलिए कला हो और उसमें इतिहासबोध न हो तो वह कला किस काम की? पर वे यह भी कहते हैं कि "किसी भी कला, चित्र, मूर्ति, काव्य, नाटक, नृत्य के लिए तथ्यमूलक इतिहास का बन्धन बिलकुल आवश्यक नहीं है। उसके लिए महत्त्व उस भाव सत्य का होता है जो कालातीत होता है, यानी कला के लिए मानवताबोध इतिहासबोध से बड़ा है।"

कवि का रास्ता बहुत आसान नहीं होता। वह देश, काल और परिस्थितियों में अनथक विचरण करता है। उसका विचरण किसी बीहड़ का विचरण है। कई बार उसके सामने उसकी ही बनाई कसौटियाँ बाधा बन जाती हैं। वह उनसे पार जाना चाहता है। किन्तु राह में बिछे उपकरणों और साधनों का वह क्या करे? अज्ञेय ने इस समस्या का निकट से अनुभव किया है। वे लिखते हैं, "कवि के लिए कागज, कलम, काली, शब्द, छन्द, ध्वनियाँ : फिर एक दूसरे स्तर पर लिखने का स्वाभाविक श्रम, संचित ज्ञान, अध्ययन, अनुभव : काव्यशास्त्र की परम्परा और काव्य का इतिहास, पहले का समस्त काव्य-भंडार और समकालीन काव्य-रचनाएँ—ये सभी साधन हैं, उपयोज्य हैं—और एक स्थल पर पहुँचकर ये सभी बाधाएँ जिनसे कवि को लड़ना है, निबटना है, उबरना है—और फिर एक अनजान बीहड़ में घुसना है।"

साहित्य में भाषा का प्रश्न अज्ञेय के लिए महत्त्वपूर्ण था। वह शायद ऐसा बुनियादी आयुध है जिसके बिना किसी साहित्यकार का काम नहीं चल सकता। सार्त्र ने 'वर्ड्स' लिखकर शब्द की सत्ता के साथ भाषा की भी निरवधि सत्ता का गान किया है। अज्ञेय कहते थे, भाषा कल्पवृक्ष है। जो उससे आस्थापूर्वक माँगा जाता है, भाषा वह देती है। इस अर्थ में अज्ञेय एक बहुत ही भाषासमृद्ध लेखक रहे हैं। अंग्रेजी में दीक्षित अज्ञेय ने अपने को भाषा में साहित्य में दीक्षित किया, संस्कारित किया। भाषा और साहित्य के लिए उनका उपार्जन उपेक्षणीय नहीं है। हिन्दी को लेखन की आधार भित्ति बनाने के पीछे उनकी यह धारणा बलवती रही है कि यह प्रतिष्ठानविरोधी भाषा है। इसी भाषा से आजादी की लड़ाई लड़ी है हमने। इस भाषा ने समूचे देश के भाषाई गठबन्धन को एक नए सूत्र में आबद्ध किया। सांस्कृतिक मूल्यों के प्रसार में इस भाषा ने अपना सहोदरत्व प्रमाणित किया। भाषा उनके लिए सामाजिक समावेशिता का एक अनन्य माध्यम लगती रही है तभी एक कवितांश में उनका यह कहना भाषा और राष्ट्र की समावेशिता को नैकट्य में बाँधना है।

यह भाषा
संपराय है
जिसमें विराट अपने को प्रकटाता है
और हर अंश उसमें अपने को पाता है।

भाषा और साहित्य की सर्जनात्मकता सदैव उनके लिए विचारणीय रही है। इस अर्थ में अपने सर्जनात्मक सम्प्रेषण के लिए भी वे सदैव प्रतिश्रुत रहे। एक निबन्ध में उन्होंने लिखा है, "भाषा एक सामाजिक समय है; समाज में सम्प्रेषण का आधार वही हो सकता है जो न केवल पूर्वानुमेय है वरंच जिसके प्रत्येक पद का एक निर्धारित मूल्य हो। इस अर्थ में भाषा एक और अनेक को परस्पर एक-दूसरे से बाँधती है। सर्जनात्मक भाषा समय से ऊपर उठाती है। अपूर्वानुमेय होती है, सम्प्रेषण की नई प्रणालियाँ ही नहीं, सम्प्रेष्य नया संसार भी रचती है। इस प्रकार रचनात्मक भाषा बन्धनों से मुक्त करती है और मुक्ति के नए गलियारे उद्‌घाटित करती है।" इस सन्दर्भ में विचार करते हुए उन्होंने माना है कि "काव्य और संगीत श्रेष्ठतर सम्प्रेषण हैं क्योंकि वे मुक्त हैं और मुक्तिदायक हैं। इस अर्थ में मूर्तिकला का सम्प्रेषण सबसे नीचे आता है।" भाषा को मुक्तिवाहिनी मानते हुए वे कहते हैं, "मन की तृप्ति, अतीन्द्रिय सुख, आनन्द, सबसे अधिक काव्य से मिलता है। भाषा मोक्षदा है, वह मनुष्य को नहीं, सुख को भी मुक्त करती है।"

उन्होंने काव्य में छन्द की भूमिका पर भी विचार किया है। छन्द उनके लिए भाषा का संगठन का नियमन है, काव्यभाषा की आँख है। छन्द शब्दों को मूर्त करता है, मुखर करता है, उसके ध्वन्याकार को आलोकित करता है। वे जहाँ साहित्य की स्वाधीनता और स्वाधीन चेतना की बात करते हैं, वहीं समाज को, सामाजिक प्रवृत्तियों को साहित्य की दुनिया से बाहर नहीं मानते। समाज में जो कुछ घटित होता है वह लेखक के भीतर रचनात्मक रूप से रूपान्तरित होता हुआ उसकी रचना में दिखता है। समाज की जो छाप लेखक पर पड़ती है उसी का प्रतिबिम्ब वह अपनी भाषा के माध्यम से प्रकट करता है। समाज का यथार्थबोध लेखक के यथार्थबोध से टकराता है तथा भाषा के माध्यम से वह गाँव, शहर, कस्बे के परिवर्तनशील परिदृश्य का चित्र उकेर पाता है।

साहित्य में सत्य का अपना मूल्य है। सत्येन वायवो वान्ति सत्येन तपते रविः। सत्येन धार्यते पृथ्वी सर्वः सत्ये प्रतिष्ठितम्। सत्य को लेकर हमारी अवधारणा यह रही है। लेखन में भी सत्य के मूल्य छितरे-बिखरे होते हैं। समाज को प्रायः सत्य का उतना भान नहीं होता जितना लेखक को। लेखक ही समाज और समय के सत्य को अवलोकित व परीक्षित करता है। वह सत्यान्वेषी है। वह सामाजिक अनुभवों को जिस तरह हमारे समक्ष परोसता है वही उसकी रचनात्मक सिद्धि है। अज्ञेय ने कला की प्रयोजनीयता के साथ साहित्य की प्रयोजनीयता पर भी विचार किया है। साहित्य किसके लिए, राजनीति और साहित्य का आपस में क्या रिश्ता है, साहित्य और लेखकीय स्वाधीनता का आपस में क्या सम्बन्ध है, इसे उन्होंने बहुत गम्भीरता के साथ सामने रखा है। अज्ञेय किसी भी प्रश्न से विचलित नहीं होते। उसके हर पहलू में वे एक जिज्ञासु के रूप में प्रवेश करते हैं तथा अपनो ओर से प्रश्न टाँकते हुए समाधान भी देते चलते हैं।

शब्द संयम अज्ञेय के लेखक व्यक्तित्व का एक जरूरी पहलू है। प्रभूत लिखकर भी उन्होंने शब्दसंयम पर बल दिया। वे कहते हैं, "कम लिखो। जब तक अनिवार्य न हो मत लिखो। जितना बनाना-सँवारना है, मानस में ही करके तब रूप को कागज पर उतारो—जितना घना, छोटा, गठीला बनाकर सम्भव हो—और हमेशा पहले पेड़ को प्रणाम करके, क्योंकि वही तुम्हारी बलि है...। (कवि-मन, पृ. 77)

आज राष्ट्र पर बहुत बल दिया जा रहा है। राष्ट्रवाद नए सिरे से परिभाषित हो रहा है। राष्ट्र क्या है, भाषा क्या है, भाषा के विकास के लिए राष्ट्रत्व बोध की क्या भूमिका है, अज्ञेय ने इसे बहुत ही दो टूक लहजे में कहा है। वे लिखते हैं, "भाषा राष्ट्र की देन होती है। देश में अगर एक राष्ट्र-समाज नहीं है तो उसकी एक भाषा भी नहीं होगी। जितनी छोटी या बड़ी परिधि में राष्ट्रवाद का बोध होगा, उतनी ही परिधि भाषा की भी होगी, राष्ट्रत्व के बोध का जितना विस्तार होगा उतना ही भाषा का भी। यही कारण है कि प्रादेशिकताओं के उदय के साथ प्रादेशिक भाषाओं का विस्तार हुआ है। यही कारण है कि इसके विपरीत हिन्दी का समाज क्योंकि टूटा और बँटा है, इसलिए हिन्दी का भी ह्रास हुआ है। पहले सरकार हिन्दीवालों को मारती थी और हिन्दी पनपती थी, अब हिन्दीवाले हिन्दी को मारते हैं और सरकारें पनपती हैं। और भी बात है, अगर 'राष्ट्र' अंग्रेजी बोलेगा तो भारतीय भाषा कहाँ से आएगी।" (कवि-मन, पृ. 48) सांस्कृतिक राष्ट्रवाद के आज के परिदृश्य में अज्ञेय के विचार साहित्य, भाषा व राष्ट्रत्व (राष्ट्रवाद नहीं) को लेकर कितने सुलझे हैं।

अज्ञेय ने संस्कृति के सवालों को दूरदर्शिता से उठाया है। साहित्य, भाषा, कला व संस्कृति का एक प्रभामंडल बनता है जिसके निर्माण में ये सारी इकाइयाँ एकजुट होकर काम करती हैं। जिस समाज में हम रहते हैं, उसकी संस्कृति की छाया में निवसते हैं, उसकी दी हुई भाषा या भाषाएँ बरतते हैं, उसे प्रतीकों, कलाकृतियों के माध्यम से अपने रचनात्मक अनुभवों में पिरोते हैं। पर क्या सचमुच ऐसा होता है? ऐसा होता तो अज्ञेय इस बारे में यह न कहते, "हमारे साहित्य में न तो हमें अपनी अनास्था मिलती है न अपनी आस्था दीखती है और न अपनी चिन्ता दीखती है। उनकी चिन्ता, उनकी अनास्था, उनका त्रास हमको दीखता है। और उस आधार पर हम अपने को आधुनिक मानते हैं। हर किसी को यह चिन्ता है कि मैं आधुनिक माना जाऊँ। इस अर्थ में कि मैं पश्चिम का मुहावरा बोल सकता हूँ, पश्चिम की चिन्ताओं की चर्चा अपनी चिन्ता के रूप में कर सकता हूँ। हमारी क्या चिन्ता होनी चाहिए, इसकी कोई चिन्ता हमको नहीं है। (केन्द्र और परिधि, सभ्यता का संकट) यानी हम दूसरों की चिन्ता से ग्रस्त हैं। हमारे साहित्य में हमारी अपनी कोई चिन्ता नहीं है। हमने भाषा के मसले को भी कितनी अगम्भीरता से लिया है, यह आजादी के बाद से ही परिलक्षित होता है। हमने अपनी भाषा, अपनी संस्कृति, अपनी सभ्यता की भी कोई चिन्ता नहीं की। भाषा को राजनीति के चश्मे से देखा, संस्कृति के चश्मे

से नहीं और अपनी भाषा और संस्कृति पर औपनिवेशक छत्रच्छाया में पली अंग्रेजी को सर माथे बिठाया और तब भी हम भारत माता की जय बोलते रहे। हमने यह नहीं सोचा कि भाषा तो संस्कृति की बुनियाद होती है। वही नहीं रहेगी तो हमारी संस्कृति कहाँ जाएगी?" हमने राष्ट्रीय अस्मिता की कभी चिन्ता नहीं की। हमने अपनी-अपनी संस्कृतियों और अस्मिताओं की बात की। अज्ञेय ने अपने निबन्धों में यह बात कही है कि "संस्कृति एक सत्ता है जो कि उसमें भाग लेनेवाले सब लोगों को सिर्फ मिलाती ही नहीं, उनमें यह बोध भी जगाती है कि हम एक हैं। पर हम यह भूल गए कि संस्कृति का अवमूल्यन होता है तो भाषा का भी अवमूल्यन होता है।"

अज्ञेय को इस बात की चिन्ता थी कि आज कोई संस्कृति की बात करने का जमाना नहीं है क्योंकि जैसे ही कोई संस्कृति की बात करता है उसे मान लिया जाता है कि या तो वह परम्परावादी है या दकियानूसी दिमाग का है या फिर किसी-न-किसी तरह के परम्परावादी संगठन से जुड़ा हुआ है। हमारे यहाँ श्रेणीकरण करने की हड़बड़ी रहती है। हम आजादी का सवाल उठाते ही प्रतिष्ठानविरोधी सिद्ध कर दिए जाते हैं, हिंसा की बात उठाते ही हम सन्दिग्ध सत्ताविरोधी कटघरे में डाल दिए जाते हैं। हम भूल जाते हैं कि यह वही देश है जहाँ याज्ञवल्क्य से बहस की गई, यह वह देश है जहाँ कि एक प्रज्ञावान स्त्री ने शंकराचार्य से सवाल किए। यह वही देश है जहाँ शास्त्रार्थ की सदियों पुरानी परम्परा रही है। मत-मतान्तर रहे हैं। सत्ताओं पर प्रश्नचिह्न खड़े किए गए हैं। जो संस्कृति ऐसी प्रश्नाकुलता को कायम नहीं रख सकती वह पश्चिम की हवा-बयार से अपने को भला कैसे बचा सकेगी? लिहाजा एक तरफ पूँजी का आक्रमण दूसरी तरफ पाश्चात्य संस्कृतियों का चैनलों के माध्यम से आच्छादन। एक *फ्यूजन* संस्कृति भारतीय संस्कृति को निगल रही है। पर हमने तथाकथित राष्ट्रवाद के भुलावे में केवल कुछ प्रतीक पूजन तक अपने को सीमित कर रखा है, सच्चे अर्थों में संस्कृति की चिन्ता हममें नहीं है। हमारी सामाजिक संस्कृति पर राजनीतिक संस्कृति के गुणसूत्र प्रभाव डाल रहे हैं। हिंसा की संस्कृति कभी भी हमारे देश में स्वीकार्य नहीं रही। इसलिए न्याय की प्रतिष्ठा अनिवार्य है। जहाँ विभिन्न भाषा-संस्कृतियों के लोग अपनी-अपनी सांस्कृतिक गरिमा के साथ रह सकें।

हमारा देश गांधी का देश है, बुद्ध का देश है, नेहरू का देश है, लोहिया का देश है, नानक का देश है, विश्वबन्धुत्व में आस्था रखनेवाला देश है। पर यहाँ आन्तरिक हिंसाओं का भी बोलबाला कम नहीं रहा है। वर्ण, जाति, सम्प्रदाय व धर्मों में बँटे इस देश के सांस्कृतिक ताने-बाने को हम तभी सुरक्षित रख सकते हैं जब हम एक हिंसामुक्त सहिष्णु समाज सृजित कर सकें जैसा कि सदियों पहले रहा है। अज्ञेय कहते हैं, यदि हिंसा होती है तो हिंसा की सन्तान सबसे पहले अपने जनक को खाती है। इसलिए जहाँ तक सांस्कृतिक चेतना का प्रश्न है, अज्ञेय की मान्यता के अनुसार, "संस्कृति मूलतः एक मूल्यदृष्टि और उससे निर्दिष्ट होनेवाले निर्माता प्रभावों का

नाम है। उन सभी निर्माता प्रभावों का जो समाज को, व्यक्ति को, परिवार को, सबके आपसी सम्बन्धों को, श्रम और सम्पत्ति के विभाजन और उपयोग को, प्राणिमात्र से ही नहीं वस्तु मात्र से हमारे सम्बन्धों को, निरूपित और निर्धारित करते हैं।" (केन्द्र और परिधि, पृ. 273)

संस्कृति के अन्तस्तत्त्वों का निरूपण करते हुए अज्ञेय ने जो बिन्दु हमारे सामने रखे हैं वे संक्षेपत: निम्नानुसार हैं—संस्कृति मानव-मूल्य व मूल्यदृष्टि सापेक्ष है। किन्तु वैज्ञानिक युग होने के नाते वैज्ञानिक दृष्टि मूल्यनिरपेक्ष है। यह तो कहा जा सकता है कि संस्कृति के सत्यों और विज्ञान के सत्यों में अन्तर होता है पर संस्कृति के लक्ष्य और विज्ञान के लक्ष्य समान्तर हो सकते हैं। परस्पर पूरक हो सकते हैं, लेकिन विरोधी नहीं हो सकते। विज्ञान सदा भावग्रहों और रागबन्धों से मुक्त होना चाहता है वहीं संस्कृति मुख्यतया अपने को रागबन्धों से जोड़ती है। लेकिन यह भेद दोनों की समान्तर यात्रा का ही निरूपण करता है; विरोधी लक्ष्यों का नहीं। (केन्द्र और परिधि, पृ. 275) पर ध्यान से देखें तो अज्ञेय संस्कृति के पिछलगगूपन के विरोधी थे। वे इसे स्वस्थ लक्षण नहीं मानते। 'संस्कृति की चेतना' शीर्षक निबन्ध में वे साफ कहते हैं कि "भारतीय समाज की वर्तमान प्रवृत्ति को देखें तो लगेगा कि पश्चिमी संस्कृति जो कुछ भी कर रही हो, जिधर भी जा रही हो, हम उसी दिशा में उससे दो कदम बढ़ जाने पर भी उतारू हैं।" वे कहते हैं, "संस्कृति का यह लक्ष्य है कि संस्कारी जीवन जीते हुए हमें अपने को यह याद दिलाने की जरूरत न पड़े कि ऐसा हम इसलिए कर रहे हैं कि हमारी संस्कृति में यही विधेय है। कर्म की सहजता ही धनुर्धर अर्जुन की लक्ष्यवेधवाली चिड़िया की आँख है। बाकी सब चिड़िया है।" (केन्द्र और परिधि, पृ. 279)

अज्ञेय ने सांस्कृतिक चेतना के विभिन्न आयामों को छूते हुए भारतीय संस्कृति में नारी के स्थान पर भी विचार किया है। यहाँ उसे निन्दित करनेवाला समाज है तो *यत्र नार्यस्तु पूज्यंते* वाला समाज भी। यह द्वैत कैसे चल सकता है। हमारी संस्कृति में परदुखकातरता और शोषण दोनों की उपस्थिति है। 'गोदान' में ठाकुर और किसान के बीच हुई बातचीत से यह सिद्ध होता है कि प्रेमचन्द के समय में भी किसानों के बीच ऐसा किरदार भी रहा है जो सामन्ती चरित्र पर थूक भी सकता है और कह सकता है, "नहीं सरकार, एक रुपया छोटी ठकुराइन का नजराना है, एक रुपया बड़ी ठकुराइन का। एक रुपया छोटी ठकुराइन के पान खाने को, एक बड़ी ठकुराइन के पान खाने को। बाकी बचा एक, वह आपके क्रिया-करम के लिए।" इस तरह हमारी संस्कृति में श्रम के रिश्ते भी बहुत नाजुक हैं जिन पर सांस्कृतिक चेतना पर चर्चा करते हुए ध्यान जाना जरूरी है। चेतना-सम्पन्न संस्कृति कभी गतानुगतिक नहीं होती, वह सदियों के मूल्य-मानों का आकलन करती और सड़े-गले अंश को काटती-छाँटती रहती है और वही स्वीकार करती है जो सामाजिक-सांस्कृतिक रूप से विधेय हो। वे कहते हैं, "चेतना केवल स्वीकार भाव नहीं है। मूल्यदृष्टि की चेतना मूल्यों की अर्थवत्ता की

अनवरत खोज की प्रक्रिया है। कोई भी चेतना-सम्पन्न संस्कृति जिज्ञासुभाव अथवा प्रश्नाकुलता लिये रहती है। यह बदलाव की चेतना को पहचानना है। बदलाव के साथ हमारा सम्बन्ध क्या हो, कैसे हम केवल उसके साधन न बनकर उसे प्रभावित भी कर सकें, नियन्ता होकर उसे दिशा दे सकें, यह जानना ही संस्कृति की चेतना है।" (केन्द्र और परिधि, पृ. 289)

अज्ञेय भाषा और साहित्य में नफासत के हामी रहे हैं। हमारी सांस्कृतिक पहचान के दिनोंदिन तिरोहित होते जाने के खतरों से वे चिन्तित दिखते हैं। हमने अपने सांस्कृतिक स्थलों की पिछले दशकों में जैसी अनदेखी की है वैसी एक सदी पहले नहीं देखी गई। लोकतंत्र होते ही हमने लोकतंत्र के ताने-बाने को मजबूत बनाने के बजाय कमजोर करने की कवायद शुरू कर दी थी। ऐसे तमाम विचलनों से चिन्तित होकर ही अज्ञेय ने लिखा—

"हमारे देश में एक-से-एक सुन्दर स्थल थे।

हिन्दुओं ने वहाँ तीर्थ बनाए, उन्हें घना बसाया, गन्दगी से भर दिया।

मुसलमानों ने वहाँ मकबरे और मजार बनाकर उन्हें उजाड़ दिया। अंग्रेजों ने वहाँ छावनियाँ डालीं और उनके रास्ते हम सबके लिए बन्द कर दिए।

अब धर्मनिरपेक्ष भारतीय लोकतंत्र हुआ तो हम सब सुन्दर स्थलों को अजायबघर बनाए दे रहे हैं। विदेशी के लिए भारत 'संस्कृति की क्रीड़ा भूमि' था, देश के लिए वह संस्कृति का अजायबघर हो गया है।"

यह था इस देश को देखने का उनका नजरिया।

अज्ञेय एक ऐसे कवि, चिन्तक, आलोचक, दार्शनिक तथा भारतीय जीवन-मूल्यों के उद्गाता थे जिनके यहाँ पाश्चात्य एवं अधुनातन वैचारिक परम्पराएँ एक सन्धिबिन्दु पर मिलती हैं। अज्ञेय के काव्य, आख्यान, निबन्ध, जर्नल, डायरी इत्यादि में उनके विराट व्यक्तित्व एवं चिन्तन की खूबियाँ दृष्टिगत होती हैं। ऐसे विपुल अध्ययन-चिन्तन के धनी अज्ञेय जैसे कवि की कृतियों को पढ़ना अपने आप में भारतीय मनीषा की सदियों से आयत्त परम्परा से जुड़ना है। उनके विपुल कृतित्व में इतनी उद्धरणीयता है, जीवन संसार की इतनी महनीय बातें हैं, संस्कृति, स्वाधीनता, सामाजिक चेतना, साहित्य, वैचारिकी, कलाओं के अन्तःसम्बन्ध का एक ऐसा संसार सहयोजित है जिसे एक साथ समेट सकना बहुत मुश्किल है। बहुत पहले इला डालमिया कोइराला ने अपने रहते उनकी विचारवीथी से चुन-बीन कर एक स्फुट चिन्तन की पुस्तिका सम्पादित की थी—कवि मन—जो आज भी किसी भी लेखक की डायरी, वैचारिकी से कहीं उच्चतर मूल्यों का वहन करनेवाली कृति है।

कला, साहित्य व संस्कृति सम्बन्धी अज्ञेय के चिन्तन-मनन को केन्द्र में रखकर चुने गए ये निबन्ध अज्ञेय की बहुवस्तुस्पर्शिनी प्रज्ञा का निदर्शन हैं। अज्ञेय केवल कवि, कथाकार या निबन्धकार ही नहीं, अपने समय के प्रगतिशील चिन्तक भी थे।

उनकी वैचारिकी मनुष्यमात्र को कभी हेय दृष्टि से नहीं देखती, वह उसे अपने समय की शलाका शक्ति के रूप में देखती है जिसके भीतर कला, साहित्य और संस्कृति की वर्तिका जलती रहती है। इस दृष्टि से अज्ञेय का चिन्तन बहुआयामी है जो उनकी विपुल साहित्य साधना से प्रकट है। इस विषय में उनके निबन्धों के इस चयन को हम कला-साहित्य व संस्कृति के सम्बन्ध में एक उदाहरणीय व श्रेष्ठ चयन कह सकते हैं, इसमें सन्देह नहीं। हम आभारी हैं कि एतद्विषयक चयन शृंखला के प्रधान सम्पादक श्री बद्रीनारायण ने हमारे समय के महत्त्वपूर्ण चिन्तकों में अज्ञेय के चयन का अवसर मुझे उपलब्ध कराया है। आशा है यह चयन पाठकोपयोगी सिद्ध होगा तथा सांस्कृतिक चिन्तकों का सुचिन्तित चिन्तन मनुष्यता के लिए ध्यातव्य होगा।

—ओम निश्चल

क्रम

संस्कृति

कला

सभ्यता का संकट

विषय बहुत बड़ा है। वास्तव में सभ्यता की चर्चा करने के लिए समाजशास्त्री को, कलाकार को, वैज्ञानिक को, इतिहासकार को और नाना प्रकार के लोगों को इकट्ठे होकर उसका निरूपण करना चाहिए। और उसके साथ ही अगर उस पर संकट है तो उस संकट का भी निरूपण करना चाहिए। कहा जाता है कि साहित्यकार ऐसा व्यक्ति है जो इतने बड़े पैमाने का काम कर सकता है। वास्तव में वह ऐसा कर सकता है या नहीं, यह मैं नहीं जानता। लेकिन शायद इस तरह का दुस्साहस वही कर सकता है! या उसे दुस्साहस न कहकर यों कहें कि साहित्यकार ऐसा सोच सकता है कि 'इस तरह का प्रयत्न होना चाहिए'—'किसी-न-किसी को करना चाहिए,' और इससे आगे कि 'कोई न करे तो शायद मुझको ही करना चाहिए' जैसा भी सफल या असफल वह बन पड़े।

यह दुस्साहस करने से पहले एक बात मैं और कह देना चाहता हूँ। जानकारी के रूप में नया कुछ कहने को मेरे पास नहीं है। वास्तव में हमारे 'संकट' का एक रूप यह भी है कि दुनिया में शुद्ध जानकारी का, निरे तथ्यों का, इतना अम्बार लग गया है कि कभी-कभी ऐसा जान पड़ता है कि इनसान उनके नीचे दब जाएगा! अस्तु, जानकारियों के रूप में नया कुछ मेरे पास नहीं है। दुनिया में जितनी जानकारी उपलब्ध है उस सब तक भी मेरी पहुँच नहीं है। वास्तव में मैं जो प्रयत्न करूँगा वह यही कि जितनी जानकारी मुझको है, या मेरे समाज को उपलब्ध हो सकती है, उसमें से और उसी के आधार पर कोई ऐसी दिशा खोज निकालूँ जिसमें से हमारे लिए प्रकाश की सम्भावना हो। जानकारियों के इस सागर में से कोई दिशा खोज निकालना ही हमारे लिए उचित है। फिर उस दिशा को पहचानकर यह पहचानने का प्रयत्न करना कि क्या बाधाएँ या संकट सामने हैं। फिलहाल यही काम मेरे लिए सम्भव है और इसी के परिणाम मैं उपयोगी मानकर पाठक के समक्ष प्रस्तुत कर सकता हूँ।

सबसे पहली बात मैं यह सोचता हूँ कि सभ्यता एक ऐसा शब्द है जो यहाँ एक परिभाषा माँगता है, क्योंकि इसकी बहुत-सी परिभाषाएँ हैं। कोई एक हम स्वीकार कर लें या कोई दूसरी स्वीकार कर लें तो उसी से आगे चर्चा करने की दिशा निरूपित हो जाती है। इस देश में पुराने जमाने में सभ्यता की चर्चा अधिक नहीं होती थी और

जब होती थी तो उसका बहुत सीमित अर्थ था—सभ्यता। समाज में रहने का ढंग या व्यवहार जो कुछ है वही है, उससे अधिक कुछ नहीं है। आजकल इसका उपयोग उससे कहीं व्यापक अर्थ में होता है। लेकिन उसके साथ-साथ एक तरह की सीमा उसके साथ रहती है जिसकी प्राय: हम उपेक्षा कर जाते हैं। अब भी सभ्यता मुख्यत: दूसरों के बीच रहने की विद्या या कौशल या हुनर या कला है। अब दूसरों से या समाज से या सभ्यता से आपका आशय क्या है, यह इस पर निर्भर करेगा कि सभ्यता की आपकी परिभाषा कितनी संकुचित या कितनी विस्तृत हो जाती है। अगर आप 'दूसरों' से मतलब समूची मानव-जाति से लेते हैं, तब सभ्यता का अर्थ यह हो जाता है कि समूची मानव-जाति के साथ एक होकर रहने के लिए जो खास विद्या या खास व्यवहार चाहिए; और अगर आप 'दूसरों' की परिभाषा को एक देश तक या एक जाति तक या वर्ग तक सीमित कर लेते हैं तो सभ्यता का अर्थ भी उसी तरह सीमित हो जाता है। तब 'भारतीय सभ्यता' भी कह सकते हैं, 'हिन्दू सभ्यता' भी कह सकते हैं, 'मारवाड़ी सभ्यता' भी कह सकते हैं, और दूसरी तरफ चलें तो 'मानव सभ्यता' और 'विश्व सभ्यता' आदि भी कह सकते हैं।

इसके साथ प्रश्न उठता है कि उस सभ्यता का उस क्षेत्र में संकट कैसे होता है? इसका व्यापकतर अर्थ ही अपने सामने रखें, तो भी ऐसा नहीं है कि हम संकट का निरूपण बड़ी आसानी से कर सकते हैं। क्योंकि दूसरों के साथ या दूसरों के बीच रहने में दूसरा प्रश्न उठता है कि 'दूसरों के बीच रहने' से हमारा क्या अभिप्राय है? अगर हमारे सामने मुख्य रूप से एक आराम से रहने की बात है, सुख-सुविधाओं की बात है, तब सभ्यता मुख्य रूप से समाज में विकसित होती हुई यांत्रिक सुविधाओं की बात हो जाती है, टेक्नोलॉजी की बात हो जाती है; और सभ्यता का विकास टेक्नोलॉजी के विकास का पर्याय हो जाता है। तब जो कठिनाइयाँ होती हैं वे टेक्नोलॉजी के क्षेत्र में होनेवाली कठिनाइयाँ हैं। क्योंकि जिस सभ्यता की, जिस मानव समाज की हम चर्चा कर रहे हैं उसमें कुछ आगे हैं या अधिक विकसित हैं, कुछ पीछे हैं या कुछ बीच में हैं। इसके साथ-साथ टेक्नोलॉजी की कई अवस्थाएँ हैं। कुछ समाजों के लिए यंत्रों का विकास बहुत आगे तक हो चुका है, कुछ के लिए बहुत ही बुनियादी किस्म के यंत्रों की आवश्यकता है और कुछ बीच में हैं। जो पिछड़े हुए हैं, वे चाहते हैं कि हमको अधिक-से-अधिक विकसित यंत्र मिल जाएँ और इस बात पर विचार करने के लिए तैयार नहीं होते या कि इतना धैर्य उनमें नहीं है कि उस तरह के यंत्रों का अपने समाज में सही उपयोग करने के लिए और भी बहुत तरह का विकास, जिसमें मानव का विकास भी शामिल है, होना चाहिए। अगर अधिक विकसित देश का कोई आदमी कम विकसित देश के आदमी से कहता है, 'हमारी टेक्नोलॉजी तुम्हारे काम की नहीं होगी, क्योंकि तुम्हारा समाज अभी दूसरे ढंग का है', तो जो कम विकसित समाज का प्राणी है वह यही सोचता है कि हमको यह धोखा दिया जा

रहा है ताकि हम पिछड़े ही रहें। वास्तव में यह बात सही नहीं है। हो सकता है जो आदमी यह बात कहता है उसकी नीयत में कहीं यही हो कि हम आगे रहें; फिर भी इस बात में सच्चाई है कि किसी समाज में कैसी टेक्नोलॉजी काम दे सकती है, यह एक पूछने का प्रश्न होता है। यह नहीं है कि किसी भी समाज में किसी भी समय सबसे उन्नत टेक्नोलॉजी का उपयोग हो सकता है। भारत में अभी बहुत से चिन्तक ऐसे हैं—गांधी जी से लेकर जिनकी ऐसी विचारधारा रही है—जिनका मैं समझता हूँ आज भी महत्त्व है—कि यह नहीं मान लेना चाहिए कि पश्चिम की टेक्नोलॉजी क्योंकि पश्चिम की है, अधिक विकसित देशों की है, ज्यों-की-त्यों यहाँ लाई जा सकती है या उसका यहाँ सीधे उपयोग हो सकता है।

तो प्रश्न का यह एक रूप हो जाता है—संकट के अन्तर्गत एक बात यह भी आती है कि जिस सभ्यता का हमने इतना बड़ा रूप अपने सामने रखा है उसमें कई प्रकार की यंत्र विद्याएँ हैं जिनमें कुछ हमारे लिए उपयोगी हैं और कुछ हमारे लिए उपयोगी नहीं हैं; भविष्य में हो सकती हैं, लेकिन अभी नहीं हैं। वे हमारे लिए उपयोगी हों, इसके लिए हम क्या कर सकते हैं? संकट का एक रूप यह भी है कि इन अनेक प्रकार की यंत्र विद्याओं में कुछ हमारे लिए उपयोगी नहीं हैं। दुनिया में उपलब्ध हैं, लेकिन अभी हमारे लिए उपयोगी नहीं हैं। हमारी समस्या यह है कि जितना हम उनकी ओर आगे बढ़ते हैं जिनके पास वे हैं, वे भी उतना और आगे बढ़ जाते हैं। तो क्या उनके और हमारे बीच की जो खाई है, यह कभी पार नहीं हो सकती? यह भी इस संकट का रूप हो सकता है।

इसी दिशा में आगे बढ़ते हुए इसके आर्थिक पक्ष पर हम और अधिक बल दे सकते हैं। यह नहीं कहा जा सकता कि इनमें से कोई भी पक्ष ऐसा है जिसकी सभ्यता के विचार में उपेक्षा हो सकती है।

मैं जो मेरा क्षेत्र है उसमें रहते हुए इस बात को पहचानता तो हूँ कि मेरे जीवन के नाना संकटों में से एक यह भी है। लेकिन मैं उल्लेख से आगे इसकी चर्चा और अधिक न करके एक दूसरे पक्ष की चर्चा करना चाहता हूँ जिसका मुझसे अधिक निकट सम्बन्ध है। और वह यह है जिसको मैं 'सभ्यता का संकट' न कहकर 'संस्कृति का संकट' कह सकता हूँ। सभ्यता और संस्कृति में भेद भी नई बात है—इस देश में तो बहुत ही नई—क्योंकि पहले इन दोनों को अलग नहीं किया जाता था। और संस्कृति, शब्द का कुछ विशेष अर्थ ही पहले नहीं था; अब हो गया है। अब ज्यादातर 'सभ्यता' की चर्चा करते हुए हम बाह्य उपकरणों की बात सोचते हैं और 'संस्कृति' की चर्चा करते समय आभ्यन्तर जीवन की।

संस्कृति के संकट की चर्चा भी कई तरह से हो सकती है जिनमें आस्था का संकट एक पहलू है, आस्था के भीतर फिर धार्मिक आस्था का या कि श्रद्धा का या ईश्वर में विश्वास का संकट एकरूप हो सकता है।

इस तरह के विभाजन की बात न बढ़ाकर मैं संस्कृति का एक ज्यादा विस्तृत रूप आपके सामने रखना चाहता हूँ। मेरी समझ में वैसे रूप को सामने रखकर अपने सांस्कृतिक जीवन की सबसे व्यापक रचनात्मक सम्भावनाएँ हमारे सामने आ सकती हैं। उसकी चर्चा करने से पहले मैं मानव की ही एक परिकल्पना आपके सामने रखना चाहता हूँ। मैं ऐसा मानता हूँ कि अब तक जितने प्राणी हमारी जानकारी में आए हैं उनमें मानव श्रेष्ठ प्राणी है। मैं नहीं मानता कि विश्व का निरन्तर ह्रास होता गया है और हम निरन्तर नीचे गिरते गए हैं—जैसा कुछ संस्कृतियों में माना जाता है। मैं मानता हूँ, मानव उन्नत श्रेष्ठ प्राणी है। लेकिन जब मैं यह कहता हूँ तो इसे कुछ स्पष्ट करना चाहूँगा कि किस अर्थ में ऐसा कहता हूँ।

पश्चिम के एक विद्वान ने कहा है, "मानव ही एकमात्र प्राणी है जो पहले से जानता है कि मैं मरूँगा।" जो बात मैं कहना चाह रहा हूँ, उसका यह एक छोटा-सा पहलू है। मानव के उन्नत होने के लक्षणों में एक बात यह है कि वह अपनी मृत्यु की परिकल्पना भी कर सकता है यानी काल का एक विशेष रूप उसके सामने आता है, जिसका एक पक्ष इतिहास है। मानव पहला इतिहासजीवी प्राणी है। दूसरे कोई जीव-जन्तु इतिहासजीवी नहीं होते; अपने मरने की कल्पना नहीं कर सकते। लेकिन यह तो एक बहुत छोटी-सी और नकारात्मक बात है। मैं जो बात कहना चाहता हूँ उसमें कलाकार भी, इतिहासकार भी, वैज्ञानिक भी एक साथ हो सकते हैं। किसी भी प्राणी का ढाँचा या उसका अस्थिपंजर देखकर हम उसकी सम्भावनाओं की कल्पना कर सकते हैं। आप छिपकली का पंजर ले लीजिए या पक्षी का पंजर ले लीजिए या मरी हुई तितली का शरीर ले लीजिए—शरीर की संरचना को देखकर ही हम उसकी सम्भावनाएँ सोच सकते हैं या एक चित्र बना सकते हैं कि इसका जीवन अमुक-अमुक प्रकार का हो सकता है, इसका विस्तार इन-इन दिशाओं में हो सकता है, इससे आगे नहीं। छिपकली का पंजर देखकर हम सोच सकते हैं कि यह रेंगनेवाला प्राणी है, उड़ नहीं सकता, मोटर नहीं चला सकता—रेंग सकता है। मनुष्य पहला ऐसा प्राणी है जिसके बारे में हमारी कल्पना बेकार हो जाती है। और इसका कारण है। यों तो मनुष्य से मिलते-जुलते आकार के और भी प्राणी हैं और हम मान सकते हैं कि बहुत-सी चीजें जो मनुष्य कर सकता है वह बन्दर भी कर सकता है। बन्दर का पंजर देखकर हम सोच सकते हैं कि वह कूद भी सकता है, चल भी सकता है, उसके हाथों और पैरों की रचना देखकर यह भी पहचान सकते हैं कि बन्दर पैर से भी पेड़ की डाल पकड़ सकता है, इसलिए शायद पेड़ों पर रहता होगा। मनुष्य के पैर उसके हाथों से भिन्न प्रकार के हैं, इसलिए वह पैरों से वह काम नहीं ले सकता जो हाथ से ले सकता है और इसीलिए पेड़ों पर नहीं चढ़ता होगा। लेकिन मनुष्य की चार उँगलियाँ और अँगूठा एक-दूसरे के सामने आकर चीज को पकड़ सकते हैं। बन्दर का अँगूठा उसी तरफ रहता है जिस तरफ उसकी

उँगलियाँ। वह डाल को एक तरफ से पकड़ सकता है, लेकिन औजार को हमारी तरह नहीं पकड़ सकता।

यहाँ तक तो हम बन्दर और मनुष्य को साथ भी रख सकते हैं और उनका भेद भी कर सकते हैं। लेकिन एक चीज मनुष्य के पास है जिसकी जीवित मनुष्य को सामने देखे बिना हम कोई पूर्व कल्पना नहीं कर सकते; नहीं पहचान सकते कि मनुष्य में यह सम्भावना है और वह है भाषा की शक्ति। मनुष्य पहला प्राणी है जो कि किसी चीज के बदले उस चीज का एक सांकेतिक पर्याय पा सकता है। उसको एक सिम्बल मेकिंग एनिमल भी कहा गया है। मनुष्य पहला ऐसा प्राणी है जो किसी चीज के बदले उसके नाम के सहारे आगे बढ़ सकता है। मनुष्य के शरीर में कोई ऐसा लक्षण नहीं है जिससे हम यह पहचान सकें कि उसमें अवधारणा की यह शक्ति है। यह पहली शक्ति है जिससे मनुष्य प्रकृति की सीमाओं से मुक्त हो जाता है। मेरी समझ में न सिर्फ यह मनुष्य के सबसे उन्नत प्राणी होने का प्रमाण है बल्कि उसकी मुक्ति का भी प्रमाण है। मानव पहला स्वाधीन प्राणी है क्योंकि उसके पास भाषा है, उसके पास प्रतीक रचने की शक्ति है, अवधारणा करने की शक्ति है। उससे पहले किसी प्राणी में यह शक्ति नहीं थी। जबसे मनुष्य प्रतीक का स्रष्टा हो गया तब से वह स्वाधीन है, तब से वह सभ्य है, और इसके बाद से ही हम सभ्यता के विकास की या संस्कृति के विकास की चर्चा कर सकते हैं। इससे पहले जीवन के विकास, जैविक विकास की चर्चा तो हम करते हैं, लेकिन संस्कृति के विकास की चर्चा इससे पहले संगत नहीं है। जब से मानवरूपी पहला स्वाधीन प्राणी आता है तभी से हम संस्कृति के विकास की चर्चा करते हैं।

इस बात को यों भी कह सकते हैं कि संस्कृति का सबसे पहला मूल्य स्वाधीनता है। मैं इस बात को मानता हूँ कि पहला सांस्कृतिक मूल्य स्वाधीनता है और मनुष्य ने उसका आविष्कार किया। इस कल्पनाजीवी प्रतीक स्रष्टा मनुष्य ने एक ऐसी चीज की कल्पना की जिसको हम स्वतंत्रता के नाम से पहचानते हैं। यह पहला मानव-मूल्य है। मानव ने इसका विकास किया। मानव ने इसको पहचाना। मानव ही इसको खो भी सकता है; जन्तु नहीं खो सकता यानी खोने का अनुभव नहीं कर सकता, उस रूप में जिस रूप में मानव करता है।

अभी मैंने यह कहा कि यह स्वतंत्रता पहला मानव-मूल्य है, तो थोड़ा मूल्य शब्द भर भी विचार करना चाहिए, क्योंकि संस्कृति का आधार मूल्य है। और जब हम संकट की चर्चा करेंगे तो यह पहचानना होगा कि संस्कृति का संकट वास्तव में मूल्यों या मूल्यों के आधार का संकट होता है।

मानव की जो परिकल्पना मैंने आपके सामने प्रस्तुत की, अगर वह संगत है या उचित है तो उससे यह सिद्ध होता ही है कि मानव पहला ऐसा प्राणी है—और अब तक एकमात्र प्राणी है—जो मूल्यों की सृष्टि करता है, जो ऐसे मूल्य भी रच सकता

है जिनको वह अपने से बड़ा मानता है—ऐसे मूल्य जिनके लिए वह प्राण देना भी उचित समझता है। अब आप देखिए कि जीवन का आधार बनाकर यह मनुष्य स्वयं ऐसी चीज रचता है जिसको जीवन से बड़ा मानता है। और कोई जानवर या प्राणी ऐसा नहीं है जो जीवन से बड़ी किसी चीज को जानता है—सही या गलत। यह सवाल भी उठ सकता है कि अधिकतर ऐसे मानव-मूल्य सिर्फ धोखा होते हैं वह भी हो सकता है कि वे धोखा हों। मानव ऐसा पहला प्राणी है जिसके सामने कोई ऐसी चीज होती है जिसको वह अपने जीवन से बड़ा मानता है, जिसके लिए वह जीवन दे सकता है, जिसके लिए उसकी समझ में आ सकता है कि ऐसा भी किया जा सकता है। उससे पहले तक हम मानते हैं कि जीना, बचे रहना, सर्वाइवल, सबसे बड़ा मूल्य है; लेकिन मनुष्य पहला ऐसा प्राणी है, स्वाधीन होने के नाते, जो कि बचे रहने से, बने रहने से, जीवित रहने से बड़ी चीज का आविष्कार करता है। इस बात पर मैं जोर देना चाहता हूँ कि मनुष्य ही इसका आविष्कार करता है। हम नहीं जानते कि वास्तव में वे मूल्य ऐसे हैं या नहीं, जिनके लिए जीवन देना उचित होगा, लेकिन मनुष्य ऐसा मानता है और मनुष्य ने ही यह आविष्कार किया कि इस तरह की चीज होती है जिसके लिए जीवन दिया जा सकता है। इसको मैं संस्कृति की बुनियाद कहता हूँ। यही मनुष्य मूल्यों का स्रष्टा है। पहला मूल्य स्वाधीनता है और उसके बाद यह कल्पना है कि मूल्य के लिए प्राण दिए जा सकते हैं : प्राण से बड़ा भी कोई मूल्य होता है। यह मानव की सृष्टि है, यही संस्कृति और सभ्यता का मूल स्रोत है। मेरी समझ में यहीं से संस्कृति आरम्भ होती है।

मैंने कहा था कि इस विषय के विचार में, दूसरी विद्याओं के दूसरे शास्त्रों के लोग भी भाग ले सकते हैं, और ऐसे भी होंगे जो संस्कृति की दूसरी परिभाषाएँ करेंगे जो अपनी जगह सही होंगी जो उसको कलाओं से, आनन्द देनेवाली चीजों से भी जोड़ सकते हैं। पर मेरी समझ में संस्कृति का आरम्भ स्वतंत्रता की परिकल्पना से, और अपने जीवन से बड़ी किसी चीज की सम्भावना स्वीकार करने से होता है। तो अगर मैं संकट की बात पर विचार करूँ तो यहाँ से आरम्भ करता हूँ कि अगर संस्कृति यह है, अगर मनुष्य मूल्यों का स्रष्टा है और जीवन से बड़े कोई मूल्य पहचानता है, तो कब, कहाँ, ऐसी स्थिति आती है, और क्या आज वास्तव में ऐसी स्थिति है कि इस चीज पर संकट हो? क्या यह जो बुनियादी स्वतंत्रता है जिसमें, जैसा कि मैंने कहा, मनुष्य के लिए अनन्त सम्भावनाएँ हैं, क्या उसमें कोई बाधा है? और अगर है तो वह संकट है। और अगर नहीं है तो संकट नहीं है। जिसको वह मूल्य मानता है यदि उसमें स्वयं उसको सन्देह होने लगा है—कि क्या मूल्य है, क्या दुनिया में ऐसा कुछ भी है जिसके लिए प्राण दिए जा सकते हैं, तब यह भी एक संकट है। क्योंकि अब तक विकास की, पशु से सभ्य संस्कृत मानव तक की गति की, दिशा यही रही है। उसने स्वतंत्रता और मूल्य की भावना का आविष्कार किया, उसने पहले-पहल जाना

या कल्पना की कि मूल्य नाम की कोई चीज होती है और जीवन से बड़े भी मूल्य होते हैं। अगर आज भी यह मानना उसके लिए असम्भव हो गया है, तो कहना होगा कि यह बहुत बड़ा संकट है, क्योंकि लाखों वर्षों के सांस्कृतिक विकास के अन्त में एक दीवार आ गई है और वहाँ से वह पीछे लौट रहा है। हो सकता है कि यह सिर्फ संकट ही हो, यानी चिन्ता का विषय ही हो और वास्तव में मूल्यों की उद्भावना या रचना असम्भव न हो गई हो। मैं नहीं मानना चाहता हूँ कि यह काम असम्भव हो गया है कि हम किन्हीं भी मूल्यों की स्थापना कर सकें, उनसे अपने जीवन को नियंत्रित कर सकें। लेकिन आज चारों तरफ दीखता है कि बहुत से लोग यही प्रश्न उठाते हैं—पश्चिम में भी, पूर्व में भी कि क्या मूल्य कुछ होते भी हैं? जिन चीजों को हम मूल्य मानते आए हैं, क्या उनमें कोई सार भी है? क्या कोई भी ऐसी चीज है जिस पर विश्वास किया जा सकता है, जिस पर आस्था टिक सकती है? जिसमें श्रद्धा हो सकती है? या कि कुछ भी ऐसा नहीं है, सब धोखा है, आत्मप्रवंचना है?

समाज के जीवन में ऐसा भी समय आता है जबकि पूरा-का-पूरा समाज ही सन्देह की हवा में बह जाता है—एक अनास्था की हवा बहती है कि कुछ भी अर्थ रखनेवाला नहीं प्रतीत होता। कभी-कभी लगता है कि हम लोग आज जिस समाज में जी रहे हैं, शायद उसमें ऐसी ही कोई हवा—या कि कहें वबा—बह रही है, बीमारी फैल रही है; कोई मूल्य नहीं है बल्कि एक आपाधापी है, इसके सिवा दुनिया में कोई मूल्य नहीं है। यानी मैंने जिसको मानव-जीवन की बुनियाद बताया, एक तरह से ऐसा लगता है वह सब सन्दिग्ध हो गया और पशु जीवन ही एकमात्र प्रामाणिक जीवन है, सर्वाइवल ही अन्तिम और चरम मूल्य है; जीवन से बड़ा कुछ नहीं है, उसके लिए जो करता है वही करो; जैसे बच सको, जैसे जी सको, आराम पा सको, वही एकमात्र उद्देश्य है। वही मेरे लिए, वही हर किसी के लिए—क्योंकि हर कोई यही कर रहा है।

मैं अपने को उन भाग्यवान लोगों में गिनता हूँ जो ऐसा नहीं मानते; क्योंकि अपने आसपास, थोड़े ही सही, कुछ ऐसे लोगों को जानता-पहचानता हूँ जिनके बारे में यह सन्देह नहीं होता कि सिवा अपने स्वार्थ और अपने लाभ के कोई मूल्य उनके सामने नहीं है। मैं भाग्यवान हूँ, क्योंकि मैं कह सकता हूँ कि मेरे जाने कुछ थोड़े-से ऐसे लोग हैं जिनके बारे में मैं कह सकता हूँ कि ये पहचानते हैं कि अपने सुख, अपनी सुविधा, अपने जीवन से भी बड़ा कुछ होता है और उसको वही बड़ा स्थान देने में अपनी सफलता मानते हैं। मैंने कहा कि यह मेरा सौभाग्य है और इसलिए मैं यह भी कह सकता हूँ कि कम-से-कम निजी रूप से मेरे लिए संकट सीमित है, क्योंकि मेरे लिए जब तक एक भी आदमी ऐसा हो सकता है तब तक मैं मानता हूँ कि मनुष्य ने अब तक कितना विकास किया है, जहाँ तक वह पहुँचा है, उसका एक रक्षक मौजूद है और एक सम्भावना मेरे लिए बनी है; इस अर्थ में मैं कहूँगा

कि संकट नहीं है। लेकिन दूसरी तरफ अगर देखता हूँ कि करोड़ों-अरबों आदमियों में थोड़े से गिने-चुने आदमी किसी भी देश में, किसी भी समाज में वैसे रहेंगे जो ऐसा करते हैं; तब एक दूसरा पक्ष यह सामने आता है कि हमने जो परिकल्पना की, जिस रूप में मैंने मानव के विकास और संस्कृति की परिभाषा की, उसमें यह नहीं था कि यह सम्भावना एक आदमी के लिए होगी, उसमें तो यह था कि मानवमात्र का जीवन ऐसा होगा। जब मैंने मानव के शरीर की रचना की बात कही थी तो किसी विशिष्ट मानव की बात नहीं कही थी, मानवरूपी जीवमात्र के शरीर की बात कही थी कि हर शरीर में कुछ चीजें हैं जिनसे हम उसके जीवन की कल्पना कर सकते हैं और मानव में एक चीज है जो कल्पना से परे है कि मनुष्य प्रतीकों की सृष्टि करता है, इसलिए मूल्यों की सृष्टि कर सकता है। तो यह विशिष्ट, इने-गिने प्राणियों के लिए नहीं था, मानवमात्र के लिए था। मानवमात्र ऐसा प्राणी है, इसलिए मानव सभ्यता में किसी को भी छोड़ नहीं सकते, अपवादों के सहारे ही बात आगे बढ़ सकती और इसलिए करोड़ों-अरबों के सामने अगर यह स्थिति है कि उन्हें नहीं दीखता कि कोई भी मूल्य ऐसे हैं जो कि जीवन को एक दिशा और एक अर्थ दे सकते हैं, तब मूल्यों को संकट है, तब संस्कृति को संकट है। इस अर्थ में मानना होगा कि संसार में यह संकट है।

यह कहने के बाद ऐसा भी आवश्यक जान पड़ सकता है कि अलग-अलग देशों और समाजों को और भाषा क्षेत्रों को भी देखें। क्योंकि प्रतीक स्रष्टा मानव ऐसा नहीं है कि हिन्दी में ही प्रतीकों की सृष्टि कर सकता है; वह अंग्रेजी में भी कर सकता है, भाषामात्र में कर सकता है और बोलनेवाले सब जगह हैं। तब ऐसा क्यों है कि कुछ में इस तरह की भावना प्रबल है यानी उनकी कलाओं में या उनके साहित्य में दीखती है और कुछ में नहीं दीखती?

मेरे समकालीन और मुझसे नौजवान लेखक भी बहुत से ऐसे हैं जो कि मानते हैं कि आस्था के लिए कोई आधार नहीं है। हैं वे भी मनुष्य ही, उनके पास भी भाषा है, उनमें से बहुत से ऐसे हैं जिनके पास वही भाषा है यानी हिन्दी; कुछ ऐसे हैं जिनके पास दूसरी भाषाएँ हैं। लेकिन वे ही लोग या उनमें से बहुत से यह भी कहेंगे कि यह देश कुछ समय पहले तक एक परम्पराजीवी देश रहा है, श्रद्धावान देश रहा है, धर्म में इसकी आस्था रही है, वगैरह-वगैरह। तो थोड़ी देर के लिए अगर हम मान लें कि कई हजार वर्ष से यह देश एक श्रद्धावान देश था धर्म में इसकी श्रद्धा थी, ईश्वर में थी या कि देवताओं में थी या कि आचारशास्त्र में थी बहरहाल, श्रद्धा थी, यानी ऐसा यह देश मानता था कि कुछ चीजें हमसे बड़ी हैं, उनके लिए प्राण भी दिए जा सकते हैं, उनको मानते हुए आचरण करना चाहिए और वही सफल जीवन होता है। वे लोग इसको मानते हैं कि ऐसा था; लेकिन साथ ही यह भी कहते हैं कि अब ऐसा कुछ नहीं है। अगर कभी था तो आज नहीं है, तो साधारण बात है कि कहीं-न-कहीं हमें

यह पहचान सकना चाहिए कि यहाँ यह चीज टूट गई एक दिन में न टूटी सही, एक पीढ़ी में टूटी या कि सौ वर्ष में टूटी, पर टूटने के कहीं तो लक्षण होने चाहिए और अगर कहीं लक्षण होंगे तो सबसे अधिक साहित्य में होंगे। तो इस देश के साहित्य में कहाँ है वह टूटन का साहित्य? एक तरफ तो भक्ति साहित्य है जो आस्था का, श्रद्धा का साहित्य है। दूसरी तरफ आज का वह साहित्य है जो कहता है कि मूल्य नाम की कोई चीज नहीं है, किसी चीज में आस्था नहीं होती, हम अनास्थावाले हैं। तो बीच में कहाँ पर संकट आया? कहाँ पर क्लेश हुआ इस बात को लेकर कि "मैं विश्वास करना चाहता हूँ, क्योंकि मेरी परम्परा विश्वास की रही है लेकिन विश्वास नहीं कर पा रहा हूँ? यहाँ ऐसा कोई साहित्य नहीं मिलता।"

पश्चिम में भी इसी तरह का संकट है, इस तरह का अनास्था का युग है। लेकिन वहाँ पर लक्षण पहचान सकते हैं। भक्तिकाल के पर्याय का या मध्य काल का जो साहित्य वहाँ है वह परम आस्तिक और आस्थावान कलाकार का, साहित्यकार का साहित्य है; और उसके बाद आज का जो नास्तिक साहित्यकार है, जो श्रद्धारहित है और एब्सर्डिटी की परिणति तक पहुँच गया है, जो मूल्य की बात तो दूर, किसी चीज का कोई अर्थ ही नहीं मानता; जिसके लिए सब कुछ अर्थहीन है और इस अर्थहीनता में ही उसे और हमें रहना है। लेकिन इन दोनों के बीच में हम एक-एक सीढ़ी पहचान सकते हैं। पहले पहल संकट महसूस हुआ कि विश्वास हम करना चाहते हैं; हमारी परम्परा आस्था की रही है, लेकिन विश्वास हो ही नहीं पा रहा है; आपको अच्छे उपन्यास मिलेंगे जिनमें सिर्फ इसी क्लेश का वर्णन है कि हम विश्वास करना चाहते हैं लेकिन वह हमारे लिए सम्भव नहीं हो रहा है। गिरजाघर में जाते हैं लेकिन हमारे मन में श्रद्धा भाव, आस्था का भाव नहीं उदित होता। वहाँ इसका साहित्य है। तो वहाँ हम पहचान सकते हैं कि अगर एक अनास्था का युग आता है तो उसके बीच में एक मानसिक ही नहीं, आध्यात्मिक क्लेश का भी युग आता है, जहाँ पर आदमी को इस बात को लेकर तकलीफ होती है कि मेरे लिए अब आस्था सम्भव नहीं है। इसलिए वहाँ पर तो आस्था के टूटने की, परम्परा के नष्ट होने की एक परम्परा हम देखते हैं कि यह था, फिर यह हुआ, फिर यह हुआ; फिर थोड़ी और टूटन और फिर अन्त में एक पूरा विघटित समाज। पश्चिम के हर साहित्य में आपको इसके प्रमाण मिल जाएँगे।

अगर ऐसा ही इस देश में हुआ है तो साहित्य में, किसी भी कला में, उसका प्रमाण कहाँ है? कहीं नहीं है। एक है और फिर दूसरा है; सन्धि या टूटन कहीं नहीं है, उसका क्लेश भी कहीं नहीं है। तब इसका हम क्या अर्थ लगाएँ? दो अर्थ हो सकते हैं—या तो यह कि वास्तव में आज वैसी अनास्था नहीं है जिसकी हम दुहाई दे रहे हैं कि भारत का समाज, आज भी प्रधान रूप से आस्थावान समाज है, मूल्यों का सम्मान करता है; और साहित्य ही घटिया है और एक हद तक झूठ है क्योंकि

अपने ही समाज को नहीं पहचान रहा है। या तो हम इस परिणाम पर पहुँच सकते हैं या दूसरे परिणाम पर पहुँच सकते हैं कि आस्था नाम की कभी कोई चीज ही नहीं थी—शुरू से यह देश पाखंडी देश रहा है, मिथ्यावादी देश रहा है—आस्था यहाँ कभी थी ही नहीं इसलिए आस्था के संकट का कोई सवाल नहीं है, और इसीलिए साहित्य में उस संकट का कोई प्रतिबिम्ब नहीं आया। इससे तीसरी कोई सम्भावना नहीं हो सकती अगर साहित्य में कहीं इस क्लेश का कोई लक्षण नहीं मिलता कि आस्था हमारे हाथ से छूटी जा रही है।

मैंने कहा कि भारत के किसी साहित्य में इसके प्रमाण नहीं मिलते। एकाध जगह ऐसा थोड़ा-सा संकेत मिलता है 'निराला' की एक कथा में एक भक्त है जो मनौती मानता है और जब वह पूरी नहीं होती तो हनुमान की प्रतिमा उठाकर फेंक देता है कि तुमने मेरे साथ धोखा किया है। प्रेमचन्द में इस तरह के एकाध स्थल हैं, जहाँ पर कोई एक विशेष चीज देवता से माँगता है और वह चीज उसको नहीं मिलती है तो वह देवता के प्रति नाराज होता है। लेकिन आस्था की जो बात हम कह सकते हैं वह इससे अलग है। यह तो हम जानते रहे हैं कि यह जरूरी नहीं कि ईश्वर हर कोई माँग पूरी करे ही। हमारे माँगने से माँगी हुई चीज हमको मिल जाएगी, यह आस्था का आधार नहीं है यद्यपि बहुत से भक्त लोग मनौतियाँ मानते हैं और किसी स्थूल फल लाभ के लिए प्रार्थना करते हैं कि वह उनको मिलें लेकिन भक्ति में, आस्था में, माँग की पूर्ति की बात नहीं। वह एक सम्बन्ध की बात होती है। आस्था इस बात से नहीं होती कि जो हम माँगेंगे वह हमको मिल जाएगा। वह एक विशेष प्रकार के सम्बन्ध की बात होती है जिसमें अपने जीवन से बड़े मूल्य की प्रतिष्ठा की बात होती है—वह मूल्य बना रहना चाहिए—हमें कुछ मिले या न मिले। तो उस तरह के, जैसा मैंने कहा, दो-चार उदाहरण तो मिलेंगे; लेकिन जो यह क्लेश होना चाहिए इस बात को लेकर कि हम हमेशा से विश्वास करते रहे—कि हम मानते हैं कि मूल्य होते हैं, मानते हैं कि उनमें विश्वास होना चाहिए और नहीं कर पा रहे हैं वह क्लेश नहीं लक्षित होता। 'संत्रास' की बहुत चर्चा है, लेकिन संत्रास किस चीज के कारण है, इसका पता नहीं लगता। संत्रास ही 'इम्पोर्टेड' नहीं है, संत्रास की शब्दावली भी इम्पोर्टेड है। हमारे साहित्य में, हमारी कलाओं में उसका अनुभव प्रत्यक्ष प्रमाण नहीं है।

तो मैं समझता हूँ कि यह प्रश्न उठाना चाहिए कि वास्तव में यह पूरा समाज, यह पूरा देश, यह संस्कृति आस्थावान है या नहीं? कि यह हमेशा से आस्थावान भी थी कि कभी नहीं थी? मैं यह नहीं मान सकता हूँ कि वह हमेशा से आस्थाविहीन थी। इसलिए मुझको दूसरी ही बात, चाहे जितनी अनिच्छापूर्वक माननी पड़ती है कि हमारे साहित्य में एक बड़ी कमी है कि अपने ही जीवन, अपने ही समाज की पहचान हमें नहीं है। और हम जहाँ यह कह रहे हैं कि मूल्यों का कोई आधार नहीं है, यह बात हम उस समाज में कह रहे हैं जिसके पास अभी तक मूल्य है जो अभी

तक मानता है, पहचानता है कि जीवन से बड़ा कुछ होता है कि ऐसी कुछ चीजें हैं जिसके लिए प्राण दिए जा सकते हैं। इस समाज में रहते हुए, उसको अमान्य करते हुए, हम यह बात कह रहे हैं। क्यों कह रहे हैं? क्योंकि हमने यह मान लिया है कि सभ्यता के विकास की एक सीढ़ी, प्रगति की एक सीढ़ी यह भी है कि हम कहें कि हमको किसी चीज में श्रद्धा नहीं है। श्रद्धाहीन होना हमने मान लिया कि आधुनिक या कि उन्नत होने का एक लक्षण है। इसीलिए हम वैसी बातें करते हैं। वास्तव में शायद हम वैसे नहीं हैं—और हमारा समाज तो सचमुच वैसा नहीं है।

यह बात अगर ठीक है तो शायद यह भी कहा जा सकता है कि संस्कृति का संकट वास्तव में यही है कि हम झूठ-मूठ का संकट बनाने के लिए अपने को बाध्य पा रहे हैं, वैसा संकट नहीं है। ऐसा मान लेना परिस्थिति को कुछ जरूरत से ज्यादा सरल करके रखना तो होगा। वास्तव में यह बात इतनी आसान नहीं है। इतनी आसान होती तो मान लेना होता कि संकट नहीं है। लेकिन क्यों ऐसी स्थिति है कि हम ऐसा समझते हैं कि आस्थाहीन होना आधुनिक होना है? भले ही हमारा समाज आस्थाहीन नहीं है? हमारा समाज आधुनिक नहीं है, न हो, लेकिन हम उसमें आधुनिक हैं, इसलिए हम आस्थाविहीन मुहावरे को अपनाते हैं। अगर ऐसा है, तो यह अपने आप में एक संकट है कि हमारा साहित्यकार, हमारा कलाकार अपने समाज को अमान्य करके, उसको अनदेखा करके साहित्य रचने की कोशिश कर रहा है। अगर वह ऐसा कह रहा है तो किसके लिए कर रहा है?

यहाँ पर आकर यह समस्या एक व्यक्तिगत रूप में मेरी समस्या होकर मानस में आ जाती है, क्योंकि मैं भी लिखता हूँ। इसका कोई आसान उत्तर नहीं है, न मैं आसान उत्तर देना चाहता हूँ। उत्तर मैं दूँगा भी नहीं, लेकिन समस्या को कुछ और स्पष्ट रूप में रखने का प्रयत्न करूँगा।

हमारे देश के दुर्भाग्यों में एक है कि हमारा समाज अधिकांशत: निरक्षर है। एक समय था जबकि यह भी कोई ऐसा दुर्भाग्य नहीं था, क्योंकि छपाई नहीं थी, साक्षर न होने से कोई बहुत बड़ी कठिनाई नहीं आती थी; संस्कृति के जो अवदान थे, वे बिना अक्षर ज्ञान के, बिना पढ़े भी लोगों को उपलब्ध होते थे। मेरे बचपन तक यह स्थिति थी कि बहुत से ऐसे लोग थे जिनको अक्षर ज्ञान नहीं था, जो अपना नाम भी नहीं लिख सकते थे, लेकिन जिनको रामायण याद थी, जिनको महाभारत की पूरी कथा मालूम थी; बहुत से संस्कृत के श्लोक कंठस्थ थे, जो धर्म की चर्चा कर सकते थे, धर्म की सूक्ष्म विवेचना में भी भाग ले सकते थे, तो एक समय निरक्षरता उतना बड़ा संकट नहीं था जितना वह आज है, जबकि छपी हुई किताब सामने है। छपी हुई किताब ने संकट हमारे सामने प्रस्तुत किया है जिसका एक पहलू यह है कि लेखक अपने समाज से दूर हट गया है। हमारे समाज के कम-से-कम दो-तिहाई लोग निरक्षर हैं। कुछ प्रदेशों में एक-तिहाई या केवल एक-चौथाई ही साक्षर होंगे

और कुछ प्रदेशों में उससे भी कम। और साक्षर होने का मतलब यह नहीं है कि किताब पढ़ लेंगे, कवियों की लिखी हुई रचनाएँ पढ़ लेंगे। और आज के कवियों की बात तो ऐसी कदापि नहीं है।

तो जिस समाज का दस प्रतिशत या पाँच प्रतिशत व्यक्ति ही पुस्तक पढ़ सकता है, उस समाज में लेखक होना अपने आप में संकट मोल लेना है; यह मान लेना है कि मैं 100 में से 5 आदमियों के लिए लिख रहा हूँ। या फिर आदमी अपने को यह विश्वास दिला ले, यह कल्पना कर ले कि जो 95 आज अनपढ़ हैं, कल वे भी पढ़े-लिखे हो जाएँगे और मैं कल के पाठक के लिए लिख रहा हूँ। यह भी एक बहुत बड़ा धोखा है, क्योंकि अगर मैं आज के पाठक के लिए लिख रहा हूँ और नहीं जानता कि आज के पाठक तक मैं पहुँच सकता हूँ या नहीं, तो कल के पाठक के बारे में मेरा इस तरह का दावा एक आत्मप्रवंचना से अधिक कुछ नहीं हो सकता है लेकिन स्थिति तो यह है कि हम एक अधिकांशत: निरक्षर समाज के लिए छपी हुई किताब प्रस्तुत कर रहे हैं, तो क्या करें? या तो लिखना छोड़ें और सबको साक्षर करने का प्रयत्न करें—उसका मतलब है कि अपने सौ-पचास साल के लिए साहित्य की रचना न करें और साक्षरता का प्रसार करें। एक उत्तर अवश्य यह भी हो सकता है कि हाँ, ऐसा करो। अगर ऐसा करें तो कई पीढ़ियाँ ऐसी हो सकती हैं जिनके बारे में कुछ लिखा हुआ न बचे। क्या हम इसके लिए तैयार हैं और क्या यह समाज के हित में भी होगा कि साक्षरता प्रसार के लिए कई एक पीढ़ियों के जीवन का कोई रचनात्मक साक्ष्य हम न इकट्ठा करें, उधर ध्यान न दें? स्पष्ट है कि यह उत्तर न हम स्वीकार कर सकते हैं, न हमारा पाठक मानेगा कि ऐसा करना चाहिए। हमारे जीवन का कहीं कोई लक्षण, कोई चिह्न, उसका कोई रचनात्मक रूप साहित्य में न बना रहे, यह हममें से कोई नहीं चाहेगा—साक्षर हो या निरक्षर हो।

तो आज के हमारे जीवन का साक्ष्य भी प्रस्तुत होना चाहिए जो कि साहित्य के माध्यम से हो सकता है; लेकिन आज के पाठक तक भी हम नहीं पहुँच सकते—यह आज के लेखक का संकट है जो संस्कृति के संकट का एक छोटा-सा लेकिन काफी महत्त्वपूर्ण पहलू है। जिसको हम परम्परा कहते हैं उससे सजीव सम्बन्ध जोड़ने में और बनाए रखने में हमेशा से लेखक का योग रहा है और एक बड़ी और महत्त्वपूर्ण कड़ी वह हमेशा से रहा है। परम्परा में जो कुछ जीवित है या जीने लायक है उसको उबारने का, सामने ले आने का, जीवित बनाए रखने का और उससे एक ऐसा सम्बन्ध जोड़ने का जो अर्थवान् हो, जीवन्त हो, यह काम लेखक कर सकता है और इसीलिए वह इस परिणाम पर पहुँच सकता है कि वह लिखना छोड़कर सिर्फ शिक्षा के प्रसार में लग जाए। लेकिन स्थिति तो यह है कि जिस समाज में वह लिख रहा है, उसका अधिकतर निरक्षर है। यही कारण है कि जैसा मैंने पहले कहा, बहुत से इम्पोर्टेड मुहावरों की चर्चा होती है। उसका कारण इस बात से जुड़ा हुआ है कि

आज के अधिकतर लेखक समझते हैं—सारा समाज ही समझता है—कि पश्चिम क्योंकि सम्पन्नतर है, इसलिए सभ्यतर है, इसलिए उसका साहित्य भी अधिक अच्छा है, अधिक ऊँचा है और इसलिए वहाँ से हम ग्रहण करें तो पश्चिम की अनुकृति में दोष नहीं दीखता, अपने यहाँ की कृति में दोष दीखता है। पश्चिम का मुहावरा यहाँ बोलने में आदमी को कोई संकोच नहीं होता; यहाँ का मुहावरा बोलने में उसको यह डर लगता है कि इससे तो हम पुराने माने जाएँगे, यह हमारे देश की संस्कृति के संकट का एक अंग है।

पश्चिम हमसे ज्यादा समृद्ध है, आर्थिक दृष्टि से समृद्ध है; उसके पास धन ज्यादा है, पूँजी ज्यादा है, यंत्र ज्यादा है। परन्तु यह जरूरी नहीं है कि उसकी सांस्कृतिक दृष्टि भी ज्यादा अच्छी हो ही। लेकिन वैसा मान लिया जाता है। हमेशा से जिधर पैसा अधिक होता है मान लिया जाता है कि उधर से जो कुछ आता है वह सभी अच्छा है। एक समय था कि हमारे देश की भी यह स्थिति थी—इतना अमीर था यह देश कि यहाँ से जो कुछ जाता था, संस्कृति में सबसे उत्तम उसी को माना जाता था। लेकिन यह काफी पुरानी बात हो गई है। दो हजार साल पहले यूरोप रोता था कि हिन्दुस्तान नाम का एक देश है जिसका सब मुँह जोहने लगे हैं; उसके मानसिक गुलाम हुए जा रहे हैं। क्योंकि यहाँ से सोना जाता था, यहाँ से रत्न जाते थे, यहाँ से रेशमी कपड़ा जाता था; सभ्यता के स्थल पक्ष के जितने उत्तम उदाहरण हैं वे भारत से यूरोप जाते थे। इसलिए यूरोप भारत की ओर आँख उठाकर देखता था। भारत की उपज भी वहाँ सम्मान पा सकती थी। लेकिन डेढ़-दो हजार साल से ऐसी स्थिति नहीं है। अब हम उनका मुँह जोहते हैं। उनके जो रोग भी हैं उन्हें भी हम अपने रोगों से अच्छा मानते हैं, क्योंकि वे पश्चिम के रोग हैं; हमारे रोग घटिया रोग हैं, उनके रोग उन्नत रोग हैं। यह वास्तविक स्थिति है। और साहित्य में भी बहुत से रोग हमने उनसे लेकर पाल लिए हैं, उनको अच्छे रोग इसलिए मान लेते हैं, क्योंकि वे पश्चिम से आए हुए रोग हैं, हमने उनको ईजाद नहीं किया। वास्तव में जिन लोगों को पश्चिम जाकर वहाँ कुछ समय रहने का, वहाँ के प्रबुद्ध लोगों से मिलने का अवसर मिला है वे यह पाएँगे कि पश्चिम को अपने प्रबल अहं के बावजूद ऐसा विश्वास नहीं है कि उनका चिन्तन, उनका दर्शन वगैरह सब पूर्व की अपेक्षा अच्छा है, बल्कि उनमें से जो कुछ दूर देखनेवाले हैं उन्हें ऐसा दीखने लगा है कि उनका जो रास्ता रहा है उसके वे अन्त के निकट पहुँच रहे हैं। उसके आगे उनको एक दीवार मिलेगी। उस दीवार से टकराने से पहले वे यह खोज रहे हैं कि क्या कहीं किसी ने कोई दूसरा रास्ता देखा है जो हमारे लिए उपयोगी हो? भारत की ओर बहुत से लोग इस दृष्टि से देखते हैं। यह ठीक है कि उनमें बहुत से आत्मप्रवंचक भी हैं, बहुत से भोले लोग भी हैं, बहुत से लोग योगा तंत्र वगैरह की तरफ देखते हैं। और 'हरे रामा, हरे कृष्णा' के आन्दोलन भी हैं जिनके नीचे एक लहर या एक हवा ज्यादा है। फिर भी वहाँ पर इस

तरह का एक आभ्यन्तर क्लेश भी हम आज देख सकते हैं कि शायद हमारा रास्ता और आगे बहुत दूर नहीं जाता। क्या पूर्व के पास ऐसा कोई दूसरा रास्ता जा रहा या है जो अधिक दूर जाता हो? स्थूल उपकरणों की, सुविधाओं की, धन की माँगों को बढ़ाने की जो हमारी सभ्यता है, इससे भिन्न कोई रास्ता, जिससे हमें यह शान्ति या आनन्द मिल सके जिसको हम संस्कृति का लक्ष्य मानते हैं? या कि उनके पास भी नहीं है? उन लोगों में यह जिज्ञासा, चिन्ता, क्लेश भी दीखता है। उनके समाज में, उनके साहित्य में यानी हम कह सकते हैं कि उनका साहित्य इस दृष्टि से खरा है। हमारे साहित्य की अपेक्षा ज्यादा खरा साहित्य है। जब आस्था का संकट आया तो उसका प्रतिबिम्ब उनके साहित्य में दीखा—बल्कि सबसे पहले दीखा। उनका यह संकट था, उनके साहित्य में उसका प्रतिबिम्ब था। उनको दूसरी जगह कहीं आशा दीखती है तो 'शायद कहीं दूसरी जगह आशा हो' ऐसी ललक या यह सम्भावना भी उनके साहित्य में हम देख सकते हैं।

हमारे साहित्य में न तो हमें अपने में अनास्था दीखती है, न अपनी आस्था दीखती है और न अपनी चिन्ता दीखती है। उनकी चिन्ता, उनकी अनास्था, उनका त्रास हमको दीखता है। और उस आधार पर हम अपने को आधुनिक मानते हैं। हर किसी को यह चिन्ता है कि मैं आधुनिक माना जाऊँ—इस अर्थ में कि मैं पश्चिम का मुहावरा बोल सकता हूँ, पश्चिम की चिन्ताओं की चर्चा अपनी चिन्ता के रूप में कर सकता हूँ। हमारी यह चिन्ता होनी चाहिए, इसकी कोई चिन्ता हमको नहीं है।

संकट का जो वास्तविक रूप मेरे सामने है, वह यही है। मैं तो उन लोगों में से हूँ जो मानते हैं कि संकट को पहचानना उसके निराकरण की पहली सीढ़ी होती है, इसलिए मैं अपने लिए हताश नहीं हूँ। जब मैं यह कहता हूँ कि मेरे सामने यह संकट है तो यह एक हताश आदमी की उक्ति नहीं है, एक आशावान् आदमी की उक्ति है, क्योंकि मैं यह पहचान रहा हूँ कि मेरी समस्या क्या है, और जब समस्या को पहचान रहा हूँ तो उसका निराकरण करने के लिए कुछ प्रयत्न कर सकता हूँ। और प्रयत्न के बारे में भी हताश इसलिए नहीं हूँ कि जैसा मैंने पहले संकेत किया, मैं उन भाग्यवान लोगों में से हूँ जिनके परिचय में ऐसे दूसरे लोग भी थोड़े से आए जो मानते हैं कि मूल्य होते हैं कि मानव-जीवन से बड़े मूल्य होते हैं, मानव ने ही उनको ईजाद किया है, वे हमारी ही सृष्टि हैं, लेकिन हमसे बड़े हैं। हमने अपने से बड़ा कुछ बनाया, यह सम्भावना हममें है। तो मैं समझता हूँ कि यह आस्था का बहुत बड़ा आधार है कि हम मनुष्य होने के नाते अपने से बड़ा कुछ रच सकते हैं, हमने रचा है और यह सम्भावना अभी हममें है।

मैं नहीं जानता कि मैंने जो कुछ कहा वह कहाँ तक उपयोगी हुआ। अगर वह उत्तेजक भी हुआ तो मैं समझता हूँ कि उपयोगी हुआ। अगर उससे आप इसी परिणाम पर पहुँचे कि संकट भी है, लेकिन उससे उबरने की सम्भावना भी है, तो

मैं समझता हूँ कि मेरी बात सफल और सार्थक हुई। अपने संकटों से हम उबर सकते हैं, इससे बड़ी मानवीय आस्था और क्या होगी! वही तो हमें 'अपने से बड़े कुछ' के साथ लगातार जोड़े रहती है, और हमारी सर्जनशीलता के स्रोत को चुकने नहीं देती।

भाषा और समाज

मैं भाषाशास्त्री नहीं और पंडित भी नहीं हूँ। हिन्दी का लेखक अवश्य हूँ, और इस नाते वर्षों से हिन्दी भाषा की साधना कर रहा हूँ, अब भी करता हूँ। भाषा और समाज की चर्चा का आरम्भ मैं यहाँ से करना चाहता हूँ कि भाषा के बारे में मेरी क्या धारणा है, भाषा को मैं क्या समझता हूँ।

मेरी दृष्टि से भाषा मात्र मनुष्य होने की पहचान और शर्त है। भाषा के बिना मनुष्य नहीं होता; पशु से मनुष्य के विकास में भाषा ही वह सीढ़ी है जिसको पार करके वह मनुष्यत्व प्राप्त करता है। अवधारणा करने की शक्ति और उसके साथ-साथ यह प्रश्न पूछने की शक्ति कि मैं कौन हूँ या कि मैं क्या हूँ या मैं क्यों हूँ, यही मनुष्यत्व की पहचान है; और यह शक्ति तब से प्रारम्भ होती है जब से जीव को भाषा मिलती है। भाषा मिलने के बाद यह मनुष्यरूपी जीव उसी प्रकार के सभी पशुरूपी जीवों से अलग हो जाता है।

अवधारणा करने की यह शक्ति मिलने के बाद, जैसा मैंने कहा, मनुष्य यह पूछ सकता है कि 'मैं कौन हूँ?' एक 'मैं' की भावना, 'मैं' की एक पहचान और तद्विषयक जिज्ञासा उसमें आती है। बिना इसके किसी समाज में अपनी अस्मिता की पहचान नहीं हो सकती। सबसे पहले भाषा अपने आपको पहचानने का साधन है। भाषा के बिना अस्मिता की पहचान नहीं होती और भाषा उसके साथ अनिवार्य रूप से जुड़ी हुई है। आज अगर किसी समाज को उसकी भाषा से काट दिया जाए तो इतना नहीं है कि उससे एक भाषा छीनकर हम उसको कोई दूसरी भाषा देते हैं; हम उसकी अस्मिता को भी खंडित कर देते हैं। हिन्दी के प्रति मेरा जो लगाव है, उसकी बुनियाद में एक चीज यह भी है कि मैं केवल अपने मनुष्य होने की नहीं, भारत के आज के मनुष्य के रूप में अपने आपको पहचानने के लिए हिन्दी को अपनी पहली और मूल भाषा मानता हूँ। हिन्दी के बिना मैं मैं नहीं रहता, इसलिए मैं हिन्दी की साधना करता हूँ। क्योंकि मैं अपनी भाषा के साथ ऐसा सम्बन्ध जोड़ता हूँ, इसलिए, दूसरी सभी भाषाओं के बोलनेवालों का अपनी-अपनी भाषाओं के प्रति वैसा ही मनोभाव रखने का अधिकार भी स्वीकार करता हूँ।

दूसरी चीज जो भाषा करती है उसी अवधारणा करने की शक्ति के आधार पर वह यह कि भाषा मूल्यों की सृष्टि करना सम्भव बनाती है। सिर्फ अपनी अस्मिता

की पहचान का नहीं, हम क्यों जीते हैं इसका भी कुछ आधार हमें भाषा के कारण मिलता है। उससे पहले के जितने जीव हैं वे जीते हैं तो जीते रहने के लिए जीते हैं; जिजीविषा ही अन्तिम और स्वयंसिद्ध तर्क होता है। लेकिन मनुष्य भाषा के नाते ऐसे मूल्यों की सृष्टि कर सकता है और करता है और सृष्टि करने के बाद उनको अनिवार्य मानता है जिनके लिए वह जीता है। मनुष्य पहला ऐसा प्राणी है जो सिर्फ जीवित बना रहने के लिए नहीं जीता, जो कि जीने के लिए कोई आधार चाहता है कि 'मैं इन मूल्यों के लिए भी जीता हूँ।' तो भाषा की दूसरी शक्ति और उसका दूसरा महत्त्व इसमें है कि वह हमारे मूल्यबोध का एक आधार हमें देती है। हम मनुष्य होने पर भाषा पाकर ऐसे मूल्यों की सृष्टि करते हैं जिन्हें हम अपने से बड़ा मान लेते हैं, जिनके लिए हम प्राण देना भी अनुचित नहीं मानते। अपने को बनाए रखने के लिए उन मूल्यों की सृष्टि करते हैं, लेकिन उन मूल्यों की रक्षा के लिए अपने को मिटा देने के लिए तैयार हो जाते हैं। यह सामर्थ्य, यह शक्ति हमें भाषा के साथ मिलती है।

तीसरी एक चीज और भी भाषा के साथ सम्भव होती है। भाषा के द्वारा हम यथार्थ की एक नए ढंग की पहचान कर सकते हैं। यों तो कोई भी पशु, कोई भी प्राणी जिस तरह की परिस्थिति में हों, एक तरह के यथार्थ की पहचान उसको होती है। भूख उसको लगती है, भूख के लिए भोजन खोजता है। डर उसको होता है, डर से वह भाग भी सकता है, आक्रमण भी कर सकता है, इत्यादि। तो परिस्थिति की इस तरह की पहचान को, किसी सहज प्रतिकृति की प्रेरणा को, मैं यथार्थ की पहचान नहीं कह रहा हूँ, इससे कुछ बड़ी, इससे कुछ गहरी—और कोई चाहे तो कह सकता है कि एक हद तक झूठी यथार्थ की पहचान हमको भाषा के कारण मिलती है। जिस चीज को हम पहचान रहे हैं, उसको आत्मसात् करके उसके प्रति किसी तरह की भी विवेक पर आधारित प्रतिक्रिया हम भाषा के बिना नहीं कर सकते। भय की प्रतिक्रिया, अभिव्यक्ति और सम्प्रेषण भी बिना भाषा के हो सकती है, लेकिन सोच-समझकर कोई भी क्रिया अगर हमें करनी है तो उसके लिए भाषा अनिवार्य हो जाती है और सोचना-समझना यथार्थ की पहचान का ही एक दूसरा नाम है। सोच का एक भाषातीत स्तर भी होता है, पर उसे भाषातीत होने का बोध भी भाषासम्पन्न प्राणी को ही हो सकता है। यों उस स्तर की चर्चा करना यहाँ विषयान्तर ही होगा।

यथार्थ की पहचान में भाषा एक और कार्य भी करती है। भाषा यथार्थ की सिर्फ पहचान ही नहीं कराती, उसको एक व्यवस्था भी देती है। भाषा का क्रम यथार्थ की पहचान का एक क्रम हमें देता है और उससे हम इतना बँध जाते हैं कि हमारा सोचना उसी क्रम में हो सकता है, उससे बाहर नहीं हो सकता। इस प्रकार यथार्थ को एक रूप देने, एक व्यवस्था देने का काम भी भाषा करती है, यह बात भी हमें ध्यान में रखनी चाहिए। नासदीय स्थिति से भाषा हमें सबल सदासीत की चेतना में लाती है, नहीं तो हम यह कहने योग्य भी न हो पाते कि सो अंग वेद यदि वा न वेद!

ये तीन शक्तियाँ हैं अपनी अस्मिता की पहचान, मूल्यबोध की सम्भावना और यथार्थ की पहचान। मैं समझता हूँ कि भाषा का महत्त्व हमारे जीवन में इसलिए है कि ये तीन रास्ते, और अन्तहीन रास्ते, भाषा हमारे सामने खोल देती है। इन तीनों को अलग-अलग करके एक बार देख लें तो उसके बाद मैं यह कहना चाहता हूँ कि इन तीनों का जोड़ हमारी संस्कृति होती है। संस्कृति में ये तीनों चीजें आवश्यक हैं—(1) कि हमें यथार्थ की पहचान हो, (2) कि हमें अस्मिता की पहचान हो और (3) कि हममें मूल्यबोध हो, ये संस्कृति की बुनियाद होती हैं और इसलिए यह कहना अनुचित नहीं होगा कि भाषा संस्कृति की बुनियाद होती है। तो एक समग्र अस्मिता का, एक आत्मभाव का, उपकरण, या साधन भी भाषा होती है। संस्कृति वह सत्ता है जो कि उसमें भाग लेनेवाले सब लोगों को सिर्फ मिलाती ही नहीं, उनमें यह बोध भी जगाती है कि हम एक हैं। भाषा के बारे में किसी विचार-विमर्श के मूल में, मैं सोचता हूँ, यह बात स्पष्ट या कि निहित रूप से मानी हुई होनी चाहिए। या तो हमें यह मानकर चलना चाहिए, या पहले यह स्पष्ट कर लेना चाहिए कि इस समान प्रतिज्ञा से हमारी यात्रा आरम्भ होगी।

यों तो प्रस्तुत विषय में संस्कृति की चर्चा कहीं नहीं है, समाज की चर्चा है। लेकिन मैंने संस्कृति से आरम्भ किया है। वैसा करना मैं उचित और आवश्यक समझता हूँ, क्योंकि मैं समाज को संस्कृति से अलग करके भी नहीं देखता और न यही मानता हूँ कि समाज बड़ी चीज है और संस्कृति छोटी चीज! बल्कि इससे ठीक उलटा मानता हूँ। मैं जानता हूँ कि बहुत से लोग मेरे ऐसा सोचने का विरोध करते हैं, करेंगे। मैं यह समझता हूँ कि समाज संस्कृति की किसी एक युग से बँधी हुई अवस्था का नाम है। किसी एक युग में उस संस्कृति में जितने संस्थान हैं, उसकी जो व्यवस्थाएँ हैं, उसका जो मूल्यबोध है इत्यादि, उस सबको हम उस समय का समाज कहते हैं। मेरी दृष्टि में संस्कृति एक व्यापकतर चीज है और समाज उसका एक समय से बँधा हुआ रूप है। इस बात को भी आरम्भ में कहना मैं क्यों आवश्यक समझता हूँ, इसका महत्त्व क्रमशः प्रकट हो जाएगा। संस्कृति एक व्यापक और दीर्घकालीन ढाँचा है जिसके अन्दर हमारे समाज की भावना उदित होती है और रूप लेती है। समाज के साथ भाषा का सम्बन्ध भी मैं इसी सन्दर्भ के भीतर जोड़ता हूँ। जैसे समाज कहने पर मैं संस्कृति की समग्र और सतत प्रक्रिया के किसी एक देशकाल में बँधे हुए रूप को सामने लाता हूँ, उसी तरह समाज के साथ जब भाषा को जोड़ता हूँ तो उसकी भी उसी काल सीमा के भीतर की अवस्था पर विचार करता हूँ।

मैंने आरम्भ में भारत की जो तीन शक्तियाँ बताईं उनको भी हम उसी एक काल में बँधे हुए सन्दर्भ में देख सकते हैं। हमारी अस्मिता की पहचान भी समय-समय पर बदलती है, हमारा मूल्यबोध भी बदलता है, हमारे मूल्य भी बदलते हैं, अलग-अलग समय पर अलग-अलग होते हैं। और हमारी यथार्थ की पहचान भी समाज के साथ

इस अर्थ में जुड़ी होती है कि एक व्यापक यथार्थ के साथ और उसकी परिधि के भीतर हम एक युगीन यथार्थ की पहचान करते हैं। अब भाषा भी एक तो वृहत्तर सांस्कृतिक ढाँचे के साथ जुड़ी हुई भाषा होती है और दूसरा उसका वह रूप होता है जो समय के साथ-साथ लगातार बदलता चलता है। एक स्थायी या कि अपेक्षया स्थिर रूप और एक उसका चलन्त और रोज-रोज बदलनेवाला रूप है। समाज में हम इन दोनों की भी पहचान करते हैं, जैसे कि किसी भी समाज में रहते हुए हम उसकी युगीन आवश्यकताओं को और उसकी लम्बी परम्परा को अपने सामने रखता हूँ।

यहाँ पर भाषा को लेकर एक और समस्या मेरे सामने आती है। समाज के साथ हम जब भाषा को जोड़ते हैं तो उसकी युगधर्मिता की ओर ध्यान देते हैं। अंग्रेजी शब्द की शरण लें तो उसका फंक्शनल रूप हमारे सामने आता है। अब अगर भाषा का एक फंक्शनल महत्त्व भी है तो अनिवार्यतया वह व्यवहार से जुड़ी हुई है। और भाषा को व्यवहार के साथ जोड़ने को मैं नहीं समझता कि 'व्यवहारवाद' कहना चाहिए। आखिर हमारे सारे सामाजिक व्यवहार का आधार भाषा है और भाषा है भी सामाजिक व्यवहार के लिए। अगर यह बात सही है तो क्या ऐसा कहने को 'व्यवहारवादी दृष्टि' कहकर उसकी प्रकट या निहित भाव से निन्दा उचित है? व्यवहार और व्यवहारवाद अलग-अलग चीजें हैं। इस पर यहाँ जोर देना इसलिए आवश्यक जान पड़ रहा है कि भाषा की चर्चा में प्रायः इसकी गुंजाइश रह जाती है कि हम इस बात को अनदेखा कर जाएँ। भाषा का एक फंक्शनल या प्रयोजनमूलक उपयोग है, हमारे दैनन्दिन जीवन में उसका एक स्थान है, हमारे प्रयोजनों का वह साधन है। यह पहचान और उसके आधार पर भाषा से काम लेना एक बात है और भाषा के बारे में 'व्यवहारवादी दृष्टि' अपनाना दूसरी बात। भाषा से ऐसे काम लिया जा सकता है, इसको मैं व्यवहारवादी दृष्टि नहीं कहता, यद्यपि हर व्यवहार के साथ भाषा अनिवार्यतः जुड़ी हुई है और हमें यह मानना होगा कि भाषा के बिना व्यवहार नहीं हो सकता और जिस भाषा का व्यवहार से सम्बन्ध नहीं है वह भाषा समाज से भी टूट जाएगी।

इस प्रयोजन को व्यवहारवाद से हम अलग कर सकें और भाषा के अवमूल्यन का प्रश्न सही सन्दर्भ में रख सकें, इसके लिए हमें भाषा का यह रूप पहचानना आवश्यक होता है। असल में व्यवहार के साथ भाषा को जोड़ने से ही उसका अवमूल्यन होता है और आज हो रहा है, उसकी चिन्ता हमें होनी चाहिए, यह बात तो सही है। लेकिन उसके कारणों को सही सन्दर्भों में रखकर देखना चाहिए। पूरी समस्या को आसान रूप में प्रस्तुत करने लगूँ तो कहूँगा कि जिस आविष्कार को आज की भाषा में मीडिया कहा जाता है, जहाँ से उसका आरम्भ हुआ है, जहाँ से व्यापक संचार माध्यमों का, विस्तृत लोक सम्पर्क, प्रचार विज्ञापन या मास कॉन्ट्रैक्ट के लिए इन दूर प्रभावी साधनों का उपयोग होने लगा है, वहीं से भाषा का अवमूल्यन होता है। यह समस्या व्यवहार की नहीं है। यह उससे व्यापकतर समस्या का एक

पहलू है। भाषा का अवमूल्यन इसलिए होता है कि व्यापक जनसम्पर्क के नाम पर हम वास्तव में कुछ अन्य चीजों का, या सही बात कहें तो कुछ गहरे मूल्यों का अवमूल्यन कर रहे होते हैं। भाषा का अवमूल्यन हमारा लक्ष्य या कि उद्‌देश्य नहीं होता, उन मूल्यों का अवमूल्यन हमारा उद्‌देश्य होता है या कि उद्‌देश्य नहीं भी होता तो भी हम उनका अवमूल्यन जानते-बूझते करते हैं और उसकी प्रतिक्रिया या उसके परिणाम में भाषा का अवमूल्यन होता है। सबसे पहले प्रचार के और विज्ञापन के लिए जब हम इस बड़े पैमाने पर और इतना दबाव देकर भाषा का उपयोग करते हैं कि उस दबाव के नीचे हमारा विवेक सिर न उठा सके, तब भाषा का अवमूल्यन इसलिए होता है कि हम उन चीजों का अवमूल्यन करते हैं जिनके साथ भाषा जुड़ी हुई है। उदाहरण के लिए, राजनीतिक प्रचार को अगर सबसे पहले लें तो उसमें सबसे पहले सत्य का अवमूल्यन होता है। हम सत्य का अवमूल्यन करते हैं, हम यथार्थ का अवमूल्यन करते हैं; इसलिए भाषा का अवमूल्यन हो ही जाता है, क्योंकि भाषा इन चीजों के साथ जुड़ी हुई है। राजनीतिक प्रचारक भाषा का अवमूल्यन करने नहीं निकलता बल्कि वह तो यह भी सोच और कह सकता है कि वह तो भाषा को प्रभावशाली बना रहा है। वह लोगों में एक खास तरह का मनोभाव या कि विश्वास या कि उत्साह पैदा करने निकलता है जिसके लिए वह सच्चाई को छोड़ता है, जिसके लिए वह यथार्थ की सम्पूर्ण या समग्र चेतना को भी छोड़ता है। वह एक खास तरह का चित्र प्रस्तुत करना चाहता है। जब भाषा इसका साधन बन जाती है तब उसका अवमूल्यन अनिवार्यतया होता है।

विज्ञापन के जगत् में विज्ञापन देनेवाला भी राजनीतिककर्मी से कुछ भिन्न नहीं है। वह भी आपको विश्वास दिलाना चाहता है कि अमुक एक कोई वस्तु अच्छी है। अच्छा होने के जितने कारण वह देता है, उनमें कोई भी सच्चा कारण नहीं भी हो सकता है। यह तो सम्भव है कि कोई चीज सचमुच अच्छी भी हो, लेकिन वह वास्तव में अच्छी है, इतने ही से विज्ञापन नहीं होता। वह अच्छी इसलिए है कि बहुत से लोग उसका व्यवहार करते हैं। अब अगर सौ आदमी झूठ बोलते हैं तो एक सौ एकवें आदमी के लिए झूठ बोलना अच्छा हो जाएगा, ऐसा नहीं; लेकिन विज्ञापनदाता इस भावना को उभारता है कि इतने अधिक लोग जो करते हैं वही करना अच्छा है, सच्चा है, यथार्थ है, सात्त्विक है, सत्य है, बुद्धिमानी है, आधुनिक है, आदि-आदि। और ऐसा भी सम्भव है कि वह यह भी न करे कि विज्ञापन की 'लाइन' यह न होकर दूसरी हो। वह कहे कि "समाज में जो सम्पन्न हैं या जिनकी ओर लोग आँख उठाकर देखते हैं वे अमुक चीज खरीदते हैं" इसलिए आप भी वह खरीदिए। क्यों? इसलिए कि आप भी वही खरीदेंगे तो अपने को इस धोखे में रख सकेंगे कि आप भी उस सम्पन्न वर्ग में शामिल हो गए, उनमें से एक हो गए जिसके लिए लोगों का ऐसा सम्मान है? अमुक मिल के कपड़े पहनिए, क्योंकि बड़े आदमी उस मिल के कपड़े पहनते हैं।

वे बड़े आदमी चोर हैं या उचक्के हैं, या आप जानते हैं कि वे क्या-क्या कर रहे हैं; इसके बावजूद विज्ञापनदाता यह कहता है कि बड़े आदमी या सफल ऐक्टर या कि कम्पनी इग्जेक्यूटिव ऐसे कपड़े पहनते हैं, इसलिए आप ऐसे कपड़े पहनिए। इससे उनका कोई प्रयोजन नहीं है; न वह आपका ध्यान इस ओर ले जाना चाहता है कि वे कपड़े टिकाऊ हैं, या नहीं, अच्छे हैं या नहीं। बल्कि शायद टिकाऊ होना इस समाज में उसकी एक कमी मानी जाएगी क्योंकि यह भी तो आवश्यक है, आप हर साल नया सूट खरीदें। इसलिए कपड़े टिकाऊ होना उसके हित में नहीं है जिस बात को वह आपके सामने यों रखेगा कि 'हमेशा फैशन के साथ चलिए बल्कि उसके एक कदम आगे रहिए ट्रेंडी कपड़ा पहनिए बल्कि ट्रेंडीसेटर बनिए।" यों आपका अहं फूलेगा और भाषा की अर्थवत्ता का गुब्बारा पिचकता जाएगा।

और भी नमूने ऐसे अवमूल्यन के आप लीजिए। आज हमारे देश के विज्ञापन में आप पिछले दस साल में विज्ञापनों के स्वभाव में जो परिवर्तन आया है उसको देखें तो आप पहचान सकेंगे कि कितने व्यापक और संगठित रूप से विज्ञापनदाता सारे समाज के मानस को विकृत करने में लगे हैं, क्योंकि उस विकृति के सहारे वे अपना माल बेच सकते हैं। फैशन की अपील, सौन्दर्य की या सेक्स की अपील, चीजों के बड़े होने की अपील । आप छोटे को छोटा कहकर नहीं बेच सकते। विज्ञापन तो प्राय: सब अंग्रेजी में होता है या अंग्रेजी के अनुवाद में होता है; तो किसी चीज का जो छोटा साइज होता है उसको छोटा साइज नहीं कहते विदेशों में तो यह हाल है कि पेट्रोल की कमी के कारण लोग छोटी कार खरीदना चाहते हैं लेकिन अमेरिका में छोटी गाड़ी को स्माल कार कहकर बेचना लगभग असम्भव है या कम-से-कम विज्ञापनदाता ऐसा मानता है। वह उसको बिगेस्ट काम्पेक्ट कार या बिगेस्ट लिटिल कम्पेक्ट कार या मिनी जॉइंट या ऐसा कुछ कहता है। उसका बिगेस्ट होना जरूरी है। 'सबसे बड़ी पिद्दी गाड़ी' कहकर वह उसको बेच लेगा, लेकिन 'छोटी गाड़ी' कहकर उसको नहीं बेच सकेगा क्योंकि छोटी गाड़ी तो छोटे आदमी लेते हैं। और भी उदाहरण लें छोटे साइज को वह जम्बो साइज कहेगा, सबसे छोटा आकार हाथी का है। हाथी से आगे ही वह चलता है। उसके आगे, जॉइंट हो जाएगा या फिर जॉइंट पहले और बाद में हो जाएगा, फिर फेमिली साइज हो जाएगा। कुछ चीजों के लिए इकोनॉमी साइज भी कहेगा। यद्यपि उसको सन्देह है कि इकोनॉमी साइज में सिर्फ किफायत के आधार पर विज्ञापन करने से चीज बहुत दूर तक नहीं पहुँचती है। लेकिन ऐसा वह कह सकता है कि "जितने बड़े आदमी हैं या कि सिनेमा स्टार हैं अमुक साबुन का इस्तेमाल करते हैं" इसलिए आप भी कीजिए, हालाँकि आप सिनेमा स्टार नहीं हैं, न कोई ऐसा विश्वास आपको दिला रहा है कि आप वह साबुन लगाकर सिनेमा स्टार हो जाएँगे; लेकिन आपके मन में कहीं-न-कहीं इस तरह की कोई आकांक्षा है, ऐसी होड़ का भाव है और उसके सहारे वह अपना साबुन बेच ले जाएगा।"

तो ये सब भाषा के अवमूल्यन के रास्ते हैं। लेकिन इनमें से कोई भी यह सोचकर नहीं चलता है कि वह भाषा का अवमूल्यन कर रहा है। वास्तव में वह ऐसा करता है, लेकिन यह उसका लक्ष्य नहीं है। तो यह चीज हमें पहचाननी चाहिए कि भाषा का अवमूल्यन इसलिए होता है कि ये प्रचार के साधन, विज्ञापन के साधन सबसे हीनतर भावों के सहारे आगे बढ़ते हैं और विवेक को अवसन्न करते हुए चलते हैं। ये संस्कृति का अवमूल्यन करते हैं, इसलिए भाषा का अवमूल्यन होता है। अगर हमें भाषा के अवमूल्यन की चिन्ता है तो वास्तव में हमें संस्कृति के अवमूल्यन की चिन्ता होनी चाहिए। अगर हमारा ध्यान उधर नहीं है तो सिर्फ भाषा की चिन्ता करके हम कहीं नहीं पहुँचेंगे।

प्रचार और प्रसार करनेवाले या विज्ञापन देनेवाले ये लोग ही, जैसा मैंने कहा, सत्य का ही अवमूल्यन नहीं करते हैं, हमारी भावनाओं का भी अवमूल्यन करते हैं। हर एक छोटी-सी चीज के साथ बहुत बड़े भाव जोड़ दिए जाते हैं, इसलिए अपने मन पर हमारा विश्वास टूट जाता है और इसलिए हम विज्ञापन के लिए एक आसान शिकार बन जाते हैं। किसी चीज को सुन्दर या कि अपेक्षया सुन्दर कहना विज्ञापनदाता का काम नहीं है। वह मोस्ट ब्यूटीफुल से आरम्भ करता है; लवलिएस्ट, मोस्ट ब्यूटीफुल इत्यादि बहुत बड़े-बड़े शब्द, अतिरंजित शब्द, ऐसे शब्द जो कि हम अपने साधारण संयत व्यवहार में जाते सकुचाते हैं, विज्ञापन की भाषा में वे सब आ जाते हैं। स्वीकार किया जाए कि पत्रकारिता की भाषा में भी ये आ जाते हैं। आज हम सब हर किसी का 'भाव भीना' स्वागत करते हैं, भाव भीनी विदाई देते हैं। इसके बिना विदाई की कल्पना ही नहीं होती। ये 'भाव भीना' या इस तरह के शब्द हैं, इनका अवमूल्यन इसी तरह होता है। ये ऐसे शब्द हैं जिनका साधारण संयत भाषा में व्यवहार नहीं होना चाहिए; साधारण व्यवहार में हम यों बात-बात में विभोर भी नहीं होते। लेकिन बार-बार इन शब्दों का ऐसे सन्दर्भ में व्यवहार होता है और इसलिए होता है कि ऐसे बहुत से शब्द सुलभ होते जाते हैं उनकी आवृत्ति करके हम उनका अर्थ नष्ट कर देते हैं और इस प्रकार भावों पर ज्यादा जोर डाले बिना ही इन शब्दों के सहारे काम चला लेते हैं स्वागत या विदाई भाव भीनी इसलिए होती है कि भाव उसमें नहीं होते! तो इससे हम सिर्फ भाषा का या शब्द का अर्थ नष्ट नहीं करते, उसके पीछे जो भावना थी उसका भी अवमूल्यन हमारे जीवन में होता जाता है। फिर भावों का अधिक उद्रेक होना भी समाज में हीन दृष्टि से देखा जाता है। धीरे-धीरे हम अपने भावों पर अविश्वास करने लगते हैं, उनको भी घटिया, बाजारू विज्ञापन या प्रदर्शन की चीज मानने लगते हैं। फिर जब अपने प्रति हमारा विश्वास नहीं रहता तब अपनी भाषा के प्रति भी हमारा कोई आदर का भाव नहीं रहता। और तब हम सहसा निरस्त्र हो जाते हैं और उस असहाय परिस्थिति में प्रचार करनेवाला, विज्ञापन करनेवाला, हमको अपना शिकार बनाता है, हमारी भाषा को भी अपना शिकार बनाता है।

तो अवमूल्यन की परिस्थिति में ध्यान देने की बात मूलत: यह है, यह नहीं कि भाषा का अवमूल्यन हो रहा है, यह कि हम जब ऐसे समाज में आ जाते हैं तब हम शोषण करनेवाले के सामने निरस्त्र हो जाते हैं। जब तक संस्कृति की एक समग्र भावना बनी रहती है तब तक भाषा का अवमूल्यन नहीं होता। जहाँ हम संस्कृति और समाज को दो में बाँट लेते हैं और एक का दूसरे के साथ शोषण का रिश्ता हो जाता है, वहाँ से भाषा का अवमूल्यन शुरू हो जाता है, क्योंकि समाज का बड़ा हिस्सा छोटे हिस्से का शिकार हो जाता है और बड़े हिस्से की भाषा भी छोटे हिस्से के मुहावरे का शिकार हो जाती है। इसलिए अगर हमें इस स्थिति का इलाज करना है तो वहाँ उसकी जड़ में जाकर कठिनाई को देखना चाहिए। पूरी संस्कृति का अवमूल्यन होता है, इसलिए भाषा का अवमूल्यन होता है।

अवमूल्यन के प्रश्न के बाद अपेक्षा की गई कि भाषा और सर्जनशीलता का सम्बन्ध समाज के सन्दर्भ में इस विषय की चर्चा होगी। इस शीर्षक को लेकर मैं सोचता रहा कि इसमें जो तीन पद हैं : भाषा, सर्जनशीलता और समाज, उन तीनों को हम चाहे जिस क्रम में रखकर विचार करें, क्या कोई बड़ा अन्तर पड़ता है? अगर हम कहें कि 'भाषा और सर्जनशीलता : समाज के सन्दर्भ में', 'भाषा और समाज : सर्जनशीलता के सन्दर्भ में', 'सर्जनशीलता और समाज : भाषा के सन्दर्भ में' तो क्या ये अलग-अलग विषय हो जाते हैं या कि फिर भी एक ही विषय रहते हैं? मैं इस सवाल को अभी खुला छोड़ देता हूँ। पाठक इन दोनों में से जो चाहे मान सकता है कि अलग-अलग विषय हैं, या कि एक ही विषय को अलग-अलग दिशाओं से देखना है। मेरे लिए महत्त्व की बात यह है कि इन तीन चीजों को अलग करके उन पर विचार नहीं हो सकता; अर्थात् विषय को हम यों भी प्रस्तुत कर सकते हैं भाषा, सर्जनशीलता और समाज।

यह भूमिका इसलिए आवश्यक है कि हम देखते हैं कि कई समाज ऐसे होते हैं जिनमें कि सर्जनशीलता का ऊँचा स्थान होता है और कई ऐसे होते हैं जिनमें कि एक खास तरह की मानसिक जड़ता, गतानुगतिकता होती है और जो सर्जनशीलता को खतरनाक नहीं तो विलासिता जरूर समझते हैं। समाज ऐसे क्यों हो जाते हैं? मैंने अब तक संस्कृति के बारे में जो कुछ कहा, उसको अगर हम ध्यान में रखें तो इस परिस्थिति को हम समझ सकते हैं कि ऐसा क्यों होता है कि कभी-कभी संस्कृतियाँ ही अपेक्षया जड़ हो जाती हैं, जो बने-बनाए संस्थान हैं या रूढ़ियाँ हैं उन पर ज्यादा जोर देती हैं और किसी तरह की भी मौलिकता या सर्जनशीलता को अच्छी नजर से नहीं देखतीं। जब संस्कृति की दृष्टि भी ऐसी होती है तो समाज तो उसी का एक प्रतिबिम्ब है। तब फिर यह सवाल उठाना चाहिए कि क्या बात वहीं तक सीमित है या इससे कुछ गहरा कारण भी है जिनसे सर्जनशीलता या तो समाज में रही नहीं और इसलिए भाषा में नहीं रही; या कि सर्जनशीलता के प्रति लोगों का विरोध या सन्देह

का भाव है। मैं कहूँ कि हमारे आज के समाज में सर्जनशीलता के खासकर भाषा के मामले में सर्जनशीलता के प्रति एक सन्देह का भाव है जिसकी पड़ताल अपेक्षित है।

भाषा और समाज के सम्बन्धों की चर्चा में अनुवाद के प्रश्न का कोई आत्यन्तिक स्थान नहीं है। आधुनिकीकरण के प्रश्न के बारे में भी यही बात कही जा सकती है। फिर भी भारत में आज उस विषय की चर्चा में ये दोनों प्रश्न आ ही जाते हैं, क्योंकि असल में जब हम भाषा और समाज की बात करने लगते हैं तो भाषाओं के सामने की और समाजों में टकराहट की बात भी हमारे ध्यान में होती है, चर्चा में भले ही हम उसे उभारकर न लाएँ। भाषा और समाज-एक तरफ हमारी भाषा और हमारा समाज, दूसरी तरफ (परिश्रम की) आधुनिक समाज और उसकी आधुनिक भाषा (एँ)... और इसलिए आधुनिकीकरण का प्रश्न, और इसलिए अनुवाद का प्रश्न, ...लेकिन, यद्यपि ये दोनों प्रश्न विचार माँगते हैं आधुनिकीकरण की समस्या (विशेष रूप से भारतीय भाषाओं के लिए) और अनुवाद की समस्या तथापि इन दोनों को सीधे-सीधे जोड़ना, और अन्य बहुत-सी बातों को सन्दर्भ में न जोड़ना, कठिन भी है और अनुचित भी। ऐसा नहीं माना जा सकता कि अनुवाद के सहारे आधुनिकीकरण हो सकता है या होना है यानी कि आधुनिकीकरण के लिए अनुवाद अनिवार्य है। मैं ऐसा बिलकुल नहीं मानता। ऐसा मान लेने में जो खतरा है, उसकी ओर पाठक का ध्यान आकृष्ट करना भी आवश्यक समझता हूँ।

हम लोग इस समय अनुवाद के युग में तो जी रहे हैं, लेकिन यह मानना गलत है, क्योंकि हम अनुवाद के युग में जी रहे हैं इसलिए क्रमशः आधुनिक होते जा रहे हैं। सच बात यह है कि अनुवादजीवी होकर हम आधुनिक हैं या नहीं हैं, इसकी पहचान भी धीरे-धीरे खो रहे हैं। मैंने आरम्भ में ही कहा था कि संस्कृति की पहचान के लिए तीन चीजें आवश्यक हैं और यहाँ पर उन तीनों का उल्लेख फिर कर देना उपयोगी होगा। ये तीन चीजें हैं अस्मिता की पहचान, एक विशेष मूल्यबोध और यथार्थ की पहचान। संस्कृति के ये तीन आधार होते हैं और इनसे भाषा जुड़ी हुई है। लेकिन भाषा जब संस्कृति के साथ इतनी गहराई में जुड़ी है तो उसकी एक और विशिष्टता को भी पहचानना चाहिए जिसकी ओर मैंने अभी तक इशारा नहीं किया था। भाषा एक समग्र संस्कृति की आत्माभिव्यक्ति का साधन है, लेकिन उसके साथ-साथ वह स्वरूप रक्षा का भी एक साधन है। कोई भी संस्कृति एक तरफ अपनी विशिष्टता को पहचानती है, दूसरी तरफ उस विशिष्टता को बनाए रखने के लिए दूसरी सब संस्कृतियों से अपने को अलग भी करती है। यह व्यूह रचना भी भाषा के सहारे होती है और सहज भाव से होती रहती है। तो भाषा जहाँ एक ओर उस संस्कृति में पूरे समाज को जोड़ती मिलाती है, वहाँ उस समाज को दूसरी संस्कृतियों के दूसरे समाजों से अलग भी करती है यानी हर संस्कृति की भाषा में एक बहुत बड़ा अंश ऐसा होता है जो कि दीक्षागम्य होता है। जब तक आप उस संस्कृति की जड़ों तक

नहीं पहुँचते, तब तक उस भाषा के शब्दार्थ तक भी आप नहीं पहुँच सकते। इस प्रकार यह स्वरूप रक्षा का साधन हो जाता है। हर भाषा संस्कृति की अभिव्यक्ति करती है, आत्म-साक्षात्कार का भी साधन होती है, और हर संस्कृति के लिए अपने को सबसे अलग करके, वेष्टित करके छिपाकर रखने का भी साधन है।

अनुवाद की बुनियादी समस्या यहाँ होती है। अनुवाद के सहारे आप कभी इस दीवार के पार नहीं जा सकते। दो संस्कृतियों के बीच में अदृश्य मगर दुर्भेद्य दीवार है, वहाँ किसी संस्कृति के प्रति विरोध का भाव नहीं है; जो अपना स्वत्व है उसकी रक्षा उसको बनाए और सँजोए रखने, उसकी मूल्यवत्ता की पहचान का एक आधार है, जिससे हर संस्कृति की भाषा में कुछ अंश ऐसा होता है जिस तक कोई दूसरी भाषा नहीं पहुँच सकती। हमारी हर भाषा के इस तरह की शब्दावली है। हम लोग अंग्रेजी के शब्दों के पर्यायों की चिन्ता तो करते हैं पर अपने शब्दों के अंग्रेजी पर्यायों का प्रश्न नहीं उठाते। क्योंकि सिर्फ एक ही दिशा में सोचते हैं, इसलिए हर बार अनुवाद करने बैठने पर इस परिणाम पर पहुँचते हैं कि 'अंग्रेजी' के बहुत से शब्दों के पर्याय हमारे पास नहीं हैं। लेकिन उससे कम शब्द हिन्दी के नहीं है जिनका कोई अंग्रेजी पर्याय में आपको नहीं मिलेगा। इस बात को हम भूल जाते हैं जब अनुवाद की समस्या को लेकर बैठते हैं। काव्य के अनुवाद में लोगों को इस बात की थोड़ी-बहुत पहचान होती है, क्योंकि काव्य में हम यह भी जानते हैं कि उसी एक भाषा में भी एक शब्द के बदले दूसरा शब्द नहीं रखा जा सकता। काव्य का जो शब्द है उसका सही पर्याय उसी शब्द के सिवा दूसरा होता ही नहीं। क्योंकि हम यह जानते हैं, इसलिए कविता के सन्दर्भ में यह पहचान लेते हैं कि अनुवाद किसी भी एक भाषा से किसी भी दूसरी भाषा में कठिन है। लेकिन इसी का एक व्यापकतर सांस्कृतिक पहलू है कि हर संस्कृति की आत्मरक्षा का एक सनातन साधन है उसकी भाषा। हर भाषा में बहुत से शब्द ऐसे होते हैं जिस तक कोई दूसरी भाषा नहीं पहुँच सकती जब तक कि वह उसकी संस्कृति की गहराई में न पहुँचे। इस अर्थ में हर भाषा 'साझा भाषा' या सन्धि भाषा होती है। इस बात की हम उपेक्षा कर जाते हैं और इस बात का बहुत महत्त्व है।

अनुवाद का जो संकट है उसका कारण सिर्फ इतना नहीं है कि हम शब्द का एक प्रतिशब्द खोज रहे हैं, अनुवाद के सहारे जी रहे हैं। हमारी सारी संस्कृति के सामने अनुवाद की समस्या है। हम अंग्रेजी का एक शब्द ले लेते हैं और मान लेते हैं कि उसका पूरा संस्कार हम जानते हैं, जबकि यह बात बिलकुल झूठ है अच्छी अंग्रेजी जाननेवाले भी अंग्रेजी शब्द का पूरा संस्कार बड़ी कठिनाई से ही जान पाते हैं। और उस एक शब्द की ऐसी गलत-सलत समझ लेकर हम सिर्फ एक शब्द के बदले एक शब्द नहीं लाते; हम अपने सारे जीवन को उस गलत समझ के अनुरूप ढालना चाहते हैं। अनुवाद की समस्या वहाँ है जहाँ कि हम अपनी संस्कृति में विश्वास खोकर एक दूसरी संस्कृति के सामने हीनभाव से आते हैं और उससे जो

कुछ मिलता है उसको एक छाते या कि संस्कृति के विस्तार को ध्यान में रखकर कह लीजिए, एक चँदोवे या पंडाल की तरह अपने सिर पर ओढ़कर समझते हैं कि हम उस संस्कृति का अंग हो गए, जबकि वास्तव में ऐसा नहीं होता। अनुवाद के सहारे हम उस संस्कृति में प्रवेश नहीं पा रहे हैं; उसको हमने ऊपर से एक तम्बू की तरह ओढ़ भर लिया है, बस। अगर हम इस बात को पहचान लेते हैं तब अनुवाद की समस्या हमारे सामने सही रूप से आ सकती है और तब वह हमारे आत्मविश्वास को नष्ट करनेवाली नहीं होगी। लेकिन अभी तक तो हम जब आरम्भ से ही यह मानकर चलते हैं और हमारी सारी शिक्षा आरम्भ से ही हमें यह सिखाती है विदेशी माध्यम से, विदेशी संस्कृति के प्रचार और प्रसार से कि पश्चिम की संस्कृति अच्छी है, ज्यादा विशाल है, और हमारी संस्कृति उससे हीनतर है, इसलिए उसके एक-एक शब्द के साथ और उसकी गलत समझ के साथ, हम बहुत कुछ ऐसा ओढ़ लेते हैं जिसे ओढ़ने का कोई कारण नहीं है। अनुवाद अपने आप में खतरा नहीं है, नहीं होता; बाधा नहीं होता आधुनिकीकरण में या किसी और चीज में या दूसरे की चीज को अपनाने में। संकट तब होता है जब हम इस बुनियादी बात को भूल जाते हैं; और उस भूल जाने का कारण होता है कि हममें आत्मविश्वास नहीं रहा। हम हमेशा जो दूसरे का है उसका पर्याय खोजते हैं और मान लेते हैं कि अगर यह पर्याय हमें नहीं मिलता तो कहीं-न-कहीं हम पीछे रह गए हैं। इस बात को भूल जाते हैं कि हमारी भी बहुत-सी ऐसी पूँजी है जिसका कोई पर्याय दूसरी संस्कृति के पास नहीं होगा, अगर वह अनुवाद करने चले। अगर वह हमें पहचानने चले तो उसके लिए भी उतनी ही कठिनाई है जितनी कि हमारे लिए जब हम उसे पहचानने चलें। लेकिन हमारे लिए यह लाचारी है कि हम तो उसको पहचानने का प्रयत्न करें और वह हमें पहचानने का प्रयत्न भले न करे। अनुवाद की समस्या वहाँ है।

आधुनिकीकरण को अनुवाद से बिलकुल अलग करके देखना चाहिए। आधुनिकीकरण के लिए अनुवाद कभी उपाय नहीं हो सकता। अनुवाद के सहारे हम संस्कृति के मूल तक नहीं पहुँचते। अगर पहुँचते तो हमारा अनुवाद अच्छा या सच्चा या रचनात्मक भी हो सकता; लेकिन वास्तव में अनुवाद के सहारे हम वहाँ तक पहुँचते ही नहीं। वहाँ पहुँचकर अच्छा अनुवाद हो सकता है। इसलिए अगर हमें आधुनिक होना है तो आधुनिक सभ्यता के मूल तक हमें पहुँचना होगा और उससे हमारी अनुवाद की कठिनाइयाँ अपने आप हल हो जाएँगी, क्योंकि फिर हमको अनुवाद की भाषा की आवश्यकता नहीं रहेगी हमें अपनी भाषा में उन परिस्थितियों के, उन भावनाओं के, उन मूल्यों के, उन बोधों के पर्याय मिल गए होंगे, एक नई पर्याय भाषा हमारे पास होगी जो कि अनुवाद की भाषा नहीं होगी।

हमने अभी तक सर्जनशीलता पर विचार किया पहले साहित्य, विशेष रूप से काव्य के सन्दर्भ में और फिर उच्चतर वैज्ञानिक चिन्तन के सन्दर्भ में। लेकिन हमें यह

नहीं भूलना चाहिए कि सर्जनशीलता यहीं तक सीमित नहीं है। हम उसे पूरे समाज के साथ जोड़ें, तभी भाषा की सर्जनशीलता या भाषा के सर्जनशील स्वभाव की बात हमारे सामने स्पष्ट होगी। तभी यह भी स्पष्ट होगा कि कहाँ हमारी कठिनाई है, कहाँ हमने पूरे समाज के रूप में अपने को पंगु बना रखा है। काव्य में सर्जनशीलता हो, यह तो सभी आसानी से स्वीकार कर लेते हैं, उसकी कमी हो तो बड़ी आसानी से खटकती है। विज्ञान में सर्जनशीलता न हो तो कुछ कम खटकती है, उसकी तरफ कुछ कम ध्यान जाता है। लेकिन जब पूरे समाज में वह नहीं होती तो उसकी ओर किसी का ध्यान नहीं जाता।

ऐसा नहीं है कि नई परिस्थिति या कि कोई नया अनुभव या नई समस्या सिर्फ काव्य के सामने आती है या कि नया विचार वैज्ञानिक के सामने आता है। हम बचपन से लेकर बढ़ते हुए निरन्तर नए अनुभवों से साक्षात्कार करते हैं और हमारे सामने यह समस्या होती है कि इस नई स्थिति को हम कैसे अपने काबू में ले आएँ, कैसे पहचानें, कैसे भोगें। हर जगह यह समस्या आती है। और अगर हमारे पास वैसी भाषा नहीं है, या कि भाषा के साथ हमारा वैसा सम्बन्ध नहीं है तो स्वयं जो अनुभव हमारे सामने है उसको ग्रहण करने के लिए भी हम दूसरी भाषा का मुँह जोड़ते हैं। यह बड़ी गहरी कठिनाई है। मैंने आरम्भ में मनुष्य की परिभाषा के रूप में ही कहा था कि अवधारणा करने की शक्ति मनुष्य में है यहाँ पर हम अवधारणा करने के बारे में ऐसे लाचार हो गए हैं कि अवधारणा भी नहीं कर सकते, उसके लिए दूसरी भाषा की शरण लेते हैं। इसका मतलब यह है कि हम मनुष्य होने से भी लाचार हो रहे हैं, उसके लिए भी दूसरी भाषा का मुँह जोहने लगते हैं। जो समाज इस अवस्था में पहुँच गया है उसके सामने सर्जनशीलता की कितनी बड़ी चुनौती है, यह हमें निरन्तर पहचानना चाहिए। साहित्य में, काव्य में, उच्चतर चिन्तन में सर्जनशीलता की जो कठिनाई है यह रचनाशील भाषा रचनाशील समाज की भाषा अपूर्व या अतार्कित स्थिति में कोश का मुँह न जोहकर तुरन्त शब्द गढ़ती है; हाँ, वह नई गढ़न भाषा के समग्र संस्कार के अनुरूप ही होती है, क्योंकि वह संस्कार भी तो रचनशीलता के लिए भंडार है। जिस भाषा के साथ हमारा ऐसा गहरा सम्बन्ध होता है, उसमें हम आत्मविश्वास के साथ इस तरह के नए शब्द गढ़ते हैं जो पूरी बात कहने में समर्थ होते हैं, यद्यपि कोश में वे शब्द नहीं थे। अपनी भाषा के साथ जब और जहाँ हमारा ऐसा सम्बन्ध हो, वहाँ हम अपने अनुभव, अपने विचार, अपनी आशा-आकांक्षा सब उस भाषा में व्यक्त कर सकते हैं। तब न हम अपनी भाषा का कोश देखने जाते हें, न अंग्रेजी का कोश देखने दौड़ते हैं, न भाषा वैज्ञानिकों की समिति बैठाते हैं कि शब्द गढ़कर फिर छह महीने विमर्श करते रहें कि परिस्थिति के लिए शब्द पर्याप्त हुआ कि नहीं।

जिस परिस्थिति में हम रहते हैं उसमें हमें निरन्तर यह ध्यान में रखना चाहिए कि पूरा समाज जिस भाषा के साथ जीता है, उसमें और उसके साथ जीते हुए अगर हम

उस जीवन सन्दर्भ को पहचानते हैं और उस भाषा में रचना करते हैं तो हमारा समाज भी रचनाशील हो सकता है। नहीं तो वहाँ भी उसके सामने नई स्थिति एक चुनौती बनकर आती है जरूरी नहीं है कि वह काव्य की कोई नई समस्या हो, जरूरी नहीं है कि विज्ञापन या रसायन की नई परिस्थिति हो। कोई भी नई चीज अनुवादजीवी समाज के सामने आती है तो वह तुरन्त दूसरे का मुँह देखने लगता है, क्योंकि अपनी शक्ति को पहचानना उसने सीखा ही नहीं। भाषा हमारी शक्ति है, उसको हम पहचानें वह रचनाशीलता का उत्स है व्यक्ति के लिए भी और समाज के लिए भी।

मानव : प्रतीक स्त्रष्टा

पशु और मनुष्य में भेद करते हैं तो इस बात पर बल देते हैं कि मनुष्य विवेकशील प्राणी है। पश्चिमी मुहावरे में जैसे कि मानव के लातीनी नाम होमो सेपिएंस में तर्कना शक्ति पर आग्रह है तो भारतीय परम्परा में धर्म पर: धर्मो हि तेशामधिको विशेष। पर तर्कना तो स्पष्ट ही विवेक-बुद्धि का दूसरा नाम है; और धर्म पर बल देना भी वास्तव में विवेक पर ही बल देना है, क्योंकि अपने स्वभाव की सही पहचान ही धर्म है।

और विवेक मानव के लिए एक चुनौती है : एक स्थायी और सहजन्मा चुनौती, जो इससे प्रबलतर ही होती है कि वह भीतर से प्रकट होती है, किसी बाहरी सत्ता द्वारा नहीं प्रस्तुत की जाती।

चुनौती; आहूत व्यक्ति पर एक उत्तरदायित्व डालती है। यदि विवेक की चुनौती मनुष्य की सहजात है, मानवत्व की प्रतिज्ञा है, तो उस उत्तरदायित्व के निर्वाह की, चुनौती के भुगतान की, ऐसी ही क्षमता उसमें भी होनी चाहिए ऐसी ही समान्तर सत्ता या प्रतिभा, जिसे हम भी सहजात कह सकें।

और ऐसी सत्ता, ऐसी सम्भावना मानव में है : विवेक का समकक्ष ही एक दूसरा गुण भी उसमें है जो पशु और मनुष्य में भेद करने का उतना ही निर्विकल्प आधार है।

मानव केवल विवेकशील प्राणी होमो सेपिएंस ही नहीं है। पशु और मानव में इतना ही मौलिक अन्तर यह है कि मानव प्रतीक-स्त्रष्टा प्राणी है होमो सिम्बालिकम्। मानव प्रतीकों की सृष्टि कर सकता है, यह बात उसे पशु से और भी महत्त्वपूर्ण ढंग से अलग करती है, और यह उसके सारे सांस्कृतिक और प्रतिभा विकास का आरम्भ बिन्दु है। विवेक की प्रतिभा भी प्रतीक-सृष्टि की प्रतिभा का सहारा लेकर ही प्रतिफलित होती या हो सकती है। मानवेतर सभी प्राणी, जिन्होंने प्रतीक-सृष्टि की यह प्रतिभा नहीं पाई है, एक सीमित जीवन ही जी सकते हैं। उनका जीवन स्थूल जगत् की गोचर अनुभूतियों तक ही सीमित रहता है। और वे अनुभूतियाँ भी एक से दूसरे को सम्प्रेश्य नहीं होतीं, क्योंकि सम्प्रेषण का कोई परिपक्व साधन उनके पास नहीं है। संकेतों का एक स्थान उनके जगत् में है जैसे झुंड के एक पशु का डर संकेत द्वारा पूरे झुंड को भयातुर कर दे सकता है पर भाषा के समकक्ष उनके पास कुछ नहीं है,

क्योंकि भाषा का आधार प्रतीक है और उसका आविष्कार या प्रवर्तन पशु-जगत् में नहीं होता। भाषा से सम्प्रेषण का आरम्भ है, उसी से अनुभव के आदान-प्रदान का आरम्भ होता है, ज्ञान का आरम्भ होता है, परम्परा का आरम्भ होता है विद्या का आरम्भ होता है, विज्ञान का आरम्भ होता है। और विकास की इस सारी शृंखला की पहली कड़ी है प्रतीक। वही मनुष्य को स्थूल की अकड़ से मुक्त करता है, प्रकृति की पकड़ से मुक्त करता है। कहा है—सा विद्या या विमुक्तए। विद्या वह है जो मुक्ति का निमित्त हो और विद्या आरम्भ प्रतीक-सृष्टि से होता है।

लेकिन स्थूल के बन्धन से, प्रकृति से, मुक्त होने का क्या अर्थ है? यह नहीं कि मानव-प्राणी प्राकृतिक नियमों से मुक्त हो जाता है या प्रकृति से बाहर चला जाता है। मुक्त होने का अर्थ यही है कि उसकी सम्भावनाएँ निर्बन्ध और पूर्वकल्पनातीत हो जाती हैं। अनन्त जगत् के सारे क्षितिज उसके समक्ष खुल जाते हैं।

इसी बात को एक दूसरी तरफ से देखकर भी समझा जा सकता है।

किसी भी जीव की शरीर-रचना को देखकर उसके सम्भाव्य जीवन का काफी सही चित्र खींच ले सकते हैं। बल्कि पूरा शरीर न हो तो कुछ अवयवों से ही हम उसकी जीवन-सम्भावनाओं की आकार-रेखा प्रस्तुत कर ले सकते हैं। जैसे आदिम जीव-कोशिका को लीजिए : उसकी रचना ही हमें बता देगी कि यह प्राणी आहार ग्रहण कर सकता है, पनप सकता है और नाति-वृद्धि कर सकता है। स्नायु-तंत्र और अस्थिपंजर की अनुपस्थिति हमें बता देती है कि क्या-क्या वह नहीं कर सकता। इसी प्रकार क्रमशः कीट-पतंग, रेंगने और दौड़नेवाले प्राणी, शीत और गर्म रक्तवाले प्राणी, रीढ़ के बल खड़े हो सकनेवाले प्राणी, विभिन्न प्रकार के स्नायु-तंत्रों या मस्तिष्कोंवाले प्राणी के जीवन को हम रूपायित कर सकते हैं। मानव-पूर्व वनौकस तक यह अनुमान-परम्परा सफलतापूर्वक लाई जा सकती है। 'हरि' का एक विशेष अर्थ (बन्दर) लेकर हम कह सकते हैं कि पूरे हरिवंश पुराण का हम पारायण कर सकते हैं और उसके भविष्यपर्व की भी परिकल्पना कर सकते हैं। पर हरिवंश के आगे नरवंश पर आते ही यह असम्भव हो जाता है, क्योंकि इस 'नर-हरि' में एक नई प्रतिभा आई है जिसकी मर्यादाएँ हमारी पहुँच से परे हैं। शरीर-रचना की दृष्टि से वह बहुत आगे नहीं गया है, पर प्रतीक-सृष्टि की प्रतिभा ने उसे भाषा देकर उसे स्थूल अस्तित्व की भौतिक मर्यादाओं से पार लँघा दिया है : शरीर उसका अब भी मरण के आहार-निद्रा-भय-मैथुनं च के नियमों के अधीन है, पर एक दूसरा अस्तित्व भी उसे मिल गया है जो इन नियमों की परिधि में नहीं आता और जिसकी सीमाएँ हम नहीं दे सकते। प्रतीक-स्रष्टा होकर मानव अनन्त सम्भावना-सम्पन्न हो गया है; अनुमान से, पूर्वकल्पना से, परे चला गया है। उसका प्रारब्ध भी ज्ञात नहीं है, अनागत की तो कौन कहे। यस्यान्तं न विदुः सुरासुरगणा, अब हम केवल देवता के लिए नहीं, इस मनुष्य के लिए भी कह सकते हैं। शरीर-रचना के सहारे

चलते हुए क्या हम जान सकते थे कि यह 'नर-हरि' विमान उड़ाएगा, चन्द्रलोक की यात्रा करेगा, या कि इसके बनाए हुए यंत्र मंगल और बुध की ग्रह-भूमि पर विचरने की स्पर्द्धा करेंगे? सोम, मंगल और बुध: प्रतीक-स्रष्टा मानव के जीवन का पूरा सप्ताह ही क्या-क्या सम्भावनाएँ अपने गर्भ में छिपाए है, क्या हम अब भी कल्पना कर सकते हैं? (और लक्ष्य कीजिए : यह सप्ताह की और गर्भ में छिपे होने की बात मैंने कही, यह भी प्रतीक-योजना के सहारे ही सम्भव हुई, नहीं तो यह बात मैं कैसे कहता, और 'थोड़ी कही बहुत जानना' आपके लिए कैसे सम्भव होता, क्या जाने।)

तो होमो सेपिएंस का एनिमाल सिम्बालिकम् हो जाना मानव का मुक्त हो जाना है। प्रकृति के इस प्राणी के सामने एकाएक प्रकृति का नियन्ता हो पाने की सम्भावना खुल गई है। प्रकृति की काल-गणना में नर को हरि से विकसित हुए बहुत अधिक समय नहीं हुआ है; तो क्या उसमें इस सत्ता का आविर्भाव बन्दर के हाथ में 'उस्तरा' आ जाने जैसा ही है? (इस प्रश्न की रूपक-योजना भी प्रतीक-सृष्टि के आधार पर ही सार्थक हुई है; एक बन्दर को आप नहीं समझा सकते हैं कि दूसरे बन्दर के हाथ में उस्तरा आ जाने से कैसी-कैसी अनिष्ट सम्भावनाएँ बन्दर जाति-मात्र के सामने आ जाती है।)

यह प्रश्न निरा आलंकारिक प्रश्न नहीं है जिसके उत्तर का स्पष्ट संकेत प्रश्न में निहित होता है। प्रश्न वास्तविक है। मानवेतर प्राणियों का जीवन अगर शुद्ध गोचर अनुभवों और उनकी प्रतिक्रियाओं तक सीमित होता है, तो उसमें एक प्रकार की सुरक्षा भी होती है; गोचर अनुभव झूठे नहीं होते। लेकिन जब प्राणी के संग्राहक-तंत्र और उसके कर्मप्रेरक तंत्र के बीच में एक प्रतीक-योजना तंत्र आ जाता है, तब उसके अनुभव 'शुद्ध' नहीं रहते। और इसमें यह निहित है कि प्राणी अपने अनुभव को सही ढंग से न भी समझे, जो छाप उसका संग्राहक-तंत्र ग्रहण करता है उसे समझने में भूल करे और फलतः कर्म-प्रेरक तंत्र को गलत निर्देश दे। यानी मानव ही पहला प्राणी है जो अनुभव के क्षेत्र में गलती कर सकता है। यह 'गलती कर सकने' की सम्भावना उसकी सर्जनात्मक सम्भावनाओं की और उसकी वरण की स्वतंत्रता की माप भी है। प्राणि जगत् में केवल मात्र मनुष्य सभ्य और संस्कृत हो सकता है, और केवल-मात्र मनुष्य गलतियाँ कर सकता है।

मैंने आरम्भ में कहा कि उत्तरदायित्व की बात कर देने के उपरान्त सम्भावना की बात भी करनी चाहिए और उसी की ओर प्रवृत्त हुआ। अब कहना चाहता हूँ कि यह जो सम्भावना की बात मैंने की है, वास्तव में यह भी जिम्मेदारी की ही बात है। स्वतंत्रता सबसे बड़ी जिम्मेदारी है; क्योंकि बिना स्वतंत्रता के जिम्मेदारी ही नहीं है : अगर मैं स्वतंत्रकर्मी नहीं हूँ, अगर वरण की स्वतंत्रता मुझे नहीं है तो अपने कर्म की जिम्मेदारी भी मुझ पर कैसे आती है? स्वतंत्रता इतनी बड़ी जिम्मेदारी है, नैतिक

उत्तरदायित्वों की आधारशिला है, इसीलिए अधिसंख्य मनुष्य वास्तव में स्वतंत्रता से डरते हैं : बँधी हुई लीक में ही उन्हें सुविधा और सुरक्षा दीखती है। यहीं शिक्षा की भी सबसे बड़ी परीक्षा होती है। क्या हमारी शिक्षा ने हमें अपनी स्वतंत्रता स्वीकार करना सिखाया है? उतना बल दिया है? उतना साहस दिया है? उतना संकल्प दिया है? आत्म-निरीक्षण का उतना निर्ममत्व दिया है?

मानव प्रतीक-स्त्रष्टा है, इसलिए अनन्त सम्भावना-सम्पन्न है; मुक्त है। यह संस्कारवान् मानव की नियति में निहित है : स्वतंत्रता से उसका छुटकारा नहीं है। इसमें क्या हमें चिन्ता का कारण दीखेगा चिन्ता का, भय का, बेगानगी का, संत्रास का उन सब अस्वस्ति भावों का जिनकी इतनी चर्चा आज के साहित्य में होती है? या इसमें हम पाएँगे स्फूर्ति, प्रेरणा, बल, उत्साह, आशा का उल्लास? यह प्रश्न एक देहरी है; देहरी पार करते-न-करते प्रश्न का उत्तर हमें पा लेना होता है।

क्योंकि इस देहरी के पार की दुनिया प्रतीकों की दुनिया है जैसे कि देहरी के इस पार भी प्रतीकों की ही दुनिया रही। पर इस पार की दुनिया में प्रतीक हमारी शिक्षा के, संस्कार के, अनुशासन के, बल-संचय के साधन थे, इस पार के प्रतीकों ने हमें बनाया, उस पार के प्रतीक परीक्षण के, तनाव के, शक्ति के, व्यय के साधन होंगे, उस पार के प्रतीक हमें कसेंगे और तोड़ना चाहेंगे। प्रतीकों का फिर सहारा लेकर कहा जाए कि इस पार प्रतीकों की आश्रम वाटिका थी, उस पार प्रतीकों का जंगल होगा। उदाहरण ले लें : आश्रम भी प्रतीक है, मातृभूमि भी प्रतीक है, राष्ट्र भी प्रतीक है, झंडा भी प्रतीक है। जाति और वर्ण प्रतीक हैं, छुआछूत प्रतीक हैं, दाढ़ी-चोटी प्रतीक हैं, तिलक और सिन्दूर, फूल और चन्दन, धोती और पैंट, टोपी, टोप और पगड़ी, राज्य-भाषा, मातृ-भाषा, बोली—वे भी प्रतीक हैं। लाल रंग, पीला रंग, केसरी, हरा, काला, सफेद—ये भी प्रतीक हैं। बैलों की जोड़ी, गाय और बछड़ा, दीपक, झोंपड़ी, नाव ये भी प्रतीक हैं। कुछ प्रतीक स्थायी या दीर्घकालिक हैं, कुछ केवल तात्कालिक महत्त्व के हैं, कुछ केवल प्रादेशिक या आंचलिक। कुछ प्राकृत प्रतीक हैं, जो इसलिए 'शाश्वत' भी माने जा सकते हैं; कुछ पारम्परिक हैं, इसलिए एक स्थिरता और गाम्भीर्य रखते हैं : कुछ तदर्थ हैं और उनमें जब-तब मनमाना अभिप्राय भरा जा सकता है। लेकिन सभी में शक्ति है, निर्माण और कलह के बीज हैं : प्रतीकों के लिए युद्ध लड़े जाते हैं, जातियाँ बनती-मिटती हैं। संस्कृतियों के उदय-विलय का इतिहास बहुत कुछ उनके पूजित प्रतीकों के विकास-ह्रास का इतिहास होता है। और सब-के-सब प्रतीक हैं हमारी अपनी सृष्टि-क्योंकि मानवेतर कोई प्राणी प्रतीक-स्त्रष्टा नहीं होता। यानी प्रतीक हमने बनाए हैं, वे हमारी सुविधा के साधन और प्रमाण हैं—पर साथ ही हमारे जीवन का हर कदम प्रतीकों से बँधा है, प्रतीकों द्वारा नियंत्रित है। 'प्रतीक' की सृष्टि से हम मुक्त हुए : तब से यह संकट हमारे सामने है कि कहीं हम प्रतीकों के गुलाम न हो जाएँ।

आइए, चलिए देहरी के पार : उस खुले संसार में जहाँ उस सत्ता से सच्चा साक्षात्कार हो सकता है जो मानव की उपलब्धि भी है, और ऋण भी, सृष्टि भी है और नियति भी। या कि यों कहें नर का धन है और नारायण का ऋण है: इस धन का व्यय ही इस ऋण का शोध है और मुक्ति का मार्ग दिगन्तगामी मार्ग।

[कानोडिया महाविद्यालय, जयपुर के दीक्षान्त भाषण से संकलित।]

संवत्सर

मैं उन लोगों में से नहीं हूँ जो बड़े तड़के उठकर टहलने जाते हैं और पौ फटने से पहले ही लौट भी आते हैं। ऐसे लोगों का विशेष प्रशंसक भी नहीं हूँ। ये लोग रोज नियमपूर्वक इतनी जल्दी उठ लेते हैं इससे तो प्रभावित हूँ; और तर्क के लिए यह भी मान लूँगा कि सबेरे की हवा बहुत अच्छी होती है। लेकिन मैं घूमने जाता हूँ तो अँधेरा देखने तो नहीं जाता कम-से-कम रोज केवल अन्धकार देखने की बात तो मेरी समझ में नहीं आती। कभी-कभी अवश्य अँधेरा भी सुन्दर लगता है। और उसकी यह उपयोगिता भी मैं स्वीकार कर लूँगा कि वह अपने को देखने में सहायक होता है। अपने को देखना भी कभी-कभी तो ठीक है।

बाहर निकलकर नई-नई धूप देखी तो बढ़ता चला गया और पाया कि सैर को निकल पड़ा हूँ। उन ब्रह्म मुहूर्तवालों की तरह मेरे लिए सैर का अर्थ केवल सड़क की लम्बाई नापना नहीं है, इसलिए जब सैर को निकल ही पड़ा तो बगीचे की ओर मुड़ गया। जानता था कि फूल इन दिनों नहीं होंगे और घास पर कुहरा भी होगा या गहरी ओस तो होगी ही। पर ओस पर धूप का अपना सौन्दर्य होता है।

ओस पर धूप की ओर भी लोगों का ध्यान जाता है और गया है : लेकिन सोचता हूँ कि कभी-कभी ऐसा भी होता है कि लोग जो चीज देखते हैं उसकी तरफ उनका 'ध्यान' जाता है और उनकी 'दृष्टि' नहीं जाती। अब ओस की बूँद को ही लीजिए : आप उसे देखें और सबेरे की धूप में देखें तो कई चीजें देखने की होती हैं। वैसे उम्र के भी भार से घास की अनी नीचे को झुक जा सकती है : कितनी नरम है घास लेकिन कितनी जिजीविषु! धूप में ओस की बूँद कैसी चमक उठती है और धूप-किरणों को रंगों में विकसित कर देती है। छायावादी मुहावरे में कहा जाता है कि 'मरकत-शिला पर हीरक-कण' बिखरे हैं। लेकिन मैं छायावादी नहीं हूँ और मुझे दूब की हरियाली पर ओस मरकत-शिला पर हीरक-कण की अपेक्षा कहीं अधिक सुन्दर और प्राणवान् दिखती है।

लेकिन मैं कह रहा था कि बहुत से लोग ध्यान देते हैं और देखते नहीं हैं। अब उन लोगों को क्या कहिए जिन्हें ओस की बूँद में केवल नश्वरता दिखती है और धूप का चमत्कार नहीं दिखता : यह ठीक है कि धूप पड़ते ही ओस की बूँद भाप बनकर

उड़ने लगती है। यह भी ठीक है कि भोर की पहली किरण के साथ ही प्राय: हवा भी सरसरा उठती है और घास की पत्तियों के हिलने से ओस की बूँदें एक-दूसरे से मिलती हैं और मिलते ही भार के कारण झर जाती हैं देखनेवाले न हों तो इसमें यह भी 'देखेंगे' कि मिलन का क्षण भी कितना नश्वर है।

लेकिन जो लोग देखना भूलकर केवल ध्यान देने में खो जाते हैं वे भी ध्यान भी तो पूरा नहीं देते : नहीं तो ध्यान में तो यह बात भी आनी चाहिए कि ये सारी छोटी क्रियाएँ एक महान् प्रक्रिया की अंग हैं और वह महान् प्रक्रिया न सान्त है, न नश्वर है। अगर हमें जो सामने है उसे देखना नहीं है, उसकी ओर केवल ध्यान देना है, तो ध्यान देने की बात नश्वरता की नहीं बल्कि इस अनाद्यन्त प्रक्रिया की है जिसमें ओस की बूँद भी है और घास की पत्ती भी, हमारा ध्यान, हमारी दृष्टि और स्वयं हम भी; जिसमें किरण ही नहीं, सूर्य, चन्द्र, तारा-मंडल सभी कुछ है।

ओस की बूँद ही क्यों, मैं तो झरते पत्ते को देखकर भी अटक जाता हूँ। सचमुच अटक जाता हूँ। पहले 'झरना' ही लीजिए एक तरफ वह झरकर गिरता है तो दूसरी तरफ वह झरना, प्रपात की स्रोतस्विता है : पत्ता भी झरता है और वन-झरना भी झरता है, और वन-झरने की धार भी झरती है और उसका झरना ही अनन्त प्रक्रिया है। झरता पत्ता भी अगर एक ओर अपने अन्त का संकेत देता है तो दूसरी ओर क्या उस प्रक्रिया का भी संकेत नहीं देता जिसमें अन्त है ही नहीं, केवल अर्थ-क्रियाओं की सन्तानता है? इसीलिए झरता पत्ता तो मैंने कई बार देखा है, लेकिन हर बार उसमें अटक गया हूँ। और तब से तो चिरकाल के लिए उसमें अटक गया हूँ जब से मैंने देखा कि डाल से झरता पत्ता नीचे न गिरकर अधर में ही एक दूसरी डाल से अटक गया जो दूसरी डाल अभी हरी थी :

झाना : झरता पत्ता
हरी डाल से
अटक गया।

मेरी समझ में तो यह प्रक्रिया का पूर्ण चित्र है और मैं इसी चित्र में बहुत अटका हूँ। मेरी दीठ भी वहीं अटकी है और मेरा ध्यान भी वहीं अटका है। नश्वरता का मेरे लिए कभी कुछ विशेष अर्थ नहीं हुआ, लेकिन हर चीज मिटती हुई किसी प्राणवान चीज की प्राणवत्ता में अपना योग दे जाती है, यह मैंने बार-बार देखा है और हर बार पाया है कि इससे एक अन्त:स्फूर्ति मिलती है जो स्वयं प्राणदायिनी है। हो सकता है कि ऐसा इसीलिए है कि मैं जंगलों में अधिक रहा हूँ, प्रकृति के निकट अधिक रहा हूँ।

तर्क के लिए तो कोई यह भी स्मरण दिला सकता है कि ध्यान (ज्झान) परम्परा के भ्रमण भी प्रकृति के निकट रहते थे और प्रकृति से उन्हें नश्वरता-भंगुरता का ही सन्देश मिलता था। लेकिन मैं कहूँगा कि ध्यान सम्प्रदाय की चर्चा में केवल यहीं तक जाकर रुक जाना उसे अधूरा ही देखना-समझना है। वे श्रमण प्रकृति के निकट

रहने का आग्रह करते थे तो केवल नश्वरता की याद बनाए रखने के लिए नहीं बल्कि सतत आवर्तन की याद बनाए रखने के लिए। जो कुछ है सब मिटता जाएगा लेकिन मिट जाने के लिए नहीं, इसलिए कि दूसरा कुछ बनता जाएगा।

पुराने आरण्यक-आश्रमिक भी प्रकृति के निकट रहते थे। वे भी देखते थे कि जो बनता है वह मिटता भी है। लेकिन इस देखने में उन्होंने जीवन की नश्वरता नहीं देखी। मुझे लगता है कि वे लोग देखकर भी देखते रह सके, केवल ध्यान में नहीं खो गए। उन्होंने जीवन को नश्वर नहीं माना, सनातन आवर्तन प्रक्रिया में योग देने से अपना हाथ नहीं खींचा। ओस की बूँद में धूप की चमक देखकर उन्हें मृत्यु का स्मरण नहीं आया बल्कि उन्होंने उस सवितृ का स्तवन किया जो सारी प्रक्रिया की गति बढ़ाता है साथ-साथ हमारी प्रत्यभिज्ञा-सम्पन्न बुद्धि को भी धियो यो नः प्रचोदयात्। तभी तो वह कह सके : देवस्य पश्य काव्यं न ममार न जीर्यति।

मेरी समझ में तो ऐसा देखना-ही-देखना है जो कि ध्यान में ऐसा खो नहीं जाता कि दिखना बन्द हो जाए जिसमें केन्द्रित अवधारणा 'देखने' की गहराई बढ़ाकर उसे 'पहचान' का रूप दे देती है, केवल रूपक अथवा रूपकात्मक चिन्तन का आधार नहीं बना देती।

और कभी-कभी सोचता हूँ कि वनाश्रम में बैठा हुआ यह दर्शक-चिन्तक कैसे द्रष्टा बन गया कितनी दूर-दूर तक वह नहीं देखता रहा। इसीलिए तो वह कभी मरण का दार्शनिक नहीं बना, जीवन का ही दार्शनिक बना रहा और निरन्तर जीवन का ही स्तवन करता रहा। यहाँ तक कि मृतक के संस्कार में भी वह यह नहीं भूला कि जो देह शव होकर अपवित्र हो जाती है वह भी प्रक्रिया में पड़कर जो जीवित है उसकी प्राणवत्ता में योग देती है धुआँ बनकर, चाँदनी बनकर, मेघ बनकर, वर्षा बनकर, पृथ्वी की उर्वरा-शक्ति बनकर...

वह द्रष्टा देखता है कि प्रक्रिया सनातन है : प्रक्रिया भी है और सनातन भी है इसलिए मूलतः स्थिर भी है और गतिमान भी है। शिव भी है और शक्ति भी, पुरुष भी है और प्रकृति भी, काल भी है और ऋतु भी, सत्य भी है और ऋतु भी। उस द्रष्टा के लिए संवत्सर प्रजापति था। संवत्सर मृत्यु भी था, लेकिन वह विनाश नहीं करता था क्योंकि उसके पास ऋजु कर्म का अक्षय भंडार था। संवत्सर ही एक यज्ञ था : रातें यज्ञ-सामग्री का अशेष भंडार थीं और दिवस उस अग्नि-चयन की यजुष्मती ईंटें थीं। संवत्सर ही अग्नि था जो सबके भीतर क्रियाशील प्राण-स्रोत है। और इस यज्ञ में जीवन-मात्र निरन्तर योग दे रहा था। बिना उसके योग के संवत्सर की गति नहीं थी और प्रजापति भी मानो पंगु होकर रह जाता था।

और यह भी नहीं कि बौद्ध चिन्तन ने भी केवल नश्वरता को ही देखा। उसके लिए भी प्रक्रिया प्रधान थी और सनातन थी, नश्वरता तो उसका एक लक्षण मात्र था। उसके तर्क में भी तो काल सनातन था और दिक् की वैसी कोई सत्ता नहीं थी।

आश्चर्य होता है जब आज हम पाते हैं कि आधुनिक वैज्ञानिक भी जब यह देखता है कि न तो वह दिक् का सहारा लिए बिना काल को प्रमाणित कर सकता है, न काल का सहारा लिए बिना दिक् को प्रमाणित कर सकता है, तब वह देश-काल-सातत्य की अवधारणा करके मानो सारी समस्या ही टाल जाता है। यह जो सातत्य है वह बौद्धों के संसार से कहाँ भिन्न है? यानी कहाँ भिन्न है जहाँ तक कि उस भेद को जान सकना हमारे लिए सम्भव है या होगा? इसी बात में न, कि बौद्ध चिन्तक की अवधारणा में इसकी गुंजाइश थी कि हम कभी उस प्रक्रिया के बाहर चले जाएँ काल ही निर्वापित हो जाएँ और वैज्ञानिक उस सातत्य के बाहर किसी तरह के 'होने' की कल्पना नहीं करता नहीं कर सकता? लेकिन जहाँ तक परिणाम का प्रश्न है, न तो हम देश-काल-सातत्य के बाहर जाकर उसे देख सकते हैं, न निर्वाण में पहुँचकर जान सकते हैं कि वह क्या होता है। उसके बारे में कुछ पूछना अतिप्रश्न हो जाता है। यम भी नचिकेता को यह आशीर्वाद देकर भी कि 'तेरे जैसे पूछनेवाले और भी हुआ करें।' इस प्रश्न पर पहुँचकर उसे टोक देता है।

सचमुच कुछ प्रश्नों की सफलता इसी बात में होती है कि हम उस प्रश्न तक पहुँच गए हैं। उस प्रश्न का उत्तर भी हो, इसकी अपेक्षा वहाँ नहीं रहती। दूसरे शब्दों में ऐसे प्रश्न का सही उत्तर यही होता है कि यह जिज्ञासु भाव लेकर हम जीवन की ओर लौट आएँ और उसे जिज्ञासुवत् ही जिएँ। निरे छिद्रान्वेषी को भले ही यह लगता रहे कि वह प्रश्न अनुत्तरित रह गया। वह अपना काम पूरा कर चुका होता है, उसने अर्थवत्ता का एक नया आयाम हमारे समक्ष खोल दिया होता है। जो इस प्रश्न तक पहुँच जाते हैं, साहस करके यह प्रश्न पूछ लेते हैं, उनका जीवन ही बदल जाता है। शायद पहुँचे हुए होने का अर्थ यही है उस प्रश्न-भाव तक पहुँचे हुए होना जिसके सहारे हम जीवन के एक-दूसरे आयाम की देहरी पर पहुँच जाते हैं। मुझे तो लगता है कि वहाँ पहुँचना उस बिन्दु पर पहुँचता है जहाँ हम केवल ऋतु में न जी कर काल में जीने लगते हैं, केवल प्रकृति से घिरे और बँधे न रहकर पुरुष से जुड़े जाते हैं।

और शायद यज्ञ के यजमान मात्र न रहकर उसके प्रजापति भी हो जाते हैं।

अगर कला के

अगर कला के भाव और कला का देशकाल यानी कला का यथार्थ वास्तविक जीवन के यथार्थ से अलग है, तो हम रीति का मूल्यांकन भी एक दूसरी दृष्टि से करने को बाध्य हैं। क्या वहाँ यह तर्क नहीं दिया जा सकता कि तब फिर कला का 'वसन्त' वास्तविक जीवन के वसन्त से अलग एक स्वायत्त अस्तित्व रखता है? क्या इस तर्क को, इसकी उपपत्तियों को मानने को मैं स्वयं तैयार हूँ? अगर कला की ऋतुएँ स्वायत्त हैं और यथार्थ जीवन की ऋतुओं से अलग हैं, तो फिर हमें इस बात पर क्यों आपत्ति होनी चाहिए कि पिंगल और छन्दशास्त्र ऐसी सूचियाँ प्रस्तुत कर दें कि वसन्त में अमुक-अमुक फूलों का वर्णन होना चाहिए या कि शरद में अमुक-अमुक पक्षियों का?

क्या यह भी तर्क दिया जा सकता है कि कला की ऋतुएँ यथार्थ जीवन की ऋतुओं से अलग होकर काल के एक-दूसरे आयाम में चली जाती हैं? क्या यह कहना संगत होगा कि यथार्थ जीवन की ऋतुएँ ऐतिहासिक काल-क्रम में बँधी हैं और कला की ऋतुएँ सनातन काल में, महाकाल में या काल के किसी क्रमातीत आयाम में हैं?

क्या यह भेद उस भेद के समान्तर है जो ईसा की मसीही कल्पना में और कृष्ण की हिन्दू कल्पना में है? ईसा अगर ऐतिहासिक पुरुष नहीं है तो कुछ नहीं है और मसीही धर्म की, चर्च की, इमारत भरभराकर बैठ जाएगी। लेकिन आप सिद्ध कर दीजिए कि कृष्ण कभी हुए ही नहीं तो भी श्रद्धालु हिन्दू को कोई विशेष चिन्ता नहीं होगी ऐतिहासिक वास्तविकता इतिहास को ही ढहा सकेगी पर जो कालातीत आयाम में है, सनातन है, वह तो ज्यों-का-त्यों बना रहेगा।

या कि इस समान्तरता में भी और प्रभेद है? एक वह शरद और वर्षा का वर्णन है जो वाल्मीकि की रामायण में है : उसमें वर्णित शरद और वर्षा भी कालातीत आयाम में है और हमेशा वर्तमान रहेंगे और उन्हें हम ऋतुओं के अपने वास्तविक अनुभव की कसौटी पर भी परखकर खरा पा सकेंगे। और एक दूसरा आयाम वह है जिसमें महादेवी वर्मा अपने मधुमास में शेफाली भी खिला देती हैं जो हमारी जानकारी में केवल शरद में खिलती है। वाल्मीकि के शरद और वसन्त कालातीत आयाम में होकर सतत वर्तमान हैं; लेकिन महादेवी वर्मा की शेफाली कला के अयथार्थ काल में फूलने के कारण क्या वर्तमान रह सकती है? या क्यों नहीं रह सकती?

कला का स्वभाव और उद्देश्य

1

एक बार एक मित्र ने अचानक मुझसे प्रश्न किया 'कला क्या है?'

मैं किसी बड़े प्रश्न के लिए तैयार न था। होता भी, तो इस प्रश्न को सुनकर कुछ देर सोचना स्वाभाविक होता। इसीलिए जब मैंने प्रश्न के समाप्त होते-न-होते अपने को उत्तर देते पाया, तब मैं स्वयं कुछ चौंक गया। मुझे अच्छा भी लगा कि मैं इतनी आसानी से इस युग-युगान्तर के मसले पर फतवा दे गया।

पीछे लाज आई। तब बैठकर सोचने लगा क्या मैंने ठीक कहा था?

क्रमशः सोचना आरम्भ किया; कला के विषय में जो कुछ एक अस्पष्ट और अर्द्धचेतन विचार अथवा धारणाएँ मेरे मन में थीं, जिनसे मैं अनजाने ही शासित होता रहा था और कला सम्बन्धी विवादों के वातावरण में रहकर भी आश्वस्तभाव से कार्य कर सका था, वे विचार और धारणाएँ चेतन मन के तल पर आईं; एकाधिक कोणों से जाँची गईं। आज मैं दुबारा उस दिन कही हुई बात को कह सकता हूँ कुछ हिचक के साथ, लेकिन फिर भी अनाश्वस्त भाव से नहीं। कुछ इस भावना से कि यह एक प्रयोगात्मक स्थापना है सम्पूर्ण सत्य इसमें नहीं होगा, लेकिन इसकी अवधारणा सत्य के अन्वेषण और पर्यवेक्षण पर हुई है, अतः उसकी असम्पूर्णता भी वैज्ञानिक है।

पहले सूत्र, फिर व्याख्या यह भारत की शास्त्रीय प्रणाली है। इसी के अनुकूल चलते हुए पहले सूत्र रूप से अपनी स्थापना उपस्थित की जाए। परिभाषा वह नहीं है, लेकिन परिभाषा उसमें निहित है, और व्याख्या में लक्ष्य हो सकेगी।

कला सामाजिक अनुपयोगिता की अनुभूति के विरुद्ध अपने को प्रमाणित करने का प्रयत्न अपर्याप्तता के विरुद्ध विद्रोह है।

इस स्थापना की परीक्षा करने के पहले कल्पना के आकाश में एक उड़ान भरी जाए। आइए, हम उस अवस्था की परिकल्पना करने का यत्न करें जिसमें पहली-पहली कलात्मक चेष्टा हुई जिसमें कला का जन्म हुआ।

काव्य-कला के बारे में आपने वाल्मीकि की कथा सुनी है क्रौंच-वध से फूटे हुए कविता के अजस्र निर्झर की बात आप अवश्य जानते हैं। वह कहानी सुन्दर है, और

उसके द्वारा कविता के स्वभाव की ओर जो संकेत होता है कि कविता मानव की आत्मा के आर्त चीत्कार का सार्थक रूप है उसकी कई व्याख्याएँ की जा सकती और की गई हैं। लेकिन हम इसे एक सुन्दर कल्पना से अधिक कुछ नहीं मानते। बल्कि हम कहेंगे कि हम इससे अधिक कुछ मानना चाहते ही नहीं। क्योंकि हम यह नहीं मानना चाहते कि कविता ने प्रकट होने के लिए इतनी देर तक प्रतीक्षा की! वाल्मीकि के रामचन्द्र का काल, और अयोध्या जैसी नगरी का काल, भारतीय संस्कृति के चरमोत्कर्ष का काल चाहे न भी रहा हो, यह स्पष्ट है कि संस्कृति की एक पर्याप्त विकसित अवस्था का काल था, और हम यह नहीं मान सकते, नहीं मानना चाहते कि मौलिक ललित कलाओं में से कोई एक भी ऐसी थी जो इतने समय तक प्रकट हुए बिना ही रह गई थी।

अतएव हम जिस अवस्था की कल्पना करना चाहते हैं, वह वाल्मीकि से बहुत पहले की अवस्था है। वैज्ञानिक मुहावरे की शरण लेकर कहें कि वह नागरिक सभ्यता से पहले की अवस्था होनी चाहिए, वह खेतिहर सभ्यता से और चरवाहा (नोमैडिक) सभ्यता से भी पहले की अवस्था होनी चाहिए वह अवस्था जब मानव करारों में कन्दराएँ खोदकर रहता था, और घास-पात या कभी पत्थर के फरसों से आखेट करके मांस खाता था।

उस समय के मानव-समाज की (उस प्रकार के यूथ को 'समाज' कहना हास्यास्पद लग सकता है, लेकिन 'समाज' का मूल-रूप यही विस्तारित कुटुम्ब रहा होगा) कल्पना कीजिए और कल्पना कीजिए उस समाज के एक ऐसे प्राणी की, जो युवावस्था में ही किसी कारण सर्दी खा जाने से, या पेड़ पर से गिर जाने से, या आखेटक में चोट लग जाने से किसी तरह कमजोर हो गया है।

समाज के प्रत्येक व्यक्ति का समाज के प्रति कुछ दायित्व होता है। समाज जितना ही कम विकसित हो, उतना ही वह दायित्व अधिक स्पष्ट और अनिवार्य होता है अविकसित समाज में विकल्प की गुंजाइश कम रहती है। इसी बात को यों भी कहा जा सकता है कि समाज में प्रत्येक व्यक्ति का एक निश्चित धर्म (फंक्शन) होता है, और जितना ही समाज अविकसित होता है, उतना ही वह धर्म रूढ़ और अनिवार्य। इसलिए, जहाँ आज के समाज में व्यक्ति स्कूल भी जा सकता है और बाजार या नाचघर या खेत पर भी, वहाँ हमारी कल्पित अवस्था में नित्यप्रति समाज के सभी सदस्य सबसे पहले अपने-अपने अस्त्र लेकर खाद्य सामग्री की खोज में निकलते होंगे। फिर वे आवश्यकतानुसार खोह बनाते या साफ करते होंगे, इत्यादि। इस धर्म में रुचि-वैचित्र्य के कारण कोई अदल-बदल भी हो सकता है, यह उनकी कल्पना के बाहर की होगी।

स्पष्ट है कि हमने जिस 'किसी कारण कमजोर' व्यक्ति की कल्पना की है, वह अपने समाज का यह धर्म निभा न सकता होगा। अतएव सामाजिक दृष्टि से उसका

अस्तित्व अर्थहीन होता होगा। कौटुम्बिक स्नेह, मोह या ऐक्य-भावना के कारण कोई उस व्यक्ति को कुछ कहता न भी हो, तो भी मूक करुणा का भाव, और उसके पीछे छिपा हुआ उस व्यक्ति के जीवन की व्यर्थता का ज्ञान, समाज के प्रत्येक सदस्य के मन में होता ही होगा।

और क्या स्वयं उस व्यक्ति को इसका तीखा अनुभव न होता होगा? क्या बिना बताए भी वह इस बोध से तड़पता न होगा कि वह अपात्र है, किसी तरह घटिया है, क्षुद्र है? क्या उसका मुँह इससे छोटा न होता होगा और इस अकिंचनता के प्रति विद्रोह न करता होगा?

यहाँ तक उसकी अनुभूति की बात है, और आशा की जा सकती है कि आपको यह कल्पना अग्राह्य नहीं होगी। अब तनिक सोचा जाए कि यह अनुभूति उसे प्रेरणा क्या देगी किस कार्य की मूल प्रेरणा बनेगी।

यह कहना कठिन है कि इस अपर्याप्तता के ज्ञान से एक ही प्रकार की प्रेरणा मिल सकती है। यह वास्तव में व्यक्ति के आत्मबल पर निर्भर करता है कि उसमें क्या प्रतिक्रिया होती है। वह आत्महत्या भी कर सकता है और शत्रु से लड़ने जाने का विराट प्रयत्न भी कर सकता है। लेकिन सब सम्भाव्य प्रतिक्रियाओं की जाँच यहाँ अप्रासंगिक होगी। हम ऐसे ही व्यक्ति को सामने रखें, जिसमें इतना आत्मबल है कि इस ज्ञान की प्रतिक्रिया रचनात्मक (पॉजिटिव) हो, न कि आत्मनाशक।

ऐसे व्यक्ति के अहं का विद्रोह अनिवार्य रूप से सिद्धि की, सार्थकता की, जस्टिफिकेशन की खोज करेगा। वह चाहेगा कि यदि वह समाज का साधारण धर्म निबाहने में असमर्थ है, तो वह विशेष धर्म की सृष्टि करे, यदि समाज के रूढ़िगत जीवन के अनुरूप नहीं चल सकता है तो उस जीवन को ही एक नया अत्रयव दे जिसके ताल पर वह चले।

यह चाहना शायद चेतन नहीं होगी, तर्कना द्वारा सिद्ध करके नहीं पाई गई होगी। सिद्धि की इच्छा अहं का तर्क द्वारा निर्धारित किया हुआ धर्म नहीं है, वह उसका मौलिक स्वभाव है। अतएव यह चाहना तर्कना के तल पर न आने से भी कमजोर नहीं हुई होगी, बल्कि अधिक दुर्निवार ही होगी वैसे ही जैसे समुद्र की सतह की छालियों से कहीं अधिक दुर्निवार प्रवाह नीचे की धाराओं में होता है।

तो इस चाहना द्वारा अज्ञात रूप से प्रेरित होकर वैसे ही, जैसे कस्तूरी-मृग अपने ही गन्ध द्वारा उन्मादित होता है व्यक्ति क्या करेगा? अपना-अपना धर्म सम्पादित करते हुए व्यक्तियों से घिरे हुए अपर्याप्तता के बोध के उस निविड़ अकेलेपन में, वह किस तरह अपने मर्म की रक्षा करता होगा?

हमारी कल्पना देखती है कि जब उस समाज के समर्थ और बलिष्ठ अहेरी अपने-अपने अस्त्र सँभालते हैं, तब वे पाते हैं, उनके अस्त्रों के हत्थों पर शिकार की मूर्तियाँ खुदी हुई हैं, जिनमें अपने सामर्थ्य का प्रतिबिम्ब देखकर उनकी छाती फूल

उठती है; कि जब वे दल बाँधकर खोहों से बाहर निकलते हैं, तब शिकार के रणनाद और घमासान के तुमुल स्वर न जाने कैसे एक ही कंठ के आलाप में रणरणित हो उठते हैं कि जब वे लदे हुए कन्धों पर थके और श्रमसिंचित मुँह लटकाए खोहों की ओर लौटते हैं तब पाते हैं कि खोहों का मार्ग पत्थर की बुकनी से आँकी गई फूल-पत्तियों से सजा हुआ है; कि जब वे दाम्पत्य-जीवन की द्विगुणित एकान्तता में प्रवेश करते हैं तब सहसा पाते हैं कि उस जीवन की चरमावस्था सहचरी के वक्ष पर किसी फल के रस से गोद दी गई है!

तब वे विस्मय से भरकर कहते हैं, "अमुक है तो बेचारा, लेकिन उसके हाथ में हुनर है।"

हमारे कल्पित 'कमजोर' प्राणी ने हमारे कल्पित समाज के जीवन में भाग लेना कठिन पाकर, अपनी अनुपयोगिता की अनुभूति से आहत होकर, अपने विद्रोह द्वारा उस जीवन का क्षेत्र विकसित कर दिया है उसे एक नई उपयोगिता सिखाई है सौन्दर्य-बोध! पहला कलाकार ऐसा ही प्राणी रहा होगा, पहली कलाचेष्टा ऐसा ही विद्रोह रही होगी, फिर चाहे वह रेखाओं द्वारा प्रकट हुआ हो, चाहे वाणी द्वारा, चाहे ताल द्वारा, चाहे मिट्टी के लोंदों द्वारा।

कला सामाजिक अनुपयोगिता की अनुभूति के विरुद्ध अपने को प्रमाणित करने का प्रयत्न अपर्याप्तता के विरुद्ध विद्रोह है।

2

यहाँ पाठक कह सकता है, कल्पना तो अच्छी है, लेकिन जो स्थापना उसके सहारे की गई है वह कोई निश्चित अर्थ नहीं रखती। क्योंकि 'समाज' से क्या मतलब? और अपर्याप्तता का क्या अभिप्राय? मान लीजिए कि व्यक्ति रहता ही है अकेला, उसके आसपास कोई और व्यक्ति या व्यक्तियों का समुदाय है ही नहीं, तब क्या वह कलाकार हो ही नहीं सकता? और आधुनिक युग में, जब समाज का संगठन ऐसा है कि 'कमजोर' व्यक्ति भी पद या धन की सत्ता के कारण समर्थ हो सकता है, तब अपर्याप्तता का अनुभव कैसा?

'समाज' से अभिप्राय है वह परिवृत्ति जिसके साथ व्यक्ति किसी प्रकार अपनापन महसूस करे। वह मानव-समाज का एक अंश भी हो सकती है, और मानव-समाज की परिधि से बाहर बढ़कर पशु-पक्षियों (जीव-मात्र) को भी घेर सकती है; बल्कि (चरमावस्था में) मानव-समाज को छोड़कर पशु-पक्षियों और पेड़-पत्तों तक ही रह जा सकती है। समाज की इयत्ता अन्ततोगत्वा समाजत्व की भावना पर ही आश्रित है। यदि किसी कारण हम अपनी परिवृत्ति से सामाजिक सम्बन्ध नहीं महसूस करते तो वह हमारा समाज नहीं है, यदि किसी दूसरी परिवृत्ति से वैसा सम्बन्ध मानते हैं,

तो वह हमारा समाज है। इस सम्बन्ध की अनुभूति के कारणों का विश्लेषण यहाँ प्रासंगिक नहीं है।

'अपर्याप्तता' का आधुनिक अर्थ भी इसी प्रकार समझना चाहिए। यदि कोई व्यक्ति धन की, या पद की, या किसी दूसरी सत्ता के कारण अपने को अपने अहं के सामने प्रमाणित कर लेता है, तो अपर्याप्तता की भावना उसमें नहीं होगी, न उसके विरुद्ध विद्रोह करने की ललकार ही उसे मिलेगी। अन्ततः कन्दरावासी कलाकार और आधुनिक कलाकार में कोई विशेष भेद नहीं रहता; दोनों ही में एक अपर्याप्तता चीत्कार करती है। यह अनिवार्य नहीं है कि उसके ज्ञान से सदा कलावस्तु ही उत्पन्न हो, वह परास्त भी कर सकती है परन्तु उससे हमारी यह स्थापना झूठी नहीं होती कि प्रत्येक कला-चेष्टा की जड़ में एक अपर्याप्तता की भावना काम कर रही होती है।

पाठक की इन प्रारम्भिक शंकाओं के शान्त हो जाने पर अन्य शंकाएँ खड़ी होंगी पाठक के मन में नहीं तो स्वयं कलाकार के मन में। हमारा साहित्यकार शायद जोर-शोर से इस स्थापना का खंडन करेगा, क्योंकि इससे उसकी 'कमजोरी', उसकी अपूर्णता अथवा हीनता ध्वनित होती समझी जा सकती है। लेकिन इसे इस दृष्टि से देखना उसकी भूल होगी। एक तो इसलिए, कि यह वास्तविक अपूर्णता नहीं, यह एक विशेष दिशा में असमर्थता है। समाज का साधारण जीवन जिस दिशा में जाता है, जिन लीकों में चलता है, उन दिशाओं और लीकों में चलने की असमर्थता तो इससे ध्वनित होती ही है, लेकिन क्या यही वास्तव में अपूर्णता या हीनता (इन्फीरियरिटी) है? नहीं। समाज के साधारण जीवन में अपना स्थान न पाकर तो वह प्रेरित होता है कि वह स्थान बनाए; अतएव पुरानी लीकों पर चलने की असामर्थ्य ही नई लीकें बनाने के सामर्थ्य को प्रोत्साहन देती है। दूसरे यह भी ध्यान में रखना चाहिए कि लेखकों में बल्कि साधारणतया कलाकार-समुदाय में, जो एक विशेष प्रकार की असहिष्णुता, अहम्मन्यता, एक दुर्विनीत श्रेष्ठता की भावना दीखा करती है, वह भी एक आत्मरक्षा का कवच है किसी मौलिक अपूर्णता या अपर्याप्तता के ज्ञान को अपने अहं के आगे से हटा देने की चेष्टा है। जो पाठक या लेखक आधुनिक मनोविज्ञान की स्थापनाओं से परिचित हैं वे जानेंगे कि इस प्रकार की क्षतिपूरक क्रियाएँ मानव-जीवन में कितना महत्त्व रखती हैं।

3

उपर्युक्त अवधारणा एक प्रकार की कल्पना ही है। फिर भी वह उससे कुछ अधिक है। उससे हम एक स्थापना पर पहुँचते हैं और वह कला की परिभाषा न भी करे तो उसके स्वभाव की कुछ व्याख्या अवश्य करती है। लेकिन कोई भी व्याख्या सार्थक नहीं है, फलवती नहीं है, यदि वह विषय को स्पष्ट करने के अतिरिक्त

कुछ प्रदर्शन नहीं करती, निर्देश नहीं करती। क्या हमारी व्याख्या इस दृष्टि से कुछ अर्थ रखती है?

हमारा अनुमान है कि यदि 'कला कैसे उत्पन्न होती है?' इस प्रश्न का हमारा दिया हुआ उत्तर ठीक है, तब 'कला किसलिए है?' इस प्रश्न का उत्तर भी इसी में निहित होना चाहिए। क्षण-भर जाँच करके देखें, तो हम पाएँगे कि यह अनुमान गलत नहीं है, अर्थात् इस कसौटी पर हमारी परिभाषा खरी उतरती है। कस्मै देवाय हविषा विधेम का समुचित उत्तर हमें इस परिभाषा से मिल जाता है।

हमने कहा कि कला एक अपर्याप्तता की भावना के प्रति व्यक्ति का विद्रोह है। इसका अभिप्राय क्या है? कला सम्पूर्णता की ओर जाने का प्रयास है, व्यक्ति की अपने को सिद्ध प्रमाणित करने की चेष्टा है। अर्थात् वह अन्ततः एक प्रकार का आत्मदान है, जिसके द्वारा व्यक्ति का अहं अपने को अक्षुण्ण रखना चाहता है, सामाजिक उपादेयता यद्यपि भौतिक उपादेयता से श्रेष्ठ ढंग की उपादेयता का अनुभव करना चाहता है। अतएव अपनी सृष्टि के प्रति कलाकार में एक दायित्व भाव रहता है अपनी चेतना के गूढ़तम स्वर में वह स्वयं अपना आलोचक बनकर जाँचता रहता है कि जो उसके विद्रोह का फल है, जो समाज को उसकी देन है, वह क्या सचमुच इतना आत्यन्तिक मूल्य रखती है कि उसे प्रमाणित कर सके, सिद्धि दे सके? इस प्रकार कला-वस्तु का रचना का एक नैतिक मूल्यांकन निरन्तर होता रहता है। इस क्रिया को हम यों भी कह सकते हैं कि 'सच्ची कला कभी अनैतिक नहीं हो सकती' और यों भी कह सकते हैं कि "प्रत्येक शुद्ध कला-चेष्टा में अनिवार्य रूप से एक नैतिक उद्देश्य निहित है" अथवा "सच्ची कलावस्तु अन्ततः एक नैतिक मान्यता (एथिकल वैल्यू) पर आश्रित है, एक नैतिक मूल्य रखती है।" हाँ, यह ध्यान दिला देना आवश्यक होगा कि हम एक श्रेष्ठतर नीति (एथिक) की बात कह रहे हैं, निरी नैतिकता (मॉरैलिटी) की नहीं।

यह एक पक्ष है कि कला समाज के द्वारा समाज के इस या उस अंग के लिए नहीं है, पर उद्देश्यहीन सौन्दर्योपासना, निरा उच्छ्वास भी नहीं है, एक नैतिक उद्देश्य से अन्तःसलिल है।

किन्तु यह एक पक्ष ही है। दूसरा पक्ष भी एक है। ऊपर कहा गया कि कला एक प्रकार का आत्मदान है, जिसके द्वारा व्यक्ति का अहं अपने को सिद्ध प्रमाणित करना चाहता है। वहाँ इस वाक्य के पूर्वार्द्ध पर आग्रह था; अब उसके उत्तरार्द्ध पर विचार किया जाए। 'आत्मदान' अहं को ही पुष्ट करने के लिए है, क्योंकि अहं को छोटा करके व्यक्ति सम्पूर्ण नहीं रह सकता, बल्कि शायद जी भी नहीं सकता। इस प्रकार कलाकार का आत्मदान केवल एक नैतिक मान्यता के लिए ही नहीं होता, सच्चे अर्थ में 'स्वान्तः सुखाय' भी होता है, और वह सुख अपनी सिद्धि पा लेने का, समाज को उसके बीच रहे होने का प्रतिदान दे देने का सुख है। 'कला कला के लिए' झूठ नहीं

है, वह अत्यन्त सत्य है, लेकिन एक विशेष अर्थ में। यदि 'कला कला के लिए' का अर्थ है, निरे 'सौन्दर्य' की खोज किन्हीं विशेष सिद्धान्तों के द्वारा एक रासायनिक सौन्दर्य की उपलब्धि, तब वह कला कलाकार को कोई भी सुख नहीं दे सकती न आत्मदान का, न आत्मबोध का; वह कला बन्ध्या है।

कला के इस दोहरे उत्तरदायित्व को समझकर ही कलाकार अपने और अपने समाज के, और यदि उसकी आत्मा इतनी विशाल है कि 'समाज' के अन्तर्गत समूचे भौतिक जगत् को खींच सकती है, तब अपने संसार के, सम्बन्ध को फलप्रद बना सकता है, सिद्ध हो सकता है, अर्थात् सच्चा कलाकार हो सकता है।

साहित्य

साहित्य और राजनीति

साहित्य और राजनीति। चार दशकों तक इस प्रश्न की चर्चा सुनते-सुनते लग सकता है कि पुराना विषय है, घिसा जा चुका है। पर एक तो हमारे विश्वविद्यालयों में कुछ पुराना नहीं हो पाता, सब कुछ शिक्षा-क्रम के छकड़े पर लदा-ठिलता चलता है : दूसरे नव-जाग्रत प्रगतिवाद फिर इस माँदे खच्चर को मार-मार कर खड़ा कर देना चाह रहा है।

राजनीति की परिभाषा आसान है। आज सारी दुनिया दूषित वायुमंडल (एयर पॉल्यूशन) की चर्चा कर रही है; सामाजिक (और विशेषतया साहित्यिक), वायुमंडल का सबसे बड़ा दूषण आज राजनीति है। यह भारत में तो बड़ी आसानी से समझ आ जाना चाहिए। साहित्य की परिभाषा कम आसान है; पर फिर हजार बरस से होती भी आई है। ऐसे में अब यह विषय उठाया जाता है तो मेरा ध्यान इन दोनों संज्ञाओं पर नहीं, सम्बन्धकारक 'और' पर टिक जाता है।

साहित्य और राजनीति के प्रश्न का साक्षात्कार पहले-पहल प्रगतिवाद ने किया या कराया हो, ऐसी बात नहीं है। प्रश्न सनातन है : जब से साहित्य मिलेगा तभी से यह प्रश्न भी मिल जाएगा। वैदिक वाक्सूक्त युद्ध जीतने के काम आता था : वाक् न केवल आम्भृणी है, वह रुद्र के धनु की प्रत्यंचा भी है, इन्द्र का वज्र भी, शत्रुओं को मारती है और अपने प्रियजनों को अजेय बनाती है। ग्रीस की एथीना भी 'प्रोमोखोस' है : युद्धाभिमुख होती है विजय दिलाती है और शत्रुओं का दमन करती है। महाभारत अगर राजनीति का उपदेश करता है, राजोचित आचरण के मानदंड स्थापित करता है, तो वह क्या है? भर्तृहरि राजा से मैत्री के जोखम बताते हैं, तो वह क्या है? क्षेमेन्द्र देशोपदेश में समकालीन शासकों पर तीखे व्यंग्य करते हैं तो वह क्या है? आधुनिक हिन्दी तक ही सीमित रहें, तो क्या भारतेन्दु हरिश्चन्द्र और उनके मंडल की कविता राजनैतिक नहीं थी? क्या 'शंकर', 'एक भारतीय आत्मा' और मैथिलीशरण गुप्त का काव्य भी राजनैतिक नहीं रहा? क्या इन सबके सामने भी राजनैतिक लक्ष्य नहीं रहे, सामाजिक लक्ष्य नहीं रहे, सबने समाज को बदलना 'और अपनी रचना के द्वारा बदलना' नहीं चाहा? प्रगतिवाद के आविर्भाव से कुछ ही पहले के कवि बड़े जोरों से राजनैतिक कविता करते थे। उसे 'राष्ट्रीय'

या 'राष्ट्रीयतावादी' कह देने से उसकी राजनैतिकता का स्पष्टतर निरूपण ही होता है, वह राजनैतिकेतर नहीं हो जाती!

एक अन्तर जरूर था। पहले साधारणतया ऐसा माना जाता था, या मान लिया जाता कि राजनीति पर कविता करना कविता का एक हीनतर उपयोग है, सीमित उपयोग है। प्रगतिवाद ने ही पहले-पहल कहा कि यह हीनतर या सीमित उपयोग नहीं, यही एकमात्र और सम्पूर्ण उपयोग है। राष्ट्रीय काव्य राजनैतिक था पर उसके नैतिक प्रतिमानों का आधार धर्म था। (महाभारत राजनीति का नहीं, राज-धर्म का उपदेश देता है।) इसी का एक पहलू यह था कि भारत-भूमि एक साथ ही देश-माता, दुर्गा, सरस्वती, लक्ष्मी सब हो जाती थी और हम एक राष्ट्रीय रहस्यवाद (या रहस्यवादी राष्ट्रीयता) के क्षेत्र में चले जाते थे।[1] प्रगतिवाद ने इस धार्मिक आध्यात्मिक आधार के बदले एक लौकिक आधार देना चाहा, जो बहुत बड़ी सेवा होती अगर यह लौकिक आग्रह स्वयं एक स्थानापन्न 'धर्म' न बन जाता! बल्कि धर्म के बदले एक प्रति-धर्म की प्रतिष्ठा के आग्रह का ही एक अतिवादी परिणाम यह हुआ कि कुछ नए कवि-सम्प्रदाय काव्य से न केवल राजनीति को बल्कि समाज को ही बहिष्करणीय मानने लगे; यानी प्रतिराजनैतिक हो गए!

बुनियादी तौर पर सवाल साहित्य या काव्य और राजनीति का नहीं है, साहित्यकार या कवि और राजनीतिक का है। ऐसा नहीं है कि कवि होने के नाते हम नागरिक यानी राजनीतिक नहीं रहते। नागरिक हैं तो राजनीति के अंग अनिवार्यतया हैं; इस सम्बन्ध को नकारते हैं तो वह भी एक राजनैतिक कर्म है। कर्म कविता का नहीं, कवि का। राजनैतिक-नागरिक-मूल्यों-दायित्वों की टकराहट साहित्यिक मूल्यों से होती है तो कविता में नहीं, कवि-नागरिक में। यह नहीं कि टकराहट का और उसके परिणाम का असर काव्य तक नहीं पहुँचता, या उसे नहीं मिलता, या उसे नहीं बदलता, पर

1. जिससे राजनीति और कविता को एक करना और भी आसान हो जाता था। उस काल की प्रसिद्ध (साहित्यिक) पत्रिकाओं के नाम यह बताते ही हैं; असर कितना गहरा हो सकता था और कितना स्थायी, यह दूसरे लक्षणों से भी पहचाना जा सकता है। सरस्वती के मुख-पृष्ठ पर जो चित्र छपा करता था, वह देश-लक्ष्मी का था, या देश-सरस्वती का या काव्य-भारती का (या 'भरत-भारती' का!) यह प्रश्न पूछकर इसका दो टूक उत्तर पाना किसी को अभीष्ट नहीं था क्योंकि प्रतीक की उभयचारिता ही उसकी सत्ता थी—परोक्षप्रिया हि देवा: प्रत्यक्षद्विष:। यह प्रत्यक्षद्विष रूप सुमित्रानन्दन पन्त की भारत-माता ग्राम-वासिनी में एक निर्लक्ष्य लक्ष्मी के रूप में झलकता है तो यही धर्मवीर भारती की मेरी वाणी गैरिकवसना में एक निर्वाक् सरस्वती के रूप में। एक श्रीहत समाज-देवी और काव्य-देवी की यह संश्लिष्ट रहस्य-प्रतिमा बताती है कि कवि-मानस में समकालीन शक्तियाँ कैसे रूपान्तरित होती रहती हैं और आज के कामचलाऊ ढंग से युग-विभाजन कर देना कितना आसान लेकिन धोखे भरा हो सकता है।

काव्य बदलता है तो इसलिए कि कवि बदल गया है, कवि की संवेदना बदल गई है, इसलिए नहीं कि राजनीति बदल गई है।

इसीलिए मैंने कहा कि मेरा ध्यान सम्बन्धकारक 'और' पर टिक जाता है। यह 'और' कवि-नागरिक के मानस के भीतर क्रियमाण होता है, हल होता है; उसके बाहर कविता और राजनीति नाम की दो चीजों को जोड़ने या प्रतिमुख रखने का काम नहीं करता।

लेकिन यह 'समाज को बदलने' की बात। यह तय है कि हम काव्य से सीधे-सीधे समाज को नहीं बदलते। ऐसा सिद्ध किया जा सकता है कि किसी व्यंग्य-भरी सूक्ति का, या कभी-कभी किसी उपन्यास का, समाज पर ऐसा गहरा प्रभाव पड़ा हो कि वह बदला हो, पर ऐसा एकाध प्रमाण मिलेगा भी तो कष्ट-साध्य ही। पर, यह आग्रह जरूरी भी नहीं है कि साहित्य सीधे-सीधे समाज को बदलता है और वह भी ऋजु-रेखा सी निर्दिष्ट दिशा में। साहित्य का प्रभाव पड़ता है, पड़ना चाहिए, पड़ेगा, ऐसा साहित्यकार को मानकर चलना चाहिए। प्रभाव नहीं पड़ता, ऐसा मान लेने से वह जी नहीं सकता, क्योंकि फिर जो लिखा जा चुका है उससे आगे या नया कुछ लिखने का कोई कारण नहीं बचता। पर प्रभाव से हमारा अभिप्राय क्या है? समाज इसलिए बदलता है कि हम बदलते हैं। कवि या साहित्यकार समाज को इसलिए और इस अर्थ में बदलता है कि वह स्वयं बदल गया है और जब एक बदल गई संवेदना के माध्यम से हम यथार्थ के साथ सम्बन्ध जोड़ते हैं तो यह यथार्थ भी बदला हुआ होता है पाठक के नाते हम भी बदले हुए होते हैं। उत्कृष्ट साहित्य कृति पढ़कर जब पाठक अनुभव करता है कि 'मैं' फिर वह नहीं हो सकता जो मैं (यह पढ़ने से) पहले था, तो वह इसी बात को स्वीकार करता है। यथार्थ से, समाज से, अस्ति से उसका सम्बन्ध बदल गया है और यह परिवर्तन काव्य-कृति के प्रभाव का ही परिणाम है। पर वह पाठक की इस अनुभव से पहले की अवस्था का भी परिणाम है, इसलिए यह नहीं कहा जा सकेगा कि जो परिवर्तन हुआ वह पूरी तरह कृतिकार के नियंत्रण में था, उसके द्वारा पूर्वानुमानित और प्रमेय था। हालाँकि एक विशेष अर्थ में यह बात सही भी हो सकती है; कृतिकार को अगर अपने समय की अधिक खरी और सही पहचान है, तो वह बहुत दूर तक अपने पाठक की संवेदना की भी सही पहचान रखता है। नि:सन्देह व्यक्ति इकाई की बहुत-सी विशिष्ट और अद्वितीय अनुभूतियाँ भी होती हैं पर एक सामाजिक इकाई में अनुभूति-पुंजों का एक सामान्य ढाँचा भी होता है, जिसके भीतर व्यक्ति इकाई के अनुभव प्रतिफलित होते हैं और जिसके द्वारा वे निरूपित, मार्जित और नियंत्रित होते हैं; मूल्यों की परम्परा में मूल्यांकित होते हैं।

लेखक और परिवेश

परिवेश की समस्या को कई तरह से देखा जा सकता है। मैं लेखक की दृष्टि से ही देखना चाहता हूँ। मानो सबसे पहले अपने को ही यह चेतावनी दे देना जरूरी है कि मैं लेखक हूँ। लेखक हूँ, इसलिए परिवेश की समस्या मेरे लिए लेखक की समस्या है। मैंने बार-बार देखा और सुना है कि लेखक भी जब इस समस्या पर विचार करते हैं तो मानो यह बुनियादी बात भूल जाते हैं।

यह नहीं कि दार्शनिक या अर्थशास्त्री, समाजशास्त्री या नृतत्त्वज्ञ या इतिहासवेत्ता के पाए हुए या पेश किए हुए जवाब मेरे काम के नहीं हैं। जरूर काम के हैं। लेकिन बात यह है कि उनके पाए या सुझाए हुए जवाबों में से मेरा जो कुछ लाभ हो सकता है, उसका उपयोग जब मैं कर चुकता हूँ तब जो समस्या बचती है वही मेरी समस्या है : मुझ लेखक की असल समस्या!

और बात दोहराना लेखक की दृष्टि से शब्द-शक्ति का अपव्यय है। उनकी यात्राएँ मैं क्यों दोहराऊँ जबकि वे सब मिलकर एक मंजिल तक मुझे पहुँचा गए हैं और वहीं से मेरी अपनी यात्रा आरम्भ होती है?

उनकी कृपा से (या उनके परिश्रम से) मुझको यह सुविधा मिली है कि मैं बहुत-सी बातें मानकर चल सकूँ जिसे स्वयंसिद्ध कह सकता हूँ, उसे सिद्ध करने का परिश्रम न करूँ।

परिवेश बदलता है, और उसके साथ मूल्य बदलते हैं, यह मैं दिया हुआ मानकर चलता हूँ; इसका उदाहरण या इसका प्रमाण आवश्यक मानता हूँ।

परिवेश जो मेरे आसपास है वह केवल काल नहीं है; उसका होना जितना जरूरी है उसका आसपास होना भी इतना ही जरूरी है! परिवेश केवल देश भी नहीं है; उसके आसपास होने का बोध जितना जरूरी है उतना ही उसके होने का बोध भी जरूरी है।

परिवेश, यानी देशकाल यह कह देने से भी काम नहीं चलता क्योंकि इससे इसमें एक स्थितिशीलता का आभास मिलता है जो समस्या के रूप को ही विकृत कर देता है। काल स्थिर है, ऐसा कोई नहीं मानता; काल की गतिशीलता पर बल देने की जरूरत नहीं है; फिर भी यह चीज भाषा के भी और हमारे भी मानो स्वभाव

में भी है कि देशकाल की बात करते ही हम मान लेते हैं कि वह कुछ है, यह भूल जाते हैं कि वह निरन्तर हो रहा होना ही है।

परिवेश मेरे लिए देशकाल का सतत परिवर्तनशील सम्बन्ध है बल्कि उस सम्बन्ध का भी वह रूप है जो मेरी चेतना को छूता है। क्योंकि निःसन्देह ऐसा भी बहुत-कुछ हो रहा होगा हो रहा है जो मेरी चेतना से परे है; उसे मैं अपना परिवेश कहने का दम कैसे करूँ। जब जहाँ वह मेरी चेतना को छुएगा, चाहे उसके बढ़ते हुए दबाव के कारण, चाहे मेरी चेतना की ग्रहणशीलता के विकास के कारण, तब और वहाँ मेरा परिवेश हो जाएगा। नहीं तो मेरे विश्व ब्रह्मांड सौरमंडल के आसपास लाखों-करोड़ों और ऐसे विश्व ब्रह्मांड बिखरे पड़े हैं।

लेखक पहले भी होते थे, लेखक का होना केवल आज की नई बात नहीं है। लेकिन प्राचीन काल के लेखक को परिवेश की और बदलते हुए मूल्यों की उतनी चिन्ता नहीं थी उतनी मुखरचिन्ता नहीं थी जितनी आज मुझे है। ऐसा क्यों? क्या मैं चिन्ता की दुहाई देकर अपने को प्राचीन लेखक से बड़ा या अच्छा या अधिक सूक्ष्मग्राही लेखक सिद्ध करना चाह रहा हूँ? नहीं, बल्कि प्रकारान्तर से मैं उसकी देन स्वीकार कर रहा हूँ क्योंकि मुझसे पहले के सब अच्छे लेखकों ने देशकाल की परिधि का लगातार विस्तार किया। विज्ञान का कहना है कि दुनिया दिन-ब-दिन छोटी होती जाती है; वह एक अर्थ में सही है, लेकिन साहित्य में यह बात सच नहीं है; हर बड़ा लेखक दुनिया को थोड़ा और बड़ा करके अपने परवर्तियों को दे जाता है। इसलिए आज अगर मैं कहता हूँ कि मेरी चिन्ता का कारण यह है कि मैं अपने पूर्वजों की अपेक्षा कहीं बड़ी दुनिया में रहता हूँ तो यह उनकी देन का स्वीकरण ही है। उनके यज्ञों का, उनकी दिग्विजय यात्राओं का ही यह परिणाम है कि आज संवेदना-जगत् में एक प्रकार का चक्रवर्त्तित्व मैं भोग सकता हूँ। मुझ पर यह भी बोझ है कि इस अपने पाए हुए जगत् का मैं और विस्तार करूँ; और अगर मैं अच्छा लेखक हूँगा तो अवश्य यह करूँगा या बात को उलटकर कहूँ कि अगर और जिस हद तक मैं ऐसा करूँगा तभी और उसी हद तक मैं अच्छा लेखक हूँगा।

लेकिन आभार-स्वीकार के बाद भी यह बात तो सच रह ही जाती है कि प्राचीन लेखक का संसार मेरे संसार से इस अर्थ में छोटा था कि वह एक स्थितिशील परिवेश में रहता था। उसका संसार सीमित था। जब-तब उस संसार में वृद्धि होती थी नए देश, प्रदेश उसमें जोड़े जाते थे, लेकिन यज्ञानुष्ठानपूर्वक उनके जोड़ लिए जाने तक वे संसार से बाहर ही रहते थे यानी परिवेश ज्यों-का-त्यों रहता था। अनुष्ठान द्वारा नई भूमि को अपने संसार में प्रतिष्ठित कर लेने पर एक नया, अपेक्षया बड़ा आयाम और सम्बन्धों की दृष्टि से कुछ बदला हुआ संसार-परिवेश मिल जाता था; लेकिन यह केवल एक नई स्थिति होती थी; परिवेश की स्थितिशीलता में इससे कोई अन्तर नहीं पड़ता था। और यह बात देश के विस्तार के बारे में जितनी सच थी, काल के

नियंत्रण के बारे में भी उतनी ही सच थी। क्योंकि काल भी यज्ञ के द्वारा अपने स्थान पर प्रतिष्ठित किया जाता था। कितनी सुखद, सहज और सीमित थी वह स्थिति, जिसमें यज्ञ के द्वारा काल को अपनी धुरी पर फिर से स्थापित कर दिया जा सकता था। हैमलेट ने कहा था : टाइम इज आउट ऑफ जाइंट। हम इस उक्ति के त्रास का साझा कर सकते हैं, लेकिन वैदिक ऋषि के लिए वह निरर्थक या निरर्थकप्राय थी निरर्थक प्राय इसलिए कि उसकी चूल उखड़ भी गई होती तो यज्ञ के द्वारा काल को फिर ठीक-ठिकाने प्रतिष्ठित कर दिया जा सकता था उसमें घबराने की बात क्या थी?

मैंने शम्बूक की कथा पढ़ी है। मैं उसे कभी उस अर्थ में नहीं ग्रहण कर पाया जिस अर्थ में मुझे समझाई जाती रही है। शम्बूक वेदाध्ययन कर रहा था या कि यज्ञ करने जा रहा था, वर्णान्तर कर्म का यह छोटा-सा अपराध कदापि उस दंड का भागी नहीं था जो उसे मिला। इतना ही क्यों, यह प्रश्न कोई क्यों नहीं पूछता कि शूद्र की तपस्या में इतना बल था कि ब्राह्मण का बेटा मर जाए, तो ब्राह्मण का ब्राह्मणत्व का बल कहाँ चला गया था? क्या उसकी सीमा यही थी कि राजा के सामने जाकर रिरिया ले? पता नहीं राम ने उस ब्राह्मण से यह क्यों नहीं पूछा कि वह क्यों इतना हीनतेज हुआ?

शम्बूक का पाप असल में यह नहीं था कि त्रिवर्ण की सेवा का कर्तव्य छोड़कर वह वर्णान्तर कर्म अपना रहा था, उसका असली अपराध यह था कि वह जब त्रिवर्ण से बाहर होने के नाते आर्य विश्व से बाहर था तब वह कैसे विश्व के देशकाल सम्बन्ध नियंत्रित करने का, उसे यथास्थान प्रतिष्ठित करने का अधिकार पाने की स्पर्द्धा कर रहा था? इसी स्पर्द्धा का दंड उसे दिया गया; नहीं तो ब्राह्मण-पुत्र को जिलाना तो राम के लिए कदाचित् शम्बूक को मारे बिना भी सम्भव होता।

तो प्राचीन लेखक का विश्व-परिवेश सदैव स्थितिशील होता था: वह दिया हुआ होता था। कभी बदलता था तो एक नई स्थिति सामने आ जाती थी; विश्व-परिवेश नया तो होता था लेकिन फिर भी दिया हुआ होता था। यानी स्थितिशीलता ही उसका शील था समय-समय पर बदलकर भी उसके परिवेश का शील वही रहता था। परिवर्तन होते थे, लेकिन प्रत्येक परिवर्तन एक सन्तुलित स्थिति से दूसरी सन्तुलित स्थिति तक ही उसे ले जाता था।

और आज मेरी स्थिति ऐसी नहीं है। आज मैं समय को उसकी धुरी पर प्रतिष्ठित नहीं कर सकता न शम्बूक होकर, न ब्राह्मण होकर, न राम होकर। आज की वृहत्तर दुनिया में ये सब नाम हैं; कथा के चरित्रों के नाम होने के नाते सब बराबर हैं। कथा में नायक और प्रतिनायक और साधारण पात्र होते हैं, इस नाते उनका पद ऊँचा-नीचा होता है, लेकिन उनकी वास्तविकता में ऊँच-नीच नहीं होता, सब एक बराबर होते हैं। राम और शम्बूक भी बराबर हैं। बल्कि राम शायद कम बराबर हैं, क्योंकि शम्बूक स्थिति को, स्थितिशीलता को, परिवेश को बदलना चाहता है, और राम उसे बनाए रखना चाहते हैं।

आज की बड़ी दुनिया में मेरा परिवेश स्थितिशील नहीं है, वह सतत चलनशील है। सभी सम्बन्ध भी गतिशील हैं। उनका जो रूप मेरी चेतना को छूता है वह छूने-छूने में बदलता जाता है। बल्कि वह छुअन ही मानो नाड़ी की छुअन है या कि एक घूमते हुए पहिए के नेमे की जिसका स्पर्श भी यह नहीं कहता कि 'मैं हूँ'; यही कहता है कि मैं हो रहा हूँ... याकि इससे भी आगे 'मैं होते-होते यह-यह नहीं वह होता जा रहा हूँ' ...जिस परिवर्तन के बीच में रहता हूँ यानी मेरा जो परिवेश है वह एक असन्तुलन से दूसरे असन्तुलन तक का है।

यहाँ पश्चिम के विज्ञान का नाम लेना जरूरी नहीं है या कि विज्ञान के नाम के साथ पश्चिमी का विशेषण जरूरी नहीं है लेकिन सुविधा के लिए उसे पश्चिमी विज्ञान कहते हुए माना जाए कि आधुनिक दुनिया को इतना बड़ा कर देने में और इस प्रकार मेरी समस्या कठिनतर बना देने में उसका महत्त्वपूर्ण योग है। यह योग ज्ञान की परिधि के विस्तार में ही नहीं है, ज्ञान के स्वभाव में भी है; विकासवाद के सिद्धान्त ने जीव-जातियों के विकास की बात से आरम्भ करके केवल प्राणियों को ही नहीं, हर चीज को सापेक्षता के एक क्रम में रख दिया है; जीव को, मन को, नैतिकता को, मूल्यों को, यथार्थ को। जो कुछ भी हमारे ज्ञान की पकड़ में आ सकता है या आता है सब बदल रहा है।

लेकिन लेखक के नाते मेरे लिए बात यहाँ आकर भी खत्म नहीं होती। प्राचीन काल के लेखक की उलझन एक स्थिर परिवेश को लेकर थी, मेरी समस्या यह है कि मेरी चेतना एक अनुपल बदलते हुए परिवेश से उलझ रही है। (कहना न होगा कि यह स्थिरता और यह बदलना, और यह चेतना भी अब न केवल सापेक्ष है बल्कि ये जाने हुए सापेक्ष हैं।) पर मेरी एक अतिरिक्त समस्या भी है।

वह यह कि अपनी उलझन के दौरान एक ऐसे स्थल पर पहुँच जाता हूँ जहाँ मैं भी अपना परिवेश हो जाता हूँ।

मैं जो आज लिखता हूँ कल वह छपकर लोगों में बँट जाता है। कभी ऐसा भी होता है कि आज ही तीसरे पहर लिखता हूँ और शाम को वह रेडियो द्वारा प्रसारित हो जाता है। स्वयं मेरे साथ कम-से-कम एक बार ऐसा भी हुआ है कि मेरा अधलिखा उपन्यास ही छपकर कई लोगों तक पहुँच गया है और शेषांश लिखने से पहले उनकी टीका-टिप्पणी और उनके सुझाव भी मुझ तक पहुँच गए हैं ऐसे लोगों के जो प्रतिष्ठित लेखक और समालोचक हैं और जिनकी राय का मैं स्वयं सम्मान करता हूँ। और यह तो आए दिन होता है कि लोग पिछले लिखे हुए के आधार पर आगे लिखे जानेवाले के बारे में अनुमान करते हैं, धारणाएँ बनाते हैं, आशाएँ और तकाजे करते हैं और भविष्यत् लेखन पर फैसले दे देते हैं। आज का हर लेखक इस स्थिति से परिचित होगा जिसमें उसका बीते कल का लेखक उसके आज के या आगामी कल के लेखन पर हावी हो रहा है, पुराने जमाने में विशुद्ध कवि सम्मेलनी कवि को एक हद तक ऐसा अनुभव हुआ हो तो हुआ हो; लेखक की साधारण अवस्था का

अंग यह कभी नहीं रहा होगा कि लेखक रूपी सिन्दबाद जहाजी खुद अपने ही बूढ़े को अपनी पीठ पर लादे अनन्त काल तक ढोते चलने को लाचार हो।

लेकिन आज का लेखक इस प्रकार अपने परिवेश से दबा है अपने परिवेश के उस भाग से जो कि वह स्वयं है। और जितना ही अच्छा लेखक है उतना ही अधिक वह अपना परिवेश है; जितना ही सफल लोकप्रिय लेखक है उतनी ही जल्दी वह अपना परिवेश बन जाता है। गुलशन नन्दा और प्यारे लाल आवारा, मुद्राराक्षस और प्रभाकर माचवे भी उसी प्रकार अपना परिवेश आप हो गए हैं जिस प्रकार धर्मवीर भारती और मोहन राकेश या इन्द्रनाथ मदान और नगेन्द्र, 'बच्चन' और 'दिनकर' या देवराज और सुमित्रानन्दन पन्त।

यह नहीं कि अच्छा लेखक इस बन्धन को काट नहीं सकता; बल्कि एक तरह से यह उसकी प्रतिभा और उसके सामर्थ्य को ललकार है कि अपना परिवेश बन जाना स्वीकार न करके उसके बन्धन से मुक्त हो और उसे बदले। लेकिन पुरानी और नई परिस्थिति में यह जो अन्तर है इसे अनदेखा नहीं करना होगा।

परिवेश का व्यूह पूरी तरह पहचानने के लिए एक दीवार और देखनी है। आज मैं जिस दुनिया में जीता हूँ वह असल में एक दुनिया न होकर दो दुनियाओं की संगम-रेखा या चाहें तो कह लीजिए संघात-रेखा है। मेरी तो अवश्य, और हममें से नब्बे प्रतिशत की शिक्षा ने भी हमें ऐसी जगह पर ला खड़ा करने में मदद की है जहाँ हमको दोनों तरफ से निरन्तर मार भी पड़ती रहे और निरन्तर सहारा भी मिलता रहे। जिस सन्धि-रेखा अर्थात् विग्रह-रेखा पर हम चलने को बाध्य हैं वहाँ पूर्व और पश्चिम, प्राचीन और नवीन दोनों की संस्कृतियों से हमें बराबर रसद-पानी और गोला-बारूद भी मिल रहा है और दोनों ही हम पर गोले बरसाते हुए हमारे सम्पूर्ति के साधन नष्ट भी करते जा रहे हैं। यह सन्धि-विग्रह-रेखा मूल्यों की युद्ध-रेखा है। मूल्यों के संघर्ष से यहाँ की हवा घुटन-भरी हो रही है। यानी जहाँ हम जी रहे हैं वह एक ऐसी जगह है जहाँ आकर मूल्य भी परिवेश हो जाते हैं।

संक्षेप में लेखक के नाते यही मेरी परिवेश की समस्या और मेरा संकट है। मैं, लेखक, एक आत्यन्तिक विभूति, जिसका काम है मूल्य की खोज और प्रतिष्ठा, खड़ा हूँ तो वहाँ जहाँ मैं स्वयं भी केवल परिवेश हूँ और मूल्य भी केवल परिवेश है।

अगर सचमुच ऐसी कोई जगह है और मैंने कहा कि ठीक ऐसी ही जगह हम खड़े हैं, जी रहे हैं, जीते चले जाने को बाध्य हैं, तो इस जगह सभी कुछ परिवेश है हम भी, मूल्य भी। यहाँ सभी परिवेश है परिवेश ही परिवेश है।

यही अस्मिता का संकट है। वह जिसे साठोत्तरी लेखक अपनी हिन्दी में आइडेंटिटी का क्राइसिस कहता है।

निस्सन्देह इस संकट का बोध सबको एक-सा नहीं है, हो नहीं सकता। और क्यों हो? निस्सन्देह जिनको संकट का जितना भी बोध है उन सबकी प्रतिक्रिया

भी एक-सी नहीं है। क्यों हो? पर इतना शायद निर्विवाद रूप से कहा जा सकता है कि इस संकटग्रस्त अस्मिता का बोध सब आधुनिकों को है। भूति और अस्ति का अस्तित्ववादी (एग्जिस्टेंशियलिस्ट) पचड़ा उठाने की जरूरत नहीं है क्योंकि मैं लेखक के नाते ही बात कर रहा हूँ। और लेखक के लिए भूति और अस्ति के सूक्ष्म पारिभाषिक भेद में पड़े बिना भी संकटग्रस्त अस्मिता की बात की जा सकती है जिसका बोध हर आधुनिक को है।

क्योंकि बोध के स्तर या विस्तार हैं और प्रतिक्रियाओं की मात्राएँ या प्रकार हैं, इसलिए बहुत-सी विकृतियाँ भी देखने में आती हैं। उनके दर्शन भी बन गए हैं। अस्मिता के संकट की अनेक प्रतिक्रियाएँ आज के आलोचना साहित्य में (या कि अभी उसे आलोचना-पत्रकारिता ही कहा जाए) दीखती हैं और प्राय: सभी पत्र-पत्रिकाओं में, कुछ पुस्तकाकार भी, छपे हुए कृति-साहित्य में देखी जा सकती है विशेष रूप से कविता और कहानी में जो कि, सुनते हैं, इधर के साहित्य की सबसे समर्थ विधाएँ हैं अव्वल नम्बर पर कहानी, दोयम पर कविता।

अस्मिता के संकट ने नकार की अनेक मुद्राओं को भी प्रेरित किया है। नकार एक तो वह है, जो पहचानकर मानता है कि जब मैं और मूल्य दोनों परिवेश ही हो गए तब न मैं रहा और न मूल्य रहे। एक दूसरा नकार है जो इस नगण्य कर दिए जाने के विरोध की चीख है : एक इतर अस्मिता या दूसरे स्तर के लिए मूल्य का आग्रह है।

भय, संत्रास, अजनबीपन, 'ड्रेड', 'एलिनिएशन', मतली एकाएक बहुत से शब्द हमारी आलोचना और हमारे साहित्य में आ गए हैं, कुछ मूल विदेशी भाषा में और कुछ देशी पर्याय-रूप में, लेकिन पर्याय की खोज में मिडसमर नाइट्स ड्रीम के बॉटम की तरह 'वास्तव में अनूदित' होकर। यह नहीं कि अस्मिता का संकट पश्चिम में ही हुआ है और हमने खाहमखाह ओढ़ लिया है। संकट हमारा अपना भी है। लेकिन पश्चिम की अस्मिता अलग थी और उसके संकट के कारण भी दूसरे; हमारी अस्मिता और हमारे संकट के कारण अलग हैं। इसलिए शब्दों के पर्यायत्व का कोई खास मतलब नहीं है। फिर भी अगर हमने एक तरफ कोश में दिए पर्याय भी लिए और दूसरी ओर उनमें मनमाना अर्थ भी भरा तो यह कोई ऐसी अनहोनी बात नहीं है, हर भाषा में शब्दों के अर्थ-विकास या अर्थान्तर की प्रक्रिया चलती रहती है।

नकार की मुद्राओं के नाम भी गिनाने होंगे? नवनास्तिवाद, नग्नवाद, देहवाद-न-कुछ को ही नए कुछ-पन से मढ़ने की वे प्रक्रियाएँ उसी के कुछ पहलू हैं।

लेकिन अगर मैं सचमुच वहाँ हूँ जहाँ हूँ (जो कहाँ है यह मैं नहीं जानता और जो कहीं है ऐसा मानने के विरुद्ध स्वयं तर्क देता आया हूँ), तो क्या इस स्थिति से उबरने का कोई रास्ता नहीं है? क्या ये सब प्रतिक्रियाएँ और बाद की नकार की मुद्राएँ, उबरने के रास्ते हैं? नहीं, स्पष्ट ही ये रास्ते नहीं हैं; ये केवल समस्या के दबाव की प्रतिक्रियाएँ हैं। तो रास्ता कौन-सा है? रास्ते क्या हैं भी?

रास्ते नहीं हैं यह तो नहीं कहूँगा, नहीं मानूँगा। मेरा स्वभाव भी यह मानने का नहीं है कि कोई रास्ता नहीं है; और जब मैं आरम्भ में यह मानकर चला हूँ कि लेखक और लेखक के नाते ही परिवेश की समस्या को देख रहा हूँ तो उसमें भी निहित है कि मानता हूँ कि रास्ता है। अब लेखक रहते हुए कोई रास्ता नहीं दीखेगा तब लेखक रहने की भी कोई अनिवार्यता नहीं दीखेगी।

रास्ते जरूर हैं। पर अगर हैं तो वे राजमार्ग हैं, यह कहना कठिन है। शायद झूठ भी होगा। रास्ते हैं, होंगे, पर सभी बीहड़ होंगे और सबके अपने-अपने अलग-अलग रास्ते होंगे। शायद लेखक होकर चलने में यह निहित भी है कि राजमार्ग का दावा छोड़ दिया गया होगा, अपना रास्ता बनाते हुए ही चलना होगा।

मुझे तो इसमें कहीं साहित्य की पहचान की एक कसौटी भी दीखती है : मूल्य दीखता है। जिस साहित्य में रास्ते की पहचान का संकेत मिलेगा वह साहित्य टिकेगा। जो नितान्त प्रतिक्रियात्मक है, जिसमें आज के भय, संत्रास, अजनबीपन, मतली आदि का भरपूर वार पाठक अथवा गृहीता पर पड़े, हो सकता है कि वैसा साहित्य आज की स्थिति के आस्वाद का आभास अधिक दे। पर रास्ते की चाह भी स्थिति का एक अन्यतम तत्त्व है; इस तत्त्व की उपेक्षा नहीं की जा सकती और जिस साहित्य में आज के आस्वाद के दूसरे सब रस हैं, लेकिन इस चाह और पहचान का आस्वाद नहीं मिलता, वह उस हद तक स्थिति का अधूरा ही सम्प्रेषण कर रहा है : आस्वाद का जो आभास है उसमें थोड़ा धोखा भी, आभास भी है; तत्त्व की उतनी कमी है।

न सही राजमार्ग; बीहड़ रास्ते सही, पगडंडियाँ सही, सबके अलग-अलग चोर-रास्ते भी सही। लेकिन समस्या अगर यह है कि अस्मिता का संकट है तो लक्ष्य भी स्पष्ट है : कि संकट का निवारण करके अस्मिता की रक्षा की जाए, अस्ति-बोध फिर से प्रतिष्ठित किया जाए। और जब ये दो बिन्दु निश्चित हैं तो कुछ तो संकेत होना चाहिए कि रास्ते क्या और कैसे हैं या हो सकते हैं।

एक रास्ता तो सीधा है। यह कर्म का एक्शन का रास्ता है। लेकिन यह जरूरत से ज्यादा सीधा रास्ता है। कर्म के द्वारा अस्मिता की उपलब्धि, कर्म में अस्ति की पहचान (निस्सन्देह यह एक प्रकार का कर्मयोग है, आधुनिक कर्मयोग, और उसका भी वह रूप जिसे पश्चिम आसानी से ग्रहण करेगा), रास्ता तो है, पर यह साहित्य-कर्म से अलग ले जानेवाला रास्ता है यानी इस अर्थ में साहित्य-लेखन 'कर्म' नहीं है।

दूसरा साहित्य से कम हटता हुआ रास्ता वह है जिसके लिए इधर बहुत से नाम चल रहे हैं : कुछ अंग्रेजी-फ्रांसीसी में, कुछ उन्हीं के ढंग के, कुछ उनके अनुवाद और कुछ ऐसे भी अनुवाद जो कि वास्तव में मूल शब्द के अर्थ का प्रत्याख्यान करते हैं। लेकिन अब एक विशेष अर्थ में चला दिए हैं तो चलते मान लिए गए हैं। कमिटमेंट, एंगेजमेंट, इन्वाल्वमेंट, प्रतिबद्धता, निष्ठा, व्यक्तित्व की खोज, ईमानदारी...।

अवश्य ही कुछ साहित्यकारों ने पहला रास्ता अपनाया। उसके बाद कितने इस लायक रहे कि फिर भी उन्हें साहित्यकार गिना जाए, इस पर बहस हो सकती है। (हाँ, 'भूतपूर्व' साहित्यकारों का एक वर्ग हो तो उसमें उन्हें जरूर रखा जा सकता होगा, लेकिन अपने देश में इस तरह की सच बातें कहने का चलन नहीं रहा न ब्रूयात् सत्यमप्रियम्।) ऐसों में से कुछ अगर संसद में भी पहुँच गए तो भी ऐसा नहीं है कि दूसरे पहलू से भी प्रश्न न उठाया जा सके कि क्या सचमुच उन्होंने कर्म का मार्ग चुना? या कि संसद और विशेष रूप से राज्य-सभा, द्रविड़ प्राणायाम द्वारा पेंशन देने का ही एक तरीका नहीं है?

शायद ये दो छोर हैं, दो प्रकार की अतियाँ हैं। क्या ऐसा नहीं हो सकता कि लेखक अपना समय इन दोनों के बीच में बाँटता रहे? बल्कि क्या अस्ति की पहचान का सबसे अच्छा रास्ता यही नहीं है? कर्म में उसकी पहचान अर्थात् बाह्य अथवा सामाजिक यथार्थ में उसकी पहचान और इस पहचान के द्वारा सामाजिक यथार्थ में अपनी प्रतिष्ठा (प्रतिष्ठा सम्मान के अर्थ में नहीं, मजबूती से पैर जमाकर खड़े होने के अर्थ में), और दूसरी ओर कमिटमेंट प्रतिश्रुति, परस्पर आबद्धता अस्ति की आभ्यन्तर पहचान, आभ्यन्तर यथार्थ में अपनी स्थिति की पहचान। उस अस्ति की पहचान जो कि बाह्य यथार्थ के साथ प्रतिकृत होती है, उस पर अपनी छाप डालती और उसको बदलती है, उसकी छाप अपने पर ग्रहण करती और उसके द्वारा बदली जाती है। महायान बौद्ध-धर्म में ऐसी व्यवस्था है कि कर्मजीवी सीमित किन्तु नियत अवधि के लिए संन्यस्त होकर चिन्तन-धर्मा हो जाए; क्यों नहीं साहित्य-धर्मा भी बीच-बीच में न्यासपूर्वक कर्मजीवी हो सकता? क्या इससे दोनों पक्षों के समृद्धतर होने की सम्भावना नहीं है? (और आज तो जब हम उस राजनीतिक कर्मी की ओर देखते हैं, जो हमारा 'शासक' है तो लगता है कि यह वर्ग तो चिन्तन करनेवाला क्या, चिन्तन की परिभाषा भी जाननेवाला नहीं है। जो लोग कम-से-कम पच्चीस वर्ष पहले (और पच्चीस वर्ष से लेकर चालीस वर्ष पहले तक कभी) चाहे कितनी भी छोटी अवधि के लिए जेल गए थे और उस जेल यात्रा के बल पर आज इंटेलेक्चुअल से लेकर शहीद तक सब कुछ होने का दावा करके अपने को राजकर्मी मानते हैं (यहाँ तक कि राज करने के सिवाय कोई काम अपने लायक नहीं मानते) उन्हें ऐसा सावधि मगर अनिवार्य संन्यास देकर थोड़ा सोचने का मौका दिया जाए तो क्या बुरा हो।)

थोड़ा विषयान्तर हो गया, या शायद वह भी नहीं, विषय के वृत्त के बाहर एक ओर बड़ा वृत्त खिंच गया जिसमें से फिर केन्द्र की ओर लौटना ऐसा कठिन नहीं है।

मैंने कहा कि संकटापन्न अस्मिता का बोध हर आधुनिक लेखक को है। यह नहीं कि यही मात्र उसके आधुनिक होने की पहचान है, इतना ही कि आधुनिक स्थिति की पहचान होते ही वह इस संकट को भाँप लेगा और पहचान लेगा कि यह दूसरों का ही नहीं, उसका भी संकट है; भले ही कुछ दूसरों के सिर पर सवार

हो और खुद उसके सिर पर सवार न भी हो तो कैंची लगाकर उसे पटकी देने की तैयारी कर रहा हो।

और यह मैंने कहा तो नहीं, लेकिन देखने की कोशिश की, कि इस संकट का सामना करने का क्या रास्ता हो सकता है। या कि क्या-क्या रास्ते हो सकते हैं जिनमें से कौन-सा रास्ता शायद अच्छा है या कि लेखक के नाते सबसे अधिक अनुसरणीय है।

यह सन्दर्भ है जिसमें लेखक के नाते मैं जीता हूँ या कि जिसमें अपने को जीता हुआ पहचानता हूँ। मैंने कहा कि मेरा परिवेश बहुत बड़ा है। यह बात आपेक्षिक रूप से भी सच है और आत्यन्तिक रूप से भी। मेरा परिवेश प्राचीन लेखक के परिवेश की तुलना में भी बहुत बड़ा और अपने आप में भी बहुत बड़ा है। उसमें एटमबम है और भूदान है; ई.ई.सी. है और नाटो है, पी.एल. 480 है और वियतनाम है, 'हिन्दी-चीनी भाई-भाई' है और नाथू-ला है, कांचिका चेकला और तिम्मा रेड्डी हैं और लूनिक और यूरी गगारिन हैं, अफ्रो-एशियाई एकता और कांगो और अंगोला हैं, भारत का स्वाधीन राष्ट्र है और पीलू मोदी हैं, हाइपोथालामस ग्रन्थि है और शतदल पद्म है—सभी कुछ है। जो बहुत से लोगों के लिए 'था' हो गया है, वह भी है, जो बहुत से लोगों के लिए 'होगा' की कोटि का है वह भी है, और जो है वह तो है ही और निरन्तर फैलता जा रहा है जैसे कि यह विश्व ब्रह्मांड भी फैलता जा रहा है।

मेरा परिवेश जितना बड़ा है और बड़ा होता जाता है, उतना ही मैं छोटा और छोटा होता जाता हूँ, यह तो ठीक ही है। बल्कि इसे तो स्वयंसिद्ध मान लिया जा सकता है। पर सन्दर्भ के नाते वह जितना बड़ा है, या होता जाता है, उतना मेरा संवेदन भी विस्तृत और गहरा होता जाता है, और उतना ही मेरा सम्प्रेषण भी विशालतर और गम्भीरतर होता जाता है।

यह संवेदन का विस्तार, यह सम्प्रेषण की संवृद्धि, मेरे लेखन-कर्म की चुनौती भी है, यही उसकी सम्भाव्य उपलब्धि भी है। चुनौती केवल मेरी है, उसका सामना मुझको ही करना है। लेकिन उपलब्धि शायद एकान्त मेरी नहीं है, मेरे पाठक के नाते आपकी भी है। यानी अगर मेरी होगी तो आपकी भी होगी। (यों शायद मुझे यह भी कह ही देना चाहिए कि चुनौती को भी मैं केवल विनयवश ही अपने तक सीमित रख रहा हूँ, यह कैसे हो सकता है कि वह चुनौती पाठक को भी न हो जबकि वह भी उसी संसार में रहता है, और जबकि लेखक के नाते मेरा अविराम प्रयत्न यह है कि मेरा और मेरे पाठक का संसार एक हो और जिस-जिस दशा या आयाम में दोनों एक न हों वहाँ विस्तार द्वारा उन्हें एक कर दिया जाए उतना और वैसा एक जिसके लिए ज्यामिति की भाषा में कहा जाता है कांग्रुएंट इन ऑल रेस्पैक्ट्स।

नए लेखक और पुराने लेखक में प्राचीन काल के लेखक और समकालीन लेखक में, भेद स्पष्ट करते हुए मैं भूल गया था कि आज भी कुछ नए लेखक हैं जो पुराने हैं जैसे कि प्राचीन काल में कुछ लेखक रहे होंगे जो नए लगें। आज भी कुछ ऐसे लेखक

हैं जो अभी सन्दर्भ में जीते हैं। परिवेश की उनकी संकल्पना उसी अर्थ में स्थितिशील है। उनमें से कुछ प्रगति में भी विश्वास करते हैं लेकिन प्रगति भी उनके लिए एक प्रक्रिया नहीं, स्थितियों का एक क्रम है एक स्थिति से दूसरी स्थिति में अवतरित (या कि जब प्रत्यय पर उनकी ओर से सम्भाव्य आपत्ति का विचार करके कहूँ उत्तरित) होने का क्रम। ऐसे भी हैं जो प्राचीन काल के सन्दर्भ को पूरी तरह आत्मसात् करते हुए सनातन यज्ञ करते हुए तो नहीं जी सकते, लेकिन मान लेते हैं कि आज भी वेदों की यादभर से ऋतु को फिर प्रतिष्ठित कर लेंगे। वेद मेरे लिए अत्यन्त मूल्यवान् हैं, बल्कि जो हैं उनके लिए मूल्यवान् शब्द कुछ ओछा ही पड़ता है। उन्हें थोड़ा-थोड़ा करके पढ़ता भी हूँ और जब तक एक-एक शब्द में एकाएक ऐसा नया अर्थ मिलता जान पड़ता है (मेरे लिए नया, सम्भव है कि वास्तव में वह बहुत पुराना अर्थ था या बहुत ही पुराने अर्थों में से एक रहा हो), जिसे उन्मेष, नई दृष्टि भी कहा जा सकता है और जिसके सहारे पुराना पड़ा हुआ बहुत-सा एकाएक निरा पढ़ा हुआ न रहकर जाना हुआ हो जाता है निरी जानकारियों का एक समूह विद्या हो जाती है। और ऋतु की परिकल्पना को मैं धर्म-प्रतिभा की महत्तर उपलब्धियों में मानता हूँ। 'क्या मैं ऋतु में जीता हूँ?' यह प्रश्न अपने से पूछना ही, पूछ सकने की स्थिति में अल्पमत क्षण के लिए होना भी, भीतर-बाहर से धुल जाने के बराबर लगता है आस्तिक के लिए गंगा-स्नान से अधिक पावनकर।

यह सब है; लेकिन उस प्राचीन काल के लेंबुक का भोला विश्वास मुझमें नहीं है, नहीं हो सकता, मैं नहीं मानूँगा कि हो सकता है, मैं जरूरी नहीं समझता कि हो; मैं चाहता भी नहीं कि कोशिश करूँ कि वह फिर से मुझे मिल जाए। अपने सांस्कृतिक दाय का मैं सम्मान करता हूँ, लेकिन अपनी मूल्यवान् सम्पत्ति के साथ तिजोरी में स्वयं बन्द हो जाना न बुद्धि का मार्ग है न जीवन का।

श्रद्धा की उपलब्धियों का सैकड़ों-हजारों वर्ष का संस्कार मुझमें जीता है लेकिन मैं आज के विज्ञान में जीता हूँ। मेरा सन्दर्भ आधुनिक विज्ञान का जगत् है, सनातन श्रद्धा का सन्दर्भ मैं यह आज का तनावजीवी मैं।

ऐसे भी हैं जो कह सकते हैं, कहते हैं कि परिवेश की बात छोड़ो, परिवेश तो दिन-दिन बदलता है, क्षण-क्षण बदलता है, जो ऐसा बदलनेवाला है उसकी बात क्या करना? परिवेश की चर्चा छोड़ें, जो स्थायी हैं उसी की बात करें। मूल्य की बात करें। बल्कि मूल्यों में भी शाश्वत मूल्य की बात करें, साहित्य का मूल्य है रसवत्ता।

हाँ, है। ऐसे लोग भी हैं, उनके बारे में क्या कहूँ? भाग्यवान् हैं वे!

भाग्यवान् हैं वे, लेकिन किस अर्थ में भाग्यवान्? बोदलेयर ने कहा था :

भाग्यवान् हैं वेश्याओं के प्रेमी
भाग्यवान् और प्रसन्न और तृप्त
किन्तु मैं मेरी भुजाएँ टूट गई हैं क्योंकि मैंने उनके घेरे में
आकाश को बाँध लेना चाहा था।

'बाँध लेना चाहा था।' मैं जानता हूँ कि इकारस की यह कल्पना रोमांटिक है। इकारस का मिथक अति प्राचीन है लेकिन बोदलेयर उसे जिस रूप में देख रहा है, इकारस पर जिन भावनाओं का आरोप कर रहा है वे रोमांटिक हैं। अपने को मर्माहत महत्त्वाकांक्षी के रूप में देखना अपने को हीरो मानना है, भले ही परास्त हीरो। यह भी रोमांटिक अन्दाज है। जबकि जिस युग में मैं जीता हूँ वह ऐंटी-हीरो है। (यों तो ऐंटी बहुत-कुछ है, लेकिन और बहुत से ऐंटित्व सतही लहरियों जैसे भी हैं, ऐंटी-हीरो तो नीचे का प्रवाह है ज्वार का भराव है। लेकिन यह अन्दाज रोमांटिक अन्दाज कब-किस अवस्था में है? तभी न, जब हर 'चाहा था' पर बल दें यानी महत्त्वाकांक्षी होने की बात स्वीकार करें। स्वीकार ही क्यों करें, दावा करें कि हम महत्त्वाकांक्षी थे, आकाश को भुजाओं के घेरे में बाँध लेना चाहते थे।

न; 'चाहा था' पर मैं जरा भी जोर नहीं देता। वह दावा मैं छोड़ता हूँ बिलकुल छोड़ता हूँ। मैंने वैसा चाहा था यह मैं नहीं कह सकता; मैं जानता ही नहीं कि ऐसा मैंने चाहा था। चाहने का कभी खयाल ही मुझे नहीं हुआ। लेकिन जो तथ्य है वह मेरे सामने है। उसे मैं न छिपाना चाहता हूँ न छिपा सकता हूँ। बल्कि वही तो मेरे इस अस्तित्व का प्रकांड सत्य है जो मुझे सन्दर्भ देता है और हाँ, जो मुझे अपनी अस्ति का बोध देता है।

और वह तथ्य यह है कि यह मैं हूँ, ये मेरी झुलसी हुई भुजाएँ हैं, और यह पास ही उग्र जलता हुआ सूर्य है।

यह तथ्य है। इस तथ्य के साथ मैं गहरे राग-सम्बन्ध में बँधा हुआ हूँ। इसलिए यह तथ्य ही नहीं, यह सत्य है, यह वास्तविकता है।

यह सम्बन्ध वास्तविकता का और मेरा यह सम्बन्ध सम्बन्ध का वह रूप जो मेरी चेतना को छूता है, झकझोरता है, झुलसाता है यह सम्बन्ध हमारा परिवेश है।

हम दोनों एक-दूसरे के सन्दर्भ हैं; झुलसता हुआ मैं और जलता हुआ यह सूर्य। इसी निरन्तर झुलसते जाने में मेरी मूल्यों की खोज जारी है। मैंने ऐसा चाहा है यह मैं नहीं कहूँगा; हीरो बनने की ललक मुझमें नहीं है और वह अन्दाज मुझे एक झूठ के चक्कर में फँसा देगा यह भी मैं जानता हूँ। लेकिन यह ऐसा है और ऐसा रहेगा यह मेरा झुलसना और सूर्य का तपना और यह मेरी मूल्य की खोज।

जो स्वयंसिद्ध है उसको सिद्ध करने की मैंने कोई जरूरत नहीं समझी। लेकिन जो स्वयंसिद्ध नहीं है उसे सिद्ध करने का मेरे पास क्या साधन है?

जो मैं पहचानता हूँ वह मैं पहचानता हूँ।

[माधव महाविद्यालय, उज्जैन में दिए गए एक प्रत्युत्पन्न वक्तव्य का विकसित लिखित रूप।]

साहित्य की भारतीय कसौटी

जब से भारत को आजादी मिली है और भारतीय राष्ट्र की पुनः प्रतिष्ठा हुई है, तब से राष्ट्रीय भावना की चर्चा बहुत होती रही है। चीनी आक्रमण के बाद के दो वर्षों में तो यह चर्चा एक व्यापक कोलाहल की सीमा तक पहुँच गई थी। लेकिन वास्तव में हमारे चिन्तन में राष्ट्रीय भावना अधिक पुष्ट हुई है या नहीं, यह एक ऐसा प्रश्न है जो हमें स्वयं अपने आपसे बार-बार पूछते रहना चाहिए। क्योंकि राष्ट्रीय भावना का उदय निरी चर्चा से कभी नहीं होगा, वह निरन्तर आत्म-परीक्षण और आत्म-शोध से ही प्राप्त हो सकता है। चर्चा से हम ऐसी भावनाओं को अवश्य उत्तेजित कर सकते हैं जो राष्ट्रीयता के नाम पर इतर राजनीतिक लक्ष्यों की प्राप्ति में सहायक हो सकें; लेकिन इस तरह का राजनीतिक तनाव कुल मिलाकर कोई शुभ परिणाम नहीं छोड़ जाता।

हमारे भाषा-सम्बन्धी विश्वासों में राष्ट्रीय भावना की समस्या विशेष रूप से लक्षित होती है। भाषा सांस्कृतिक अभिव्यक्ति का सबसे अधिक समर्थ माध्यम है इसलिए इससे लगाव होना स्वाभाविक है। लेकिन भारत एक सर्वव्यापी भाषा के न रहते हुए भी इतना भाग्यवान् तो है कि एक सजीव राष्ट्रीय संस्कृति पा सका हो। राष्ट्रीय भावना जितनी राजनीतिक एकता को प्रतिबिम्बित करती है उससे कहीं अधिक ही राष्ट्रीय सांस्कृतिक भावना को वाणी देती है। अंग्रेजी इस देश में उस उत्तरदायित्व का निर्वाह आज नहीं कर सकती और कभी नहीं कर सकेगी। तब प्रश्न यह रह जाता है कि राष्ट्रीय संस्कृति की जो निधि आज हमें उपलभ्य है उसे क्या हम अधिक सुरक्षित और सम्पन्नतर बनाएँगे, या कि बाँट-बिखेरकर सांस्कृतिक क्षेत्र में भी इस प्रकार विपन्न हो जाएँगे जिस प्रकार जमीन का बँटवारा करके अन्न-उत्पादन के क्षेत्र में हो गए?

मैं हिन्दी को राजभाषा बनाने का तर्क नहीं दे रहा हूँ। उसे सिद्ध करने में मेरी कोई दिलचस्पी नहीं है। हमारा काम अंग्रेजी से नहीं चल सकता इतना हम मान लें तो उससे आगे के तर्क स्वयं सिद्ध हो जाते हैं। कोई भी भारतीय भाषा अंग्रेजी का स्थान ले ले, यह मुझे स्वीकार्य है। कौन-सी भारतीय भाषा के लिए इसकी सम्भावना सबसे अधिक है? किसको यह स्थान देने में देश को, प्रदेशों को, इतर भाषाएँ बोलनेवालों को सबसे कम परिश्रम करना पड़ेगा? इन प्रश्नों के उत्तर जो संकेत करते हैं मैं उससे सन्तुष्ट हूँ।

लेकिन कुछ राष्ट्रीय संस्थाओं को, सभी भारतीय भाषाओं को प्रोत्साहन देते हुए और भी कुछ सोचना चाहिए। साहित्य अकादेमी ऐसी राष्ट्रीय संस्थाओं का एक उदाहरण है। यह संस्था प्रतिवर्ष सभी भारतीय भाषाओं के श्रेष्ठ साहित्य को पुरस्कृत करती है। पुरस्कार देने की पद्धति में और भी त्रुटियाँ हैं जिनकी आलोचना होती रहनी चाहिए, लेकिन यहाँ मैं एक बुनियादी सवाल उठाना चाहता हूँ जिसका सम्बन्ध राष्ट्रीय चेतना से है। अकादमी सब भाषाओं को 'समान दृष्टि से' देखना चाहती है। लेकिन जो माँ अपनी सभी सन्तान को समान दृष्टि से देखती है वह विकासशील किशोर और वयस्क युवक को एक-सी मात्रा में भोजन देने में आग्रह नहीं करती। समान दृष्टि से देखना ही असमान व्यवहार को अनिवार्य बना देता है। उससे भी बढ़कर महत्त्व की बात यह है कि समान दृष्टि आ कहाँ सकती है अगर आप किन्हीं दो को एक साथ देखने को ही तैयार न हों? मेरा आग्रह यह रहा है और अब भी है कि भाषाओं के पुरस्कारों के अतिरिक्त और ऊपर, कम-से-कम एक पुरस्कार ऐसा होना चाहिए जो कि सच्चे अर्थ में 'राष्ट्रीय पुरस्कार' हो, भाषाओं के विचार से ऊपर हो और शुद्ध साहित्यिक प्रतिमानों के आधार पर दिया जाए। इसमें और भाषावार पुरस्कारों में कोई विरोध नहीं है, बल्कि ये परस्पर पोषक हैं।

साहित्य अकादेमी, जो अपने को 'नेशनल एकेडेमी ऑफ लैटर्स' कहती है, तब तक 'नेशनल' नहीं हो सकती जब तक कि वह प्रादेशिक बुद्धि से ऊपर उठकर राष्ट्रीय बुद्धि से भी विवेक नहीं कर सकेगी। केवल मात्र प्रादेशिक आधार पर साहित्य को देखना और इसलिए दूसरों को भी उसी संकुचित दृष्टि से देखने को प्रेरित करना राष्ट्रीय कसौटियों के निर्माण में बाधक होना है और व्यापकतर साहित्य-दृष्टि के प्रति अपने उत्तरदायित्व से भागना है। "अमुक ग्रन्थ कश्मीरी का या असमिया का या हिन्दी का या बंगला का या तमिल का श्रेष्ठ ग्रन्थ है" यहाँ तक न रहकर हम क्यों न यह भी सोचने को बाध्य किए जाएँ कि इन सीमित दृष्टियों से श्रेष्ठ ग्रन्थों का व्यापकतर भारतीय साहित्य के परिप्रेक्ष्य में क्या स्थान है? अगर हम अपने साहित्य को भारतीय दृष्टि से देखने तक भी नहीं बढ़ा सकते तो किस आधार पर यह आशा कर सकते हैं कि हमारे साहित्यों को विश्व-साहित्य में कोई स्थान मिलेगा?

मेरी समझ में तो इस संकुचित ढंग से सोचने का और यह संकुचन हम हर स्तर पर पाते हैं, प्रादेशिक साहित्यकारों में, भाषाओं की संस्थाओं में, प्रादेशिक अकादमियों में, राज्यों की सरकारों में और केन्द्र की साहित्य और शिक्षा की संस्थाओं में ही परिणाम यह है कि एक ओर हम प्रादेशिकता के कूपमंडूक बने रहते हैं और दूसरी ओर विदेशी प्रभावों को अन्धाधुन्ध ग्रहण करते जाते हैं और कृतिकार की बजाय अनुकृतिकार होते जाते हैं।

विश्व-साहित्य की पंक्ति में वही भारतीय साहित्यकार बैठ सकेगा जो पहले राष्ट्रीय साहित्यकार हो जिसकी कृति में समूची भारत जाति और समन्वित भारतीय संस्कृति

बोलती हो। बाकी सब साहित्यकार अपनी पंक्तियों में पड़े रह जाएँगे (भले ही उस पंक्ति में शीर्ष स्थान उन्हें मिलता रहे) या फिर नकलचियों की या छायाग्राहियों की पंक्ति में आ जाएँगे (वह व्यावसायिक दृष्टि से जितनी भी लाभकर हो।)

मैं यह स्वप्न देखता हूँ कि सभी भारतीय भाषाओं के कृतिकार इस व्यापकतर दृष्टि को अपना सकेंगे और साहित्य अकादेमी को इतनी प्रेरणा और इतना बल दे सकेंगे कि कम-से-कम एक ऐसे राष्ट्रीय पुरस्कार की प्रतिष्ठा हो सके। उसमें व्यवहार और पद्धति सम्बन्धी कई कठिन समस्याएँ उठेंगी, लेकिन कोई समस्या असाध्य नहीं होगी अगर सही सिद्धान्त से आरम्भ किया जाए। हम 'विश्व-शान्ति-पुरस्कार' की कल्पना कर सकते हैं और समझते हैं कि उसके निर्णय के लिए हम सारे संसार के शान्ति-कर्मियों के कामों का मूल्यांकन कर सकेंगे; हम 'अन्तरराष्ट्रीय फिल्म प्रतियोगिता' कर सकते हैं और विश्वास करते हैं कि हम न केवल अन्तरराष्ट्रीय दृष्टि से देख और सोच सकते हैं बल्कि उसकी कसौटी पर स्वयं भी खरे उतर सकते हैं; तब क्या एक साहित्य का ही क्षेत्र ऐसा है जिसमें हम रेंगकर चलना आवश्यक मानते रहेंगे?

('कावेरी' पत्रिका के लिए फरवरी 1965 में लिखित) ज्ञानपीठ के साहित्य-पुरस्कार की स्थापना से एक पुरस्कार तो ऐसा हुआ है जो कि भाषा-प्रदेशों से ऊपर उठकर सार्वदेशिक लक्ष्य सामने रखता है। व्यवहारत: वह कहाँ तक 'राष्ट्रीय' पुरस्कार बन पाया है, साहित्येतर विषयों से अप्रभावित रह सका है, 'भाषाओं के विचार से ऊपर' उठ सका है और 'शुद्ध साहित्यिक प्रतिमानों के आधार' पर निर्णीत होने का अविचल लक्ष्य सामने रख सका है, और जन-साधारण में ऐसी प्रतिष्ठा पा सका है, पाँच निर्णयों के बाद भी ऐसा नहीं है कि ये प्रश्न शमित हो गए हों। भाषा और साहित्य में प्रादेशिक आग्रह कम नहीं हुए हैं बल्कि सरकारी संस्थाओं से फैलकर विश्वविद्यालयों में भी जड़ पकड़ गए हैं या यों भी कहा जा सकता है कि विश्वविद्यालयों को ही सरकारी संस्थाएँ बनाने और मानने की प्रवृत्ति बढ़ती गई है।

भारतीय साहित्य : तुलनात्मक दृष्टि

हम लोग लगातार 'तुलनात्मक भारतीय साहित्य' की चर्चा करते रहे हैं, लेकिन मुझे लगातार ऐसा अनुभव होता रहा है कि एक प्रश्न हम सभी के मन में रहा है जिसे कहकर सामने ले आने से हम कतराते रहे हैं। मुझे जान पड़ता है कि उस प्रश्न को निरूपित करने का काम मुझको ही करना होगा और वह मैं करूँगा भी। लेकिन उससे पहले मैं एक बहुत साधारण उदाहरण से आरम्भ करना चाहता हूँ।

कल और आज अतिथियों ने हमें बड़ी उदारता से भोजन कराया। भोजन भारतीय शैली का था, परोसने और खाने का ढंग पश्चिमी, जैसा कि संस्थानों में प्राय: होने लगा है। हम लोग अच्छे भारतवासी हैं और मैंने लक्ष्य किया कि हम सभी ने रोटी दाहिने हाथ से तोड़ी और खाई। छुरी-काँटे लगे हुए थे, लेकिन कोई खास आवश्यकता नहीं पड़ी; अगर किसी ने काँटे या छुरी से काम भी लिया तो दाहिने हाथ से ही। और जिन्होंने हम लोगों के लिए मेज लगाई थी वे भी यह जानते थे कि हम सब रोटी दाहिने हाथ से खाते हैं और यहाँ भी दाहिने हाथ से ही खाएँगे। फिर भी रोटी रखने की छोटी तश्तरी बड़ी प्लेट की बाईं तरफ रखी गई थी; और शायद ही किसी ने उसे वहाँ से उठाकर प्लेट के दाहिनी तरफ रखा जिससे दाहिने हाथ से रोटी उठाने में उसे सुविधा होती।

यह किस बात का उदाहरण है? हम लोग पीढ़े-थाली के बदले मेज-कुर्सी और चीनी की प्लेट के अभ्यस्त हो गए हैं; हमने अपने को तश्तरी के अनुकूल ढाला है, तश्तरी को अपने अनुकूल नहीं बनाया।

पश्चिम का आदमी बाएँ हाथ से रोटी तोड़ता-खाता है। उसके लिए छोटी तश्तरी प्लेट के बाईं तरफ रखना ठीक है। हम लोग दाहिने हाथ से खाते हैं; और छोटी तश्तरी बाएँ से उठाकर दाहिने रख लेना या दाहिनी ओर ही लगाना कोई मुश्किल काम नहीं है। लेकिन प्लेट तश्तरी के दो सौ साल के प्रचार के बावजूद और अंग्रेजी शासन से आजाद हुए तीस वर्ष हो जाने के बावजूद अभी तक हमारी हिम्मत नहीं हुई कि छोटी तश्तरी को बाएँ से उठाकर दाहिने रख लें।

तुलनात्मक भारतीय साहित्य के लिए यह उदाहरण एक विशेष अर्थ रखता है। हम साहित्य में भी प्रभाव, नकल, अनुकूलन आदि की चर्चा करते हैं। वहाँ भी ऐसी

स्थितियाँ आती हैं कि अनुकूलन के नाम पर, या किसी विदेशी विधा या तत्त्व या प्रभाव को अपने लिए उपयोज्य बनाने के लिए, हमें एक छोटी तश्तरी बाएँ से उठाकर दाहिने रखनी पड़ती हो और यह इतना छोटा-सा परिवर्तन हम नहीं करते या कर पाते।

किसी विशेष व्यक्ति या विश्वविद्यालय को आलोचना का विषय बनाना मेरा अभीष्ट नहीं है; और ऐसे व्यक्ति या ऐसे विश्वविद्यालय को तो और भी नहीं जिसने तुलनात्मक अध्ययन में मूल्यवान् पहल की है। मैं बार-बार देखता हूँ कि तुलनात्मक भारतीय साहित्य की चर्चा करते हुए भी अधिकतर विद्वान विभिन्न भारतीय साहित्यों के बीच तुलना करने से न सिर्फ कतराते हैं बल्कि वैसी तुलना करने की मानो उन्हें बात ही नहीं सूझती। वे इसलिए भारतीय भाषाओं में से किसी एक भाषा का साहित्य ले लेते हैं—उदाहरण के लिए, बांग्ला का—और उसके बाद सीधे देश-सीमा के पार छलाँग लगाकर पश्चिम पहुँच जाते हैं। छोटी तश्तरी के अभ्यास की तरह हम सबका यह अभ्यास या संस्कार है कि समग्र भारतीय साहित्य की बात न सोचकर एक भारतीय साहित्य की बात सोचें एक प्रादेशिक भाषा-साहित्य को लें और उसके समकक्ष पश्चिम का साहित्य रखें। 'पश्चिम' न तो कोई भौगोलिक इकाई है, न कोई भाषात्मक इकाई है; वह एक शिथिल बन्धन में बँधा हुआ एक सांस्कृतिक समूह है जिसके भीतर बड़े तीखे विभाजन और तनाव हैं जिन्हें हम अच्छी तरह पहचानते हैं। फिर भी, यह सब जानते हुए भी, हम 'पश्चिम' की बात करते हैं। यह पश्चिम स्वयं एक पश्चिमी गुट और एक पूर्वी गुट में विभाजित है और प्रत्येक में अलग-अलग भाषाओं के अपने-अपने साहित्य हैं; और कई जगह ऐसा भी है कि उनमें समानताएँ कम हैं और भेद अधिक। फिर भी हम अभ्यासवश और आलस्यवश एक ओर पश्चिम को रखते हुए दूसरी ओर किसी एक प्रदेश-भाषा के साहित्य को रखकर तुलनाएँ करते हैं और धड़ल्ले से साधारण स्थापनाएँ करते चलते हैं।

इंग्लैंड में कोई 'वेल्श साहित्य और पूर्व' शीर्षक के अधीन साहित्य चर्चा करे या साहित्य पढ़ाए तो हमें वह हास्यास्पद लगेगा। लेकिन 'बांग्ला साहित्य और पश्चिम' की चर्चा करते हुए हमें हँसी नहीं आती। मेरा आशय यह नहीं है कि इस तरह के शीर्षक आत्यन्तिक रूप से हास्यास्पद हैं, लेकिन दो तरह के शीर्षकों को बराबर-बराबर रखने से कुछ अन्तर्विरोध स्पष्ट होकर सामने आता है। निःसन्देह एक पश्चिमी साहित्य भी है और उसकी चर्चा असंगत नहीं है। निःसन्देह एक यूनानी, हेलेनिक अवधारणा है, एक यूरोपीय संस्कृति है और एक यूरोपीय साहित्य है। लेकिन ऐसे बड़े वृत्त के भीतर अनेक अलग-अलग साहित्य भी हैं। इसी प्रकार एक पूर्व भी है उतनी ही असन्दिग्ध एक इकाई या जीवन-दृष्टि या चिन्तन-धारा। लेकिन यह हमारा दुर्भाग्य है कि जब हम 'पूर्व' की चर्चा करते हैं तो उसकी वही अवधारणा करते हैं जो उन्नीसवीं शती का पश्चिमी करता था जब वह 'ओरिएंट' की चर्चा करता था। एग्जांटिक का अर्थ है विदेशी, पराया देशावर से आया हुआ, लेकिन हम पूर्व को एग्जांटिक ईस्ट

कहते हैं, हम स्वयं कहते हैं! यूरोपीय टूरिस्ट की देखा-देखी इस भारतीय भोजन को एग्जांटिक कहते हैं और उसी रूप में देखते हैं! फिर हम हेलेनिक या यूनानी आदि की जीवन-दृष्टि और चिन्तन-धारा की बात करते हैं और यह लक्ष्य नहीं करते कि जैसे एक 'पश्चिम' है ठीक वैसे एक 'पूर्व' है, जैसे एक यूनानी जीवन-दृष्टि है वैसे एक भारतीय जीवन-दृष्टि भी है; और, जैसे यूनान के भीतर पूर्वापर या विभिन्न प्रदेशों में समवर्ती भाषाएँ, संस्कृतियाँ, जीवन-दृष्टियाँ, साहित्यिक प्रवृत्तियाँ रहीं, उसी तरह भारत में भी रहीं। हम भारतीय साहित्य और जीवन-दृष्टि की भी बात कर सकते हैं और विभिन्न कालों या प्रदेशों की प्रदेश-भाषाओं के साहित्य की भी; ठीक वैसे ही जैसे कि पश्चिम अथवा यूरोप की परिधि के भीतर हम जर्मन या स्लोवीनी या नारवेजी साहित्य की चर्चा कर सकते हैं।

हम सभी निजी तौर पर भी और औपचारिक अवसरों पर भी दावा करते हैं कि हमारा एक राष्ट्रीय साहित्य संस्थान है। साहित्य अकादेमी का संविधान इस दावे से आरम्भ करता है कि "भारतीय साहित्य एक है यद्यपि कई भाषाओं में लिखा जाता है।" लेकिन कहाँ है वह भारतीय साहित्य? और साहित्य अकादेमी ने इस भारतीय साहित्य के अस्तित्व का क्या प्रमाण दिया है? जब से वह बनी है तब से निरन्तर वह हमें उन्हीं साहित्यों का उदाहरण देती आई है जो भारत के होकर भारतीय नहीं हैं या नहीं माने जा रहे हैं। साहित्यों को एक समग्र भारतीय मंच या कसौटी पर लाने में उसे हमेशा जोखिम दीखता है। हम सब भी अकादमी की भाँति ही दावा करते रहते हैं और अपने को समझाते रहते हैं कि एक भारतीय साहित्य है; लेकिन हम मानते हैं यही और सोचते हैं यही कि एक-एक प्रदेश भाषा का अपना-अपना अलग साहित्य है और उसे हम पश्चिम के साथ मिलाकर देखना चाहते हैं ऐसे पश्चिम के जिसकी तुलना वास्तव में उतने ही व्यापक 'पूर्व' से होनी चाहिए। संस्कृत, हिन्दी या बांग्ला साहित्य को हम यूनानी जीवन-दृष्टि से देखना चाहते हैं। यूनानी जीवन-दृष्टि का यथार्थ है, लेकिन उतना ही यथार्थ भारतीय जीवन-दृष्टि का है।

एक और बात भी लक्षित होती है। हम जब भारतीय लेखकों या भारतीय साहित्य की बातें करते हैं तब हमारा ध्यान या तो संस्कृत की ओर होता है जिसकी परम्परा काफी समय पहले रुक गई बारह सौ वर्ष पहले या छह सौ या तीन सौ या तीस वर्ष पहले, इसका कोई महत्त्व नहीं है या फिर हम पश्चिम के संघात के बाद के भारतीय लेखन को ध्यान में रखते हैं यानी अंग्रेजी में लिखनेवाले भारतीय लेखकों की बात सोचते हैं। यानी दूसरे सब तो हिन्दी या पंजाबी या बांग्ला या गुजराती लेखक हैं; प्रादेशिक भाषा के लेखक हैं; भारतीय लेखक या तो वह है जो किसी जमाने में संस्कृत में लिखता था या फिर आज वह है जो अंग्रेजी में लिखता है। अगर ऐसा सोचना संगत हो तो प्रश्न उठता है कि संस्कृत के ह्रास और भारतीय अंग्रेजी साहित्य के उदय के बीच के हजार-बारह सौ वर्षों में देश में क्या होता रहा है? क्या वह भी

एक 'अन्धकार युग' है? क्या उसमें भी न कोई भारतीय परम्परा है, न कोई भारतीय संस्कृति ही है? बल्कि यों कहें कि न कोई भारत ही है क्योंकि भारत तो एकाएक तब प्रकट हुआ जब पश्चिम एक संकट के रूप में क्षितिज पर आ गया! या कि हमारे चिन्तन में कहीं एक बुनियादी भूल है, कि हम कोई महत्त्व की बात भुलाए दे रहे हैं या अपनी उपेक्षा के कारण मिट जाने दे रहे हैं? मैं तो मानता हूँ कि एक भारतीय जीवन-दृष्टि थी और है, सदैव रही, कि वह संस्कृत से भी पहले से चली आई है, संस्कृति में भी बनी रही। मैं मानता हूँ कि संस्कृत के 'ह्रास' के साथ वह विकीरित हुई और फिर पश्चिम से टकराहट होने तक पुनः सम्पुंजित हो गई कि वह कभी नष्ट नहीं हुई, बिखरी और संचित हुई लेकिन निरन्तर बनी रही। यह तो है कि इस मत के समर्थन के लिए पूरी सामग्री प्रस्तुत करना आज कठिन है क्योंकि वह सामग्री अधिकांशतः वाचिक परम्परा में रही और वाचिक परम्परा की हम लगातार उपेक्षा करते रहे उसमें भी अपने पश्चिम के नकलचीपन के कारण। लेकिन मेरा विश्वास है कि उस साक्ष्य का संग्रह अभी सम्भव है और मैं यह भी मानता हूँ कि तुलनात्मक भारतीय साहित्य के लिए भी और एक-एक भाषा के अनुशीलन में भी इस वाचिक साक्ष्य का संग्रह करके उसकी रक्षा की समुचित व्यवस्था करनी चाहिए।

यूनानी जीवन-दृष्टि के बरअक्स अगर हम भारतीय जीवन-दृष्टि की ओर ध्यान दें तो पाएँगे कि समूची भारतीय परम्परा में एक भारतीय जीवन-दृष्टि और विश्व-दर्शन रहा है। किसी संस्कृति की मूल दृष्टि की पहचान के लिए हम कौन-कौन से तत्त्व खोजेंगे? स्पष्ट है कि एक विश्व-दर्शन का उसमें महत्त्वपूर्ण स्थान होगा। और भारतीय परम्परा में संस्कृत से लेकर सभी प्रादेशिक अथवा आधुनिक भारतीय भाषाओं में वह समग्र दर्शन हमें मिलता है। संस्कृत के ह्रास के साथ यह उन प्राकृतों और अपभ्रंशों में फैल गया जो कालान्तर में आधुनिक भारतीय भाषाएँ बनीं। फिर एक विश्व-दर्शन के साथ एक आत्म-दर्शन अथवा अस्मिता-बोध भी हैं; और यह भी संस्कृत के साथ आरम्भ हुआ और लगातार बढ़ता चला गया है और आज आधुनिक भारतीय भाषाओं को अनुप्राणित करता है। तो एक समान विश्व-दर्शन, एक समान आत्म-दर्शन, एक समान अस्मिता-बोध से आरम्भ करके हम आगे बढ़ते हुए देख सकते हैं कि और भी कई समान तत्त्व हैं जिनके आधार पर भारतीय अवधारणा की चर्चा करना संगत होता है। भारत की दिक् और काल की अवधारणा भी अपना विशिष्ट महत्त्व रखती है; देशकाल की अपनी परिभाषा के आधार पर ही हम विश्व में अपना विशिष्ट स्थान निर्धारित करते हैं। खेद की बात है कि भारतीय साहित्य के अध्ययन-अध्यापन में हम लोग इन तत्त्वों की उपेक्षा करते रहे हैं।

हम उपन्यास की बात करते हैं। हम समझते हैं कि उपन्यास एक ऐसी विधा है जो पश्चिम से आई। सभी भारतीय भाषाओं के अध्यापन में यही पढ़ाया जाता है कि उपन्यास की विधा पश्चिम से आई। अवश्य ही यह एक प्रकार का सत्य है। लेकिन

यह तो नहीं है कि कहानी कहना पश्चिम में शुरू हुआ और हमने पश्चिम से सीखा। कहानी कहने-सुनने की प्रक्रिया से हम प्राचीन काल से ही परिचित हैं। उपन्यास या कथा काल में घटित होती है; फलतः किसी संस्कृति का काल-बोध अलग होगा तो उसकी कहानी का रूप भी अलग होगा। और कहानी का एक भारतीय रूप है जो इतना विशिष्ट भारतीय है कि वह संसार में कहीं और नहीं मिलता या जहाँ मिलता है वहाँ इस बात का प्रमाण है कि वह भारत से पहुँचा। हमने काल की वृत्ताकार अवधारणा की; हमारी कहानी भी वृत्ताकार है। ऐसी वृत्ताकार या शृंखलित कथा सारे संसार में भारत से ही फैली। और ऐसा नहीं है कि यह पुराना वृत्ताकार आख्यान मर चुका है और आज उसकी कोई सम्भावनाएँ नहीं हैं। आधुनिक लेखकों ने बार-बार इस वृत्ताकार गति की विधि को अपनाया है भारत में भी और यूरोप में भी।

नाट्य के बारे में एक पूर्वी और भारतीय अवधारणा है। यह भी हमारा दुर्भाग्य है कि इसका भी पुनरुद्धार पश्चिम ने ही किया है और उसका उपयोग भी पश्चिम कर रहा है। अभी भी नाट्य और रंगमंच के लिए भी हम पश्चिम का मुँह देखने को तैयार हैं; उसके मूल स्रोतों की ओर देखने को तैयार नहीं हैं या कि वैसा करना हमें सूझता ही नहीं। कोई रूपाकार या प्रयोग भारतीय या पूर्वी मूल के थे तो उन्हें सीधे वहीं देखना आसान होना चाहिए बजाय पश्चिम के मुकुर में उसका प्रतिबिम्ब खोजने के। यह नहीं कि मुकुर में भी उसका प्रतिबिम्ब देखने में कोई दोष है; अवश्य ही मुकुर की रंगत का भी उस पर रोचक प्रभाव पड़ सकता है। लेकिन मूल स्रोत से हम अपने को क्यों काट लें?

देश में हम प्रतीकवादियों की बहुत चर्चा करते रहे हैं। फ्रांसीसी प्रतीकवादियों का प्रभाव सभी भारतीय भाषाओं में लक्ष्य है। किसी भारतीय लेखक की तुलना किसी फ्रांसीसी प्रतीकवादी कवि से की जाती है तो वह इसे गर्व की बात समझता है। लेकिन इस फ्रांसीसी और यूरोपीय प्रतीकवाद का कितना अंश पूर्व की कला से फ्रांस के सम्पर्क का परिणाम था चीन और जापान की कला से, जिस तक हम सीधे भी पहुँच सकते थे? फिर भी आज सत्य यह है कि जहाँ फ्रांसीसी प्रतीकवादी से तुलना होने पर भारतीय लेखक गर्व का अनुभव करता है, वहाँ उन फ्रांसीसियों के भी पूर्ववर्ती जापानी मूल के कवियों से तुलना होने पर उसके मन में यह संकोच बना रहेगा कि यह प्रशंसा की बात है या कि उसकी कोई कमी!

हमें यह पहचानना चाहिए कि इस प्रकार लगातार एक पक्ष में पश्चिम नाम की रूप-शिथिल इकाई को रखकर दूसरी ओर एक प्रादेशिक साहित्य की चर्चा करते रहने से हम स्वयं अपने को पंगु बनाते हैं, अपने हाथ-पैर बाँधकर पश्चिम के सामने खड़े रहते हैं और एक हीन आत्म-रक्षात्मक भंगिमा अपनाए रहते हैं। यह बिलकुल अनावश्यक है, ऐसा कहना राष्ट्रीय या भाषा-सम्बन्धी अहम्मन्यता नहीं है। वास्तव में तुलनात्मक अध्ययन में प्रभावों और प्रवाहों में एक ही दिशा तक सीमित न रहकर दोनों दिशाओं का अध्ययन करना चाहिए। तभी हमें सन्तुलित दृष्टि प्राप्त हो सकती

है। तभी हम एक ओर अहम्मन्यता और दूसरी ओर हीनभावना से बच सकते हैं। एक पूर्व है, एक भारतीय दृष्टि है। ऐसी भारतीय अवधारणाएँ हैं जिन्होंने विभिन्न भारतीय भाषाओं के भारतीय साहित्य को प्रेरणा दी है और साथ ही देश में अलग-अलग भाषाएँ भी हैं और उनके साहित्य भी हैं।

तुलनात्मक अध्ययन पर विचार-विमर्श करते समय इतना तो मान लेता हूँ कि अध्यापन में एक त्रुटि भी है। लेकिन जिस चीज की ओर मैं इशारा कर रहा हूँ वह केवल त्रुटि नहीं है। त्रुटि उसे कहेंगे जिसकी मरम्मत हो सके या जिसे भर दिया जा सके। लेकिन दिशा-ज्ञान का न होना ऐसी कमी है जो टाँके-थिगली लगाकर दूर नहीं की जा सकती। वास्तव में जिस प्रश्न से कतराने की बात मैंने आरम्भ में कही वह प्रश्न हमारे सामने आजादी से भी पहले आ गया था, लेकिन उसकी चुनौती का हमने कभी सामना ही नहीं किया। क्या कोई भारतीय साहित्य है या नहीं है? भारतीय साहित्य में भारतीय क्या है? मैंने चलते-चलते थोड़े-से उदाहरण दे दिए हैं; यह सूची बढ़ाई जा सकती है, लेकिन उसकी यहाँ आवश्यकता नहीं होनी चाहिए।

'तुलनात्मक साहित्य' पद का व्यवहार पहले-पहल किसने किया, यह जानना उपयोगी भी हो सकता है और रोचक भी। मैं यह भी मान लेता हूँ कि इसकी खोज भी उपयोगी है कि किसने सबसे पहले ऐसा संकलन किया जो तुलनात्मक अध्ययन की भूमिका प्रस्तुत कर सके। इस तरह के ऐतिहासिक तथ्य अपनी जगह काम के हैं, लेकिन वही तुलनात्मक अध्ययन की इति नहीं है। यह भी असल प्रश्न नहीं है कि तुलनाएँ सदैव होती रही हैं, या कि साहित्य के अध्ययन में तुलना की कोई नई प्रवृत्ति नहीं है। साहित्येतिहास का एक महत्त्वपूर्ण स्थान है, लेकिन सभी कुछ को केवल ऐतिहासिक अनुक्रम के अधीन कर देना अनावश्यक संकीर्णता है।

तुलनात्मक अध्ययन का इस आधार पर भी विरोध किया गया है कि कला एक स्वायत्त व्यवस्था है, प्रत्येक कला-वस्तु या रचना एक स्वायत्त वस्तु है और इसलिए तुलना का कोई प्रयोजन या अर्थ ही नहीं होता। लेकिन क्या स्वायत्त व्यवस्थाओं की तुलना नहीं कर सकते? यह आपत्ति एक पंडित ने की है, और रचना की स्वायत्तता के पक्ष में की है। मैं पंडित नहीं हूँ और लेखक के नाते न्यूनाधिक मात्रा में 'रचनाशील' लेखक के नाते यह प्रश्न पूछता हूँ कि क्या स्वायत्तता के कारण दो व्यवस्थाएँ तुलना से परे चली जाती हैं? मैं भी कृति की या कला-वस्तु की स्वायत्तता में विश्वास रखता हूँ; लेकिन मैं लेखक और लेखक, रचना और रचना, युग और युग, तनाव और तनाव, प्रेरणा और प्रेरणा, यहाँ तक कि एक मानसिक विकृति और दूसरी मानसिक विकृति और दोनों के कारणों तक की तुलना करने को तैयार हूँ और मानता हूँ कि ऐसी तुलना उपयोगी हो सकती है: कृतियों को और कृतिकारों की मनोरचना को समझने में ही नहीं बल्कि रचना-प्रक्रिया मात्र को समझने के लिए भी। मुझे कविकंठाभरण में क्षेमेन्द्र द्वारा कवियों को दिया गया परामर्श याद आता है : क्षेमेन्द्र का सत्परामर्श

है कि कवि सभी के पास जाए प्राचीन कवियों के पास भी और नए कवियों के पास भी, अभिजात कवि के पास भी और लोक-कवि के पास भी, ऊपर की ओर भी देखे और नीचे की ओर भी, सभी की सुने और सभी से सीखे, लेकिन वैयाकरण और तार्किक से बचे! मैं समझता हूँ कि रचनाशील लेखक के लिए यह परामर्श बहुत मूल्यवान् है, क्योंकि जैसे तर्क के बिना विवेक नहीं हो सकता, वैसे ही तर्क के सहारे किसी भी विवेचन को अर्थहीन भी बना दिया जा सकता है।

इन्हीं सब बातों को ध्यान में रखकर मैंने आरम्भ में यह सन्देह प्रकट किया कि हम वास्तव में विचार-विमर्श को वहाँ समाप्त कर देते हैं जहाँ से आरम्भ करना चाहिए क्योंकि उस प्रश्न से कतराते हैं जो हमारे सामने आ खड़ा होता है। हमें स्वीकार करना चाहिए कि भारतीय साहित्य के अध्ययन में तुलनात्मक पद्धतियों का एक उपयोगी स्थान है और हमें उस चुनौती को भी स्वीकार करना चाहिए जो भारत की भारतीयता हमारे सामने उपस्थित करती है। 'एकता में अनेकता' की बात कर देने-भर से कुछ नहीं सिद्ध होता; बल्कि बहुत-से लोगों के मुँह से यह पद सुनते ही मुझे सन्देह हुआ कि इसके बहाने वे अनेकता के लिए ही हीला खोज रहे हैं; एकता के लिए आधार नहीं। जहाँ तक भारतीय साहित्य का सवाल है, एकता एकता में है और सदा से रही है। हमने ही अपनी बुद्धि के सामने एक दीवार खड़ी कर रखी है और अब हमें उसके ऊपर चढ़कर उसके पार देखना है। मैं एक 'हिन्दी लेखक' के नाते जो कुछ कह रहा हूँ अर्थात् हिन्दी में लिखनेवाले भारतीय लेखक के नाते जो कुछ कह रहा हूँ मैं आशा करता हूँ कि आप भारतीय साहित्य के बारे में मेरे विचारों से सहमत न होते हुए भी उसके कारण यह देख सकेंगे कि सभी भारतीय भाषाओं में एक भारतीय आदर्श काम कर रहा है। यह भारतीय दृष्टि कभी-कभी अवचेतन भी हो सकती है, पर बनी रहती है अवश्य। और अगर भारत में एक भारतवासी द्वारा एक भारतीय भाषा में लिखी गई रचना में आपको एक प्रादेशिक अथवा स्थानीय दृष्टि के ऊपर एक भारतीय दृष्टि मिलती है, तो कोई कारण नहीं है कि ऐसी रचना को आप भारतीय साहित्य न कहें, चाहे वह किसी भाषा में लिखी गई हो।

मैं चाहूँगा कि विश्वविद्यालय में या उनके बाहर इस दिशा में अध्ययन आरम्भ हो और विकास करे। किसी विश्वविद्यालय में अगर तुलनात्मक साहित्य का विभाग है तो वह अपना विकास और रूपान्तर करके यह नई दृष्टि अपनाए; जिन विश्वविद्यालयों में ऐसा विभाग नहीं है, उनमें से जो समर्थ हैं वे तुलनात्मक अध्ययन पद्धति की स्थापना करें। अवश्य ही वर्तमान परिस्थितियों में यह काम काफी कठिन है। अनेक भाषाओं के साहित्यिक ज्ञान की बात तो दुर्लभ है ही, पर्याप्त अनुवाद भी सुलभ नहीं हैं। निश्चय ही हिन्दी में दूसरी भाषाओं की अपेक्षा अधिक अनुवाद मिल जाएँगे। किसी विश्वविद्यालय में हिन्दी माध्यम से तुलनात्मक अध्ययन का आरम्भ करना आज भी दुःसाध्य नहीं है।

तुलनात्मक अध्ययन के लिए अनुवादों की उपयोगिता की सीमाएँ मैं जानता हूँ, लेकिन अनुवादों की उपयोगिता भी असन्दिग्ध है। मैं स्वयं निरन्तर अनुवाद-कार्य करता रहा हूँ। विदेशी विश्वविद्यालयों में मैंने अनुवाद की शिक्षा भी दी है और ऐसे शिक्षा-क्रम के दौरान अंग्रेजी-से-अंग्रेजी में अनुवाद भी कराए हैं। मैंने सदैव यह भी प्रयत्न किया है कि ऐसे कार्यक्रमों में अनेक साहित्यों के लोग भाग लें उदाहरण के लिए, ग्रीक और संस्कृत, जर्मन और फ्रेंच साहित्य के विद्वान। अनुवाद के एक प्रशिक्षण कार्यक्रम के दौरान एक अमेरिकी विद्यार्थी की बात मुझे याद आती है जिसने जयदेव के कुछ पदों का अंग्रेजी अनुवाद किया था। उस विद्यार्थी ने क्योंकि अनुवाद-कार्य को उपाधि के लिए एक विषय माना था, इसलिए उसका परीक्षा में बैठना भी अनिवार्य था। उसने जयदेव के पदों के अनुवाद ही परीक्षा के लिए प्रस्तुत किए, लेकिन यह तर्क भी प्रस्तुत किया कि जयदेव के पदों का अनुवाद तभी सार्थक हो सकता है जब वह गेय हो और संगीत के साथ प्रस्तुत किया जाए। मैंने उसे इस सूचना के साथ, कि अपने अनुवादों के समर्थन में जो तर्क वह देगा वे भी परीक्षा के अधीन आ जाएँगे और उसे उनके समर्थन के लिए तैयार रहना होगा, उसे परीक्षा के समय अपना गिटार भी लाने की अनुमति दे दी बल्कि यह भी अनुमति दे दी कि वह चाहे तो एक और वादक भी अपने साथ ला सकता है। उसका प्रस्तुत किया हुआ अनुवाद बहुत अच्छा तो नहीं सिद्ध हुआ, लेकिन कुल मिलाकर अनुवाद का यह अनुभव रोचक और आगे विमर्श के लिए उपयोगी रहा। (बल्कि परीक्षा के लिए उसने दो-एक पदों का जो अनुवाद संगीत के साथ गाकर प्रस्तुत किया, उसे मैंने टेप पर अंकित भी कर लिया था और वह अभी मेरे पास सुरक्षित है।)

यह उदाहरण मैं इसलिए दे रहा हूँ कि अनुवाद के साथ इस तरह की समस्याएँ भी जुड़ी रह सकती हैं। इधर मैं स्वयं एक यूरोपीय भाषा से हिन्दी में अनुवाद कर रहा हूँ और मेरा भी प्रयत्न है कि गीत का अनुवाद गीत में ही हो और वह युग की संवेदना की दृष्टि से भी पर्यायता प्राप्त कर सके। मेरी योजना है कि कभी इन अनुवादों को मंच से भी प्रस्तुत करूँगा मूल यूरोपीय गीत यूरोपीय संगीत के साथ और हिन्दी अनुवाद भारतीय संगीत के साथ। यह थोड़ा-सा विषयान्तर हो गया, लेकिन आशा है कि इससे मेरे इस तर्क की पुष्टि ही होगी कि पश्चिम से आयातित परिभाषा और उसके समान्तर शब्दावली का उपयोग करने से पहले हमें अच्छी तरह सोच लेना चाहिए और पर्यायता अथवा समान्तरता का समुचित विचार करना चाहिए। इस प्रकार 'पश्चिम' के समकक्ष 'पूर्व' है, यूरोप के समकक्ष एशिया है, ग्रीक दृष्टि के समकक्ष भारतीय दृष्टि है, एक साहित्य के समकक्ष दूसरा एक साहित्य है।

हमारे देश में अनेक भाषाएँ हैं, यह न तो चिन्ता की बात है न लज्जा की। न ही ये तुलनात्मक अध्ययन में कोई दुर्लंघ्य बाधा उपस्थित करती हैं। हम भारत की तुलना यूरोप के किसी एक देश से न करके समूचे यूरोप से कर सकते हैं। यूरोप

में जितनी भाषाएँ हैं, भारत में उससे अधिक तो नहीं हैं! भौगोलिक दृष्टि से हमारा देश इंग्लैंड से बीस गुना बड़ा होगा; इंग्लैंड में भी कम-से-कम उतनी ही बोलियाँ प्रचलित होंगी जितनी किसी भी भारतीय भाषा की हैं। लेकिन इससे क्या होता है? ये सभी बोलियाँ भी अध्ययन का विषय बन सकती हैं। और किसी ने यह युक्ति नहीं दी कि इन बोलियों के कारण अंग्रेजी साहित्य का अध्ययन अंग्रेजी साहित्य के रूप में नहीं हो सकता। हम इस आलोचना से क्यों आतंकित हों कि हमारे पास कई भाषाएँ हैं? बल्कि अगर हम देख सकें कि कई भाषाओं के रहते हुए हमारे पास एक समग्र दृष्टि भी है तो हमें उसे गौरव का विषय मानना चाहिए। यहाँ और उदाहरण देने की आवश्यकता नहीं है, लेकिन महाभारत काल से ही इस देश में यह चेतना रही है कि भारत एक इकाई है भौगोलिक इकाई भी और सांस्कृतिक इकाई भी। भारतीय रचना में सर्वदा एक केन्द्रोन्मुख प्रवृत्ति रही है जिसने भारत-भूमि को एक इकाई के रूप में देखा है जो कि 'स्वर्गादपि गरीयसी' है, जिसके गीत देवता भी गाते हैं, और जिसमें जन्म लेने के लिए सुर-गण स्वर्गापवर्ग छोड़कर धरा पर उतरते हैं।[1]

1. दिल्ली विश्वविद्यालय में आयोजित 'तुलनात्मक साहित्य संगोष्ठी' में भारतीय साहित्य सम्बन्धी गोष्ठी के अध्यक्षीय समापन का लिखित रूप।

साहित्यकार और सामाजिक प्रतिबद्धता

साहित्यकार की सामाजिक प्रतिबद्धता का सवाल, मुझे लगता है, पुराना पड़ गया है। मैं सोचना चाहता कि यह उन सनातन प्रश्नों में से एक है जो कभी पुराने नहीं पड़ते और जिसका जवाब हर साहित्यकार को अपने जीवनानुभव में बल्कि अपने आप में और अपने ज्ञान के आधार पर खोजना पड़ता है; लेकिन जिस रूप में और जिस अर्थ में यह प्रश्न सनातन होता वह रूप और वह अर्थ आज इस प्रश्न का नहीं रहा है। आज अधिकतर लोग इस सवाल के दो अधूरे उत्तर पा चुके हैं, जो दोनों ही अपने अधूरेपन के कारण और उस अधूरेपन से मिल जानेवाले निर्भ्रान्तता के आभास के कारण खतरनाक हैं।

एक उत्तर यह है कि क्योंकि मेरी निष्ठा अपने प्रति है और साहित्य के प्रति है, और यह निष्ठा साधना का एक रूप होने के कारण दूसरे किसी का उसमें दखल देने का कोई अधिकार नहीं है, इसलिए सामाजिक प्रतिबद्धता का कोई मतलब नहीं है, कोई प्रासंगिकता नहीं है। निःसन्देह एक अर्थ में और एक परिधि में (या यों भी कह सकते हैं कि एक परिधि के बाहर व्यापक क्षेत्र में) यह बात सही है; लेकिन कहाँ सही है, इसकी ठीक पहचान न होने से यह निष्कर्ष साहित्यकार को एक अँधेरी सुरंग के मुँह पर लाकर खड़ा कर देता है जिसके आगे केवल बढ़ता हुआ अँधेरा है। उस अँधेरे में हाथ-पैर पटकने का (या चीखने का भी) एक उपयोग हो सकता है और व्यक्ति के विकास में योग भी हो सकता है। लेकिन वह रास्ता साहित्यकार का रास्ता नहीं है। जो लेखक इस उत्तर से सन्तुष्ट है उसने सम्प्रेषण के अनिवार्य लक्ष्य से अपने को काट लिया है। साहित्यकार के लिए दूसरे तक पहुँचना जरूरी है, बल्कि दूसरे तक पहुँचना ही उसका लक्ष्य है और वही उसके कर्म को अर्थ और संगति देता है; और वह दूसरा उस सुरंग के भीतर नहीं है।

दूसरा उत्तर यह है कि साहित्यकार समाज की उपज है, समाज में जीता है और इस अर्थ में समाज का देनदार है; उसे समाज के लक्ष्यों में योग देना चाहिए और समाज की प्रगति के साथ प्रतिबद्ध होना चाहिए। यह उत्तर भी अपनी सीमा में ठीक है; लेकिन इसमें विकृति वहाँ है जहाँ यह मान लिया जाता है कि जो सामाजिक लक्ष्य है और प्रगति की जो दिशा है उसका निर्धारण साहित्यकार को

अपने विवेक से नहीं करना है बल्कि उसका संकेत, उसका आदेश उसको दूसरों से मिलनेवाला है ऐसे दूसरों से जो अपने को ही समाज मानते हैं, कम-से-कम इस अर्थ में कि सामाजिक प्रगति का निर्धारण करने का अधिकार वह अपना मानते हैं और साहित्यकार के विवेक को इस मामले में स्वतंत्र मानने को तैयार नहीं हैं। अर्थात् सामाजिक प्रतिबद्धता यहाँ उन निर्धारकों के लक्ष्यों के साथ प्रतिबद्ध हो जाती है। अँधेरी गुफा का रूपक यहाँ लागू नहीं होता। लेकिन दूसरों के लक्ष्यों के साथ प्रतिबद्धता साहित्यकार के लिए एक मानसिक गुलामी का स्वीकरण है जो इसलिए और भी घातक है कि लक्ष्य-निर्धारण करनेवाले इन दूसरों का उद्‌देश्य साहित्यिक नहीं है, सांस्कृतिक भी नहीं है, आर्थिक अथवा प्रशासनिक व्यवस्था को छोड़कर किसी दूसरे अर्थ में 'सामाजिक' भी नहीं है। यह हो सकता है कि उनके आर्थिक लक्ष्य अच्छे हों और देश की आर्थिक समृद्धि के लिए उपयुक्त हों; यह भी हो सकता है कि उनके प्रशासनिक उद्‌देश्य देश में शान्ति-व्यवस्था और स्थायित्व लानेवाले अथवा अन्तरराष्ट्रीय सम्बन्धों को सुधारनेवाले हों। लेकिन दो सच्चाइयों का किसी तरह अनदेखा नहीं किया जा सकता; पहली यह कि जो प्रतिबद्धता चाही गई है वह सामाजिक नहीं है बल्कि चाहनेवाले दल अथवा समुदाय अथवा समाज के साथ बँधी हुई है (यानी इसी अत्यन्त सीमित अर्थ में 'सामाजिक' है), और उसी की सत्ता को बनाए रखने के लिए है। यानी अगर वह दल या समाज सत्तासीन है तो यह प्रतिबद्धता यथास्थिति के पक्ष में है, और अगर वह बाहर है और सत्ताकामी है तो यह प्रतिबद्धता यथास्थिति के विरुद्ध है और 'क्रान्तिकारी' है। लेकिन दोनों स्थितियों में है वह सत्ता के लक्ष्य की अधीनता ही।

दूसरी सच्चाई यह है कि प्रतिबद्धता की इस अवधारणा में साहित्यकार के विवेक के लिए कोई गुंजाइश नहीं रखी गई है। साधारण नागरिक के, अथवा नागरिक होने के नाते साहित्यकार के लिए यह अनिवार्य हो कि यह सत्ता से अपने सम्बन्ध के बारे में निर्णय करे, लेकिन क्या साहित्यकार की हैसियत से साहित्यकार के लिए ऐसी प्रतिबद्धता अनिवार्य है? और अगर है भी तो इस परिणाम पर साहित्यकार को अपने स्वाधीन विवेक से पहुँचना है या कि कोई दूसरा (चाहे अपने को समाज कहकर ही) उससे यह माँग करने का अधिकार रखता है कि तुम्हें हमारे साथ प्रतिबद्ध होना होगा?

मैं जब साहित्यकार हूँ तब सम्प्रेषण का तो एक व्रत ही मैंने ले लिया है। यह मेरा उत्तरदायित्व है कि मैं दूसरे तक पहुँचूँ, दूसरे तक वह मूल्यबोध पहुँचाऊँ जिनके बारे में मेरा सहज विवेक मुझे आश्वस्त करता है कि ये मूल्य उस पूरे समाज के जीवन को अधिक गहरा, समर्थ, समृद्ध और अर्थवान् बना सकते हैं। इन मूल्यों के सम्प्रेषण का, उनकी चेतना जगाने का, मेरा अक्षुण्ण अधिकार और अपरिहार्य कर्तव्य ही मेरी सामाजिक प्रतिबद्धता है; और यह प्रतिबद्धता किसी भी वर्ग, दल, समूह अथवा प्रतिष्ठान के हित अथवा सत्ता से निरपेक्ष है।

इस बात को मैं यों भी कह सकता हूँ कि साहित्यकार के नाते मेरी सामाजिक प्रतिबद्धता जिस समाज के साथ है वह मुझमें है और मेरी अपेक्षा में ही अस्तित्व रखता है, ठीक वैसे ही जैसे कि मैं उस समाज में हूँ और उसकी अपेक्षा मैं ही बना रह सकता हूँ।

इस बात का सन्दर्भ शायद स्पष्ट करने की आवश्यकता हो। साहित्य एक सम्प्रेषण है तो वह सम्प्रेषण की प्रक्रिया का एक माध्यम भी है। इस वाक्य को लोग आसानी से इसलिए स्वीकार कर लेंगे कि वे सोचेंगे कि भाषा की बात हो रही है, क्योंकि वही तो सम्प्रेषण का माध्यम है। लेकिन असल में बात भाषा तक सीमित नहीं है, बल्कि साहित्यिक सम्प्रेषण की बात मुख्यतया भाषा के बारे में है ही नहीं। साहित्यिक सम्प्रेषण का माध्यम वह समाज है जिसमें सम्प्रेषण की यह प्रक्रिया सम्पन्न होती है।

इस माध्यम की ओर मानो आज किसी का ध्यान नहीं है। समाज, सामाजिक परिवेश, सामाजिक परिवर्तन और सामाजिक प्रतिबद्धता की इतनी चर्चा के बीच यह बात अनदेखी रह जाती है कि समाज सम्प्रेषण का माध्यम है और समाज को इस माध्यम के रूप में देखे-समझे बिना न साहित्य को समझा जा सकता है, न साहित्यिक, रचना-प्रक्रिया को, न समाज में साहित्यकार की स्थिति को। स्वयं भाषा का और साहित्य विधाओं का विकास भी बहुत दूर तक इस पर निर्भर करता है कि सम्प्रेषण के माध्यम के रूप में समाज कहाँ और कैसे बदल रहा है। समाज केवल आर्थिक सम्बन्धों के एक जाल का नाम नहीं है। आर्थिक सम्बन्ध कितना महत्त्व रखते हैं, कम-से-कम उतना ही महत्त्व संवेदनों के जाल का भी है और इस बात का भी महत्त्व है कि विभिन्न परिस्थितियों में विभिन्न संवेदन के अतिरिक्त सजग हो उठते हैं या कि उनकी सजगता सीमित हो जाती है। हिन्दी का आलोचक ही नहीं, प्रतिबद्धता की बहस में लगा साहित्यकार भी मानो इस बात को भूल जाता है कि रचना क्योंकि सम्प्रेषण से अलग नहीं है, इसलिए लगातार इस सम्प्रेषण माध्यम (अर्थात् समाज) की स्थिति के बारे में सजग रहना और उसी के अनुरूप अपनी भाषा को ढालना, विधाओं के अपने उपयोग को परिवर्तित करना और इस या उस संवेदन या संवेदन-पुंज को उभारना या अधिक संयमित करना साहित्यकार का सहज और स्वाभाविक कर्म है। रचना परिस्थिति में से उपजती है; और परिस्थिति सबसे पहले उस सम्प्रेषण माध्यम की स्थिति है जिसमें रचना हुई है और जिसके बीच तथा जिसके द्वारा वह दूसरे तक पहुँचेगी। सम्प्रेषण का यह देशकालगत सन्दर्भ समाज का संवेद्य रूप है। अगर इस अर्थ में समाज साहित्यकार में और साहित्यकार समाज में नहीं है तो उसके चिन्तन के आर्थिक अथवा ऐतिहासिक आधार अर्थशास्त्री अथवा इतिहासकार की दृष्टि में कितने भी सही हों, वह समाज के साथ जुड़ा नहीं है।

यह तो हो सकता है कि उस समाज की मेरी अर्थात् किसी भी लेखक की पहचान अचूक न हो या अधूरी हो। जिस हद तक ऐसा होगा उस हद तक मेरा (अर्थात् किसी

भी लेखक का) साहित्य भी निर्बल, कम प्रभावशाली और कम टिकाऊ होगा। यह भी हो सकता है कि मेरी प्रत्यभिज्ञा को अधिक विशद करने में दूसरों का सहयोग भी हो सके, दूसरों के मार्ग-निर्देश में मैं अपना रास्ता अधिक अच्छी तरह पहचान सकूँ। लेकिन वह मेरा रास्ता तभी होगा जब मेरी पहचान में वह मेरा रास्ता हो। अगर वह मुझे स्वयं अपना रास्ता नहीं दीखता तो केवल प्रतिबद्धता के नाम पर उस पर बढ़े चलना, जहाँ तक सर्जना का प्रश्न है, अन्धेन नीयमाना इव अन्धा : वाली स्थिति स्वीकार करना होगा। और मैं समझता हूँ कि इस मामले में उपनिषद् की बात एकदम सही है कि अविद्या जिस अन्धकार-लोक में गिराती है, विद्या उससे भी अधिक दुर्भेद्य अन्धकार में गिरा सकती है। समाज की सही पहचान के बिना, और अपने विवेक की आग में उसे शोधे बिना, तो तथाकथित सामाजिक प्रतिबद्धता होगी वह साहित्यकार के साथ समाज को भी अँधेरे गर्त की ओर खींच ले जाएगी। सारे संसार का और स्वयं हमारे देश का भी, अधिक लम्बा नहीं, पिछले दशक का ही इतिहास इस बात का ज्वलन्त प्रमाण है कि प्रतिबद्धता सत्तासीन दल के साथ हो, अथवा सत्ताकामी दल के साथ, वह एक विशेष प्रकार की अवसरवादिता का ही दूसरा नाम है; वह 'सामाजिक' प्रतिबद्धता तो नहीं ही है। और साहित्यकार अवसरवादी नहीं है, वह मूल्यनिष्ठ होकर समाज के साथ प्रगाढ़ रूप से प्रतिबद्ध है।

साहित्य किसके लिए

बढ़ते हुए संघर्ष के साथ-साथ साहित्य के भीतर एक तनाव पैदा हो गया है। आधुनिक युग का साहित्यकार यह मानने का अभ्यस्त है कि कला स्वतंत्र है, कलाकार भी स्वतंत्र है और किसी को 'राजस्व' देने को बाध्य नहीं है। दूसरी ओर साहित्य-पाठकों में बहुत से ऐसे हैं, और साहित्यकारों में भी अनेक, जो साहित्य के उत्तरदायित्व का अनुभव करते हुए उसे गतिनिर्देश करना आवश्यक समझने लगे हैं। अन्ततः यह भी व्यक्ति और परिस्थिति का संघर्ष है कलाकार नामक एक विशिष्ट व्यक्ति के अभिमान का और हमारी आधुनिक राजनैतिक-सामाजिक परिस्थिति-रूपी मजबूरियों का संघर्ष।

एक और बात का इशारा भी यहाँ कर देना उचित होगा। यह संघर्ष एक दूसरे प्रकार के विरोध का भी प्रतिबिम्ब है। साहित्य की भारतीय परम्परा में कलाकार को सदा समाज के प्रति उत्तरदायी माना जाता रहा, उसके लिए कर्तव्याकर्तव्य के नियम बने रहे। हमारी परम्परा यह कहती थी कि साहित्यकार को अपनी जिम्मेदारी का ही अभिमान होना चाहिए कवि उत्तरदायी है जैसे कि ईश्वर उत्तरदायी है। कालान्तर में यह परम्परा क्षीण होती चली, पहले मुगलों के द्वारा अलौकिक के स्थान पर लौकिक आनन्द की साधना के कारण, और फिर विदेशी परम्परा के आक्रमण के कारण। यूरोप से 'आर्टिस्ट' का जो आदर्श हमारे बीच आया, वह उन्नीसवीं शताब्दी के व्यक्तिवादी इंग्लैंड से आया और अपने साथ व्यक्ति-स्वातंत्र्य की उग्र तथा कुछ-कुछ विकृत भावना लेकर आया। हमने कलाकार को 'बोहेमियन' के रूप में देखा; ऐसे व्यक्ति के रूप में, जो किसी के प्रति कोई उत्तरदायित्व नहीं मानता, और जिसका एकमात्र इष्टदेव उसकी अपनी भीतरी वासना या प्रेरणा है।

इस प्रकार व्यक्ति और परिस्थिति के संघर्ष की पीठ पर दो परस्पर-विरोधी आदर्शों का संघर्ष भी लद गया, और आज भारतीय साहित्यकार के आगे 'कलाकार' और 'सुधारक' के दृष्टिकोणों का जो विरोध समस्या बनकर खड़ा है वह इन दो संघर्षों का संयुक्त रूप है।

अस्तु, इसमें सन्देह नहीं कि कलाकार के जीवन का एक महत्त्वपूर्ण क्षण वह होता है जब वह इस समस्या पर कोई निर्णय करता है, उस प्रश्न को उत्तर देता है

जिसके लिए हमारे एक पत्रकार ने एक भावपूर्ण वैदिक उक्ति चुनी है कस्मै देवाय? कला किसके लिए, किसलिए?

पाठक के लिए भी यह प्रश्न कम महत्त्व का नहीं है, यद्यपि बहुत से पाठक इस पर ध्यान नहीं देते और आधुनिक जीवन का दबाव पाठक को इधर ध्यान देने लायक छोड़ना भी नहीं चाहता।

कला को दो दृष्टि-बिन्दुओं से देखा जा सकता है कलाकार के और रसिक के। रसिक की ओर से देखें तो हम इस परिणाम पर पहुँचेंगे कि रसिक साहित्य से धर्म, नीतिशिक्षा, विज्ञान, प्रोपेगैंडा, कुछ नहीं माँगता; उसके लिए कला का उद्देश्य है जीवन को उन लोगों के लिए सहनीय बनाना जिनके लिए संसार एक विवश होकर स्वीकार करने की चीज है। इस दृष्टि से विचार करके हम बहुत आगे नहीं बढ़ सकेंगे, अतएव पहले कलाकार के पक्ष की ओर ध्यान देना उचित होगा।

कलाकार कला में क्या रखता है?

धर्म? नीतिशिक्षा? विज्ञान? मनोरंजन? प्रोपेगैंडा?

तत्काल यह प्रश्न हमारे सामने आता है, क्या ऐसी चेष्टित रचना साहित्य हो सकती है, क्या कला का 'निर्माण' हो सकता है, क्या कलाकार को बाहर से निर्देश दिया जा सकता है...

यदि कलाकार सचमुच कलाकार है, निरा प्रचारक नहीं है, तो उसकी प्रेरणाशक्ति एक निगूढ़ और अत्यन्त व्यक्तिगत विवशता है जिसके कारण! वह संसार की सत्यता को चित्रित करने को बाध्य होता है। इसका यह अभिप्राय नहीं कि वह संसार की या समाज की कठपुतली है। वह विवश होकर लिखता है, संसार के बारे में लिखता है, किन्तु उस विवशता का कारण संसार नहीं होता, न हो सका है। वह बाध्य होता है पकड़ने को, बाँधने को, और व्यंजित करने को संसार का प्रवाह, चाहे वह अच्छा हो, चाहे बुरा, चाहे स्वीकृति से, चाहे अवज्ञा से; और इस अवस्था में संसार की गति से उत्पन्न होनेवाले विचार उसे सीमित नहीं कर सकते, रोक नहीं सकते।

संसार की अनुभूतियाँ और घटनाएँ साहित्यकार के लिए मिट्टी हैं, जिनसे वह प्रतिमा बनाता है। वह निरी सामग्री है, उपकरण है। वह कलाकार को बाँध नहीं सकती, कलाकार उसका मनमाना प्रयोग कर सकता है, मनचाहे अंश को स्वीकार या अस्वीकार कर सकता है। कलाकार को अमीर और गरीब, सुखी और दुखी, पीड़ित और पीड़क, दोनों के बारे में लिखने का समान अधिकार है, यदि वह अपनी कला को अक्षुण्ण रखता है। फिर यह भी ध्यान में रखना चाहिए कि दुखी और सुखी की कोई आत्यन्तिक श्रेणियाँ तो जीवन में हैं नहीं। दुख, अपूर्णता, पीड़ा ये सर्वव्यापी हैं। गरीबों ने इनका ठेका नहीं लिया है इसे वे भी मानेंगे जो स्वयं गरीब हैं। और सुख और सन्तोष भी वर्ग-भेद नहीं देखते। तब कैसे एक वर्ग का सुख-दुख दूसरे वर्ग के सुख-दुख से अधिक वर्णनीय मान लिया जाए? क्यों न हम दोनों

वर्गों के ऊपर उठकर सम्पूर्ण मानवता के गान गाएँ? माना कि आज संसार का अधिकांश वर्ग प्रपीड़ित और निर्धन है, किन्तु क्या इसीलिए उनसे सहानुभूति करते समय हम अवश्यमेव और सब तरफ से अपनी सहानुभूति खींच लें? क्या कलाकार की अनुभूति इतनी व्यापक और साथ ही इतनी असंलग्न, अनासक्त, ऑब्जेक्टिव नहीं हो सकती कि दोनों पक्षों को उनका उचित स्थान दे सके? अत: वे लोग जो 'साहित्य किसके लिए' का उत्तर देते हुए चाहते हैं कि साहित्यकार का क्षेत्र सीमित कर दिया जाए, वे भारी भूल करते हैं। यदि वे यह कहें कि अब तक हमारा साहित्य जीवन के एक पहलू में ही व्यस्त रहा है, और उसे दूसरे पहलुओं पर भी ध्यान देना चाहिए, तब उनकी माँग में औचित्य होगा। किन्तु केवल निर्धनों, किसान-मजदूरों, प्रपीड़ितों का वर्णन करने के लिए कलाकार को बाधित करना तो एक प्रकार की एकांगिता के स्थान पर दूसरे प्रकार की एकांगिता माँगना है; वह एक प्रकार का झूठ छुड़ाकर दूसरे प्रकार का झूठ बुलवाना है, वह सर्वांगिता का विद्रोह नहीं है। यह हो सकता है कि दूसरे प्रकार का झूठ आजकल अधिक सामयिक जान पड़े, पर सत्य वह नहीं हो सकता...सावन के अन्धे के लिए हरा ही एक रंग है, लेकिन सुझाखे तो अन्य रंग भी देखेंगे ही...

और यदि हम सुधारक का सिद्धान्त मान ही लें कि हमें 'जनता' का पक्ष लेना है, तो भी क्या यह आवश्यक है कि साहित्यकार उसी के जीवन के बारे में लिखे? यथार्थ-वर्णन शायद उपेक्षा से भी अधिक सफल हथियार हो सकता है यदि हम कला को हथियार की तरह ही प्रयुक्त करना चाहते हैं। ह्यूगो के 'लाफिंग मैन' में अंग्रेजी अभिजात-वर्ग के जीवन का या रोम्याँ रो रोलाँ के 'ज्याँ क्रिस्तोफ' में पेरिस के नागरिक-जीवन का वर्णन जिन्होंने पढ़ा है, वे जानेंगे कि निष्पक्षता में भी घोर विनाशकारी शक्ति हो सकती है।

साहित्य की सामग्री और साहित्य का ध्येय, दो अलग-अलग चीजें हैं। 'कस्मै देवाय?' का उत्तर देनेवाले अनेक व्यक्ति इस बात को भूलकर भ्रम में पड़ गए हैं। हमने देखा कि सामग्री को सीमित करने का यत्न प्रमाद है। तो क्या उसका ध्येय निश्चित किया जा सकता है, क्या साहित्यिक कृतित्व की दिशा निर्दिष्ट की जा सकती है?

हम कह आए हैं कि साहित्य की प्रेरणा करनेवाली मूल शक्ति साहित्यकार की एक आन्तरिक विवशता है। साहित्यकार यद्यपि किसी एक दिशा में जाता है अवश्य तथापि वह दिशा बाह्य आदेशों द्वारा निश्चित नहीं होती, कवि की व्यक्तिगत परिस्थिति उसकी आन्तरिक और बाह्य परिस्थिति से उत्पन्न व्यक्तिगत विवशता उसे निश्चित करती है। अतएव किसी एक दिए हुए ढाँचे पर साहित्य का निर्माण करने या कराने की आशा भी भ्रामक है।

इसका यह अभिप्राय नहीं है कि कला केवल एक निरुद्देश्य उद्गार है, उच्छ्वास है, कलाकार के अन्तस् की दलदल से उठा हुआ एक बुलबुला मात्र। साहित्य भी

समाज को प्रेरणा दे सकता है, 'आगे' बढ़ने को विवश कर सकता है, किन्तु तभी जब लेखक में स्वभावत: उस प्रेरणा से उत्पन्न हुआ असन्तोष, अशान्ति, विद्रोह भाव हो... कलाकार की कृतित्व-शक्ति किन्हीं बौद्धिक सीमाओं में बँधकर नहीं चलती, वह केवल चलती है।

हमने अब तक तीन स्थापनाएँ की हैं :

कला की सामग्री को सीमित करना अनधिकार चेष्टा है।

परिस्थितियों को ध्यान में रखकर हम जैसी प्रेरणा चाहते हैं, वह यदि साहित्यकार में स्वभावतया नहीं है, तो हम बलात् उसे पैदा नहीं कर सकते।

साहित्य में प्रेरक शक्ति हो सकती है, किन्तु वह साहित्यकार की आन्तरिक क्षमता का स्वयंभूत फल है।

ये स्थापनाएँ सुधारक के प्रतिकूल पड़ती हैं। पर उसकी चेतना जानती है कि उसके आसपास की समस्याएँ भी तुरन्त अपना जवाब माँगती हैं, और इन स्थापनाओं से उसको सन्तोष नहीं होता। उसे सोचना चाहिए कि हमारे देश में जहाँ एक तो साक्षरता का अनुपात बहुत कम है, दूसरे शिक्षा विदेशी है, वहाँ लेखक से अभी यह आशा कैसे की जा सकती है कि वह जनता के लिए, जनता के बारे में, जनता-बुद्धि से अभिभूत होकर लिख सकेगा? हमारे प्राय: सभी लेखक एक छोटे-से प्रबुद्ध वर्ग के प्राणी हैं जो जनता से अपना कोई सम्बन्ध नहीं जानता, जिसके विचार, मनोगतियाँ, संस्कार सभी इसके प्रतिकूल हैं। 'जनता के लिए' वह लिखेगा जो उससे भाव-साम्य का अनुभव करे; जो जाने कि उनकी जड़ें भी उस विराट जनता-जनार्दन की पीठिका में से निकली हैं; जो उन जड़ों में जनजीवन के रस का स्पन्दन अनुभव करे। ऐसे लेखक हममें हैं कितने, और आएँ कहाँ से, जब तक यह वर्ण-भेद, यह शिक्षा-भेद, यह परिस्थिति-भेद और इन सबसे उत्पन्न हुई मानसिक रूढ़ियाँ नहीं टूटतीं?

किन्तु इन सब विचारों से सुधारक की समस्या हल नहीं होती, वह चाहता है कि उसे मार्ग मिले, और तुरन्त मिले; वह 'पथ का दावेदार' है और इससे सन्तुष्ट नहीं है कि साहित्य उसका पथ नहीं गढ़ सकता। वह क्या करे?

उसके लिए एक ही मार्ग है, उसे साहित्य का मोह छोड़ना चाहिए। वह दुहाई देना चाहता है, अपील करना चाहता है, तो साहित्य और कला के नाम को अलग रखकर नवयुवक लेखकों से आग्रह करे कि वे फिर से जनता की ओर उन्मुख हों, नव-निर्माण में सहायक हों, अपनी शक्ति वर्तमान संसार को अधिक सहनीय बनाने में नहीं, असह्य बनाकर बदल देने में लगा दे। वह आग्रह उचित होगा, फलप्रद भी हो सकेगा। उसके उत्तर में आएँगे सुधारक, योद्धा, क्रान्तिकारी...उससे साहित्य नहीं उत्पन्न होगा, किन्तु सुधारक को आज क्यों चाहिए साहित्य? उसे पहले चाहिए शक्ति उग्र, उद्धत रण-तत्परता...टॉमस मान के शब्दों में उसे—

और साहित्य? कला? वे वहाँ नहीं होंगे; किन्तु पथ पर सुधारक को इनकी आवश्यकता क्या? इनका स्थान तो है पथ के अन्त तक पहुँचकर, जहाँ विश्राम है। पथ पर हम माँगते हैं युद्ध-गीत, जो साहित्य हो-न-हो, शक्ति तो है...

यह अन्तिम स्थापना भी खतरनाक सिद्ध हो सकती है। और यह शंका भी निर्मूल नहीं होगी कि वास्तव में 'साहित्य किसके लिए' की समस्या का उत्तर अभी नहीं दिया गया है। उपर्युक्त विवेचन, मूल समस्या पर आक्रमण करने के पहले की पैतरेबाजी है। समस्या हमारे लिए यह है कि साहित्य के प्रश्न को लेकर हम क्या करें? एक ओर हमें आवश्यक जान पड़ता है कि हम शक्तिशाली, प्रेरणा-भरा साहित्य पाएँ, दूसरी ओर हमें दीखता है कि लेखक को ऐसा साहित्य उत्पन्न करने के लिए बाधित नहीं किया जा सकता। तो क्या किया जाए? जो केवल सुधारक है, वह तो कह सकता है कि साहित्य और साहित्यकार घर बैठें, हमें लड़ाई लड़नी है। पर हम सब यह नहीं कह सकते, हम सबके लिए यह सम्भव भी नहीं है कि साहित्य के बिना जी लें; और शायद इस प्रकार एक ओर फेंका जाकर साहित्य भविष्य में भी वह स्थान नहीं प्राप्त कर सकेगा जो उसका होना चाहिए संघर्ष की उठान के युग के बाद जब हम पुनः कलाओं के लिए अवकाश पाएँगे, तब तक साहित्य के पौधे की जड़ सूख चुकेगी और वह निष्प्राण हो जाएगा और यह खतरा उठाने को हम तैयार नहीं हैं, क्योंकि जिस संघर्ष का हल करने के लिए हम प्रेरक साहित्य चाहते हैं, वह संघर्ष हमारी संस्कृति को खतरे में डाल रहा है और उस खतरे से बचने का उपाय साहित्य के निमित्त से ही मिल सकता है।[1]

हमें साहित्य को विवश करने की व्यर्थ चेष्टा नहीं करनी चाहिए, हमें चाहिए कि हम उसी वस्तु को ग्रहण करें जिसमें शक्ति है, प्रेरणा है। अर्थात् हमें लेखकों को नहीं, समालोचकों को शिक्षित बनाने का प्रयत्न करना चाहिए। लेखक बन्धन से परे है, और रहेगा। यह हम व्यक्तिवाद के नाम पर नहीं कहते; लेखक चाहे भी तो स्वयं बँध सकता है, पर अपनी रचनाशक्ति को नहीं बाँध सकता, बाँधने से वह मर जाएगी। समालोचक को ही शिक्षित किया जा सकता है कि वह संसार के प्रति अपना दायित्व समझे, और जनता के सामने वह लाए जिसकी उसे आवश्यकता है, वह रोके जो व्यर्थ या हानिकर है। जितना ही जीवन का दबाव व्यक्ति पर बढ़ता जाता है, उतना ही समालोचक का उत्तरदायित्व भी बढ़ता जाता है क्योंकि उतना ही शिक्षा का, परखने की शक्ति का महत्त्व जनसाधारण के लिए अधिक होता जाता है। और समालोचकों को शिक्षित करने के साथ-साथ उस वर्ग को भी शिक्षित करने की आवश्यकता है जिसके लिए साहित्य माँगा जा रहा है जनता को। जनता को सीखना होगा कि प्रबुद्ध-वर्ग उसे नहीं समझता, अनिच्छा या रुचिभेद के कारण नहीं, एक

1. देखिए, 'संस्कृति और परिस्थिति...।'

मौलिक अक्षमता के कारण उसी प्रकार जिस प्रकार जनता प्रबुद्ध-वर्ग से अन्तरंग एकता नहीं महसूस कर सकती। उसे शिक्षित होना होगा ताकि वह प्रबुद्ध-वर्ग से साहित्य न माँगकर स्वयं अपना साहित्य बनाए ऐसा साहित्य जो उसके जीवन का प्रतिबिम्ब हो। जनरुचि का परिष्कार, उसमें आलोचक-बुद्धि और जागरूकता उत्पन्न करना और बनाए रखना ही आज उन सबका कर्तव्य है जो साहित्य के लिए चिन्तित हैं चाहे वे प्रपीड़ितोन्मुख विद्रोही-भाव रखनेवाले साहित्यिक हो, चाहे केवल साहित्य-पारखी या रसिक।

साहित्य किसके लिए? या साहित्य किसलिए? कस्मै देवाय हविषा विधेम? इस प्रश्न का सामना हम पीछे से ही कर सकते हैं। जब हमारे सांस्कृतिक जीवन में वह शक्ति आ जाएगी जिसे हमने आलोचक-बुद्धि या जागरूकता कहा है, जब हमारी मूर्च्छित अनुभूति शक्तियाँ चेतन होकर उसे पहचानेंगी और उसके स्पन्दन से तड़प उठेंगी, तब हम पाएँगे कि हमारे साहित्य में भी वांछित शक्ति आ गई है, कि जो लेखक कहने पर शक्ति-संचय नहीं कर सके थे वे अब स्वभावतया शक्तिशील उग्र प्रेरणा से भर रहे हैं, साहित्य मानो जाग उठा है और एकाएक अत्यन्त विस्तीर्ण हो उठा है हमारी समस्या लुप्त हो जाएगी।

तब और केवल तब। उससे पहले नहीं।

साहित्य और राजनीति

साहित्य और राजनीति। चार दशकों तक इस प्रश्न की चर्चा सुनते-सुनते लग सकता है कि पुराना विषय है, घिसा जा चुका है। पर एक तो हमारे विश्वविद्यालयों में कुछ पुराना नहीं हो पाता, सब कुछ शिक्षा-क्रम के छकड़े पर लदा ठिलता चलता है : दूसरे नव-जाग्रत प्रगतिवाद फिर इस माँदे खच्चर को मार-मार कर खड़ा कर देना चाह रहा है।

राजनीति की परिभाषा आसान है। आज सारी दुनिया दूषित वायुमंडल (एयर पॉल्यूशन) की चर्चा कर रही है; सामाजिक (और विशेषतया साहित्यिक), वायुमंडल का सबसे बड़ा दूषण आज राजनीति है। यह भारत में तो बड़ी आसानी से समझ आ जाना चाहिए। साहित्य की परिभाषा कम आसान है; पर फिर हजार बरस से होती भी आई है। ऐसे में अब यह विषय उठाया जाता है तो मेरा ध्यान इन दोनों संज्ञाओं पर नहीं, सम्बन्धकारक 'और' पर टिक जाता है।

साहित्य और राजनीति के प्रश्न का साक्षात्कार पहले-पहल प्रगतिवाद ने किया या कराया हो, ऐसी बात नहीं है। प्रश्न सनातन है : जब से साहित्य मिलेगा तभी से यह प्रश्न भी मिल जाएगा। वैदिक वाक्सूक्त युद्ध जीतने के काम आता था : वाक् न केवल आम्भृणी है, वह रुद्र के धनु की प्रत्यंचा भी है, इन्द्र का वज्र भी, शत्रुओं को मारती है और अपने प्रियजनों को अजेय बनाती है। ग्रीस की एथीना भी 'प्रोमोखोस' है : युद्धाभिमुख होती है विजय दिलाती है और शत्रुओं का दमन करती है। महाभारत अगर राजनीति का उपदेश करता है, राजोचित आचरण के मानदंड स्थापित करता है, तो वह क्या है? भर्तृहरि राजा से मैत्री के जोखम बताते हैं, तो वह क्या है? क्षेमेन्द्र देशोपदेश में समकालीन शासकों पर तीखे व्यंग्य करते हैं तो वह क्या है? आधुनिक हिन्दी तक ही सीमित रहें, तो क्या भारतेन्दु हरिश्चन्द्र और उनके मंडल की कविता राजनैतिक नहीं थी? क्या 'शंकर', 'एक भारतीय आत्मा' और मैथिलीशरण गुप्त का काव्य भी राजनैतिक नहीं रहा? क्या इन सबके सामने भी राजनैतिक लक्ष्य नहीं रहे, सामाजिक लक्ष्य नहीं रहे, सबने समाज को बदलना 'और अपनी रचना के द्वारा बदलना' नहीं चाहा? प्रगतिवाद के आविर्भाव से ही कुछ ही पहले के कवि बड़े जोरों से राजनैतिक कविता करते थे। उसे 'राष्ट्रीय' या

'राष्ट्रीयतावादी' कह देने से उसकी राजनैतिकता का स्पष्टतर निरूपण ही होता है, वह राजनैतिकेतर नहीं हो जाती!

एक अन्तर जरूर था। पहले साधारणतया ऐसा माना जाता था, या मान लिया जाता कि राजनीति पर कविता करना कविता का एक हीनतर उपयोग है, सीमित उपयोग है। प्रगतिवाद ने ही पहले-पहल कहा कि यह हीनतर या सीमित उपयोग नहीं, यही एकमात्र और सम्पूर्ण उपयोग है। राष्ट्रीय काव्य राजनैतिक था पर उसके नैतिक प्रतिमानों का आधार धर्म था। (महाभारत राजनीति का नहीं, राज-धर्म का उपदेश देता है।) इसी का एक पहलू यह था कि भारत-भूमि एक साथ ही देश-माता, दुर्गा, सरस्वती, लक्ष्मी सब हो जाती थी और हम एक राष्ट्रीय रहस्यवाद (या रहस्यवादी राष्ट्रीयता) के क्षेत्र में चले जाते थे। प्रगतिवाद ने इस धार्मिक आध्यात्मिक आधार के बदले एक लौकिक आधार देना चाहा, जो बहुत बड़ी सेवा होती अगर यह लौकिक आग्रह स्वयं एक स्थानापन्न 'धर्म' न बन जाता! बल्कि धर्म के बदले एक प्रति-धर्म की प्रतिष्ठा के आग्रह का ही एक अतिवादी परिणाम यह हुआ कि कुछ नए कवि-सम्प्रदाय काव्य से न केवल राजनीति को बल्कि समाज को ही बहिष्करणीय मानने लगे; यानी प्रतिराजनैतिक हो गए!

बुनियादी तौर पर सवाल साहित्य या काव्य और राजनीति का नहीं है, साहित्यकार या कवि और राजनीतिक का है। ऐसा नहीं है कि कवि होने के नाते हम नागरिक यानी राजनीतिक नहीं रहते। नागरिक हैं तो राजनीति के अंग अनिवार्यतया हैं; इस सम्बन्ध को नकारते हैं तो वह भी एक राजनैतिक कर्म है। कर्म कविता का नहीं, कवि का। राजनैतिक-नागरिक-मूल्यों-दायित्वों की टकराहट साहित्यिक मूल्यों से होती है तो कविता में नहीं, कवि-नागरिक में। यह नहीं कि टकराहट का और उसके परिणाम का असर काव्य तक नहीं पहुँचता, या उसे नहीं मिलता, या उसे नहीं बदलता, पर काव्य बदलता है तो इसलिए कि कवि बदल गया है, कवि की संवेदना बदल गई है, इसलिए नहीं कि राजनीति बदल गई है।

इसीलिए मैंने कहा कि मेरा ध्यान सम्बन्धकारक 'और' पर टिक जाता है। यह 'और' कवि-नागरिक के मानस के भीतर क्रियमाण होता है, हल होता है; उसके बाहर कविता और राजनीति नाम की दो चीजों को जोड़ने या प्रतिमुख रखने का काम नहीं करता।

लेकिन यह 'समाज को बदलने' की बात। यह तय है कि हम काव्य से सीधे-सीधे समाज को नहीं बदलते। ऐसा सिद्ध किया जा सकता है कि किसी व्यंग्य-भरी सूक्ति का, या कभी-कभी किसी उपन्यास का, समाज पर ऐसा गहरा प्रभाव पड़ा हो कि वह बदला हो, पर ऐसा एकाध प्रमाण मिलेगा भी तो कष्ट-साध्य ही। पर, यह आग्रह जरूरी भी नहीं है कि साहित्य सीधे-सीधे समाज को बदलता है और वह भी ऋजु-रेखा सी निर्दिष्ट दिशा में। साहित्य का प्रभाव पड़ता है, पड़ना चाहिए, पड़ेगा,

ऐसा साहित्यकार को मानकर चलना चाहिए। प्रभाव नहीं पड़ता, ऐसा मान लेने से वह जी नहीं सकता, क्योंकि फिर जो लिखा जा चुका है उससे आगे या नया कुछ लिखने का कोई कारण नहीं बचता। पर प्रभाव से हमारा अभिप्राय क्या है? समाज इसलिए बदलता है कि हम बदलते हैं। कवि या साहित्यकार समाज को इसलिए और इस अर्थ में बदलता है कि वह स्वयं बदल गया है और जब एक बदल गई संवेदना के माध्यम से हम यथार्थ के साथ सम्बन्ध जोड़ते हैं तो यह यथार्थ भी बदला हुआ होता है पाठक के नाते हम भी बदले हुए होते हैं। उत्कृष्ट साहित्य कृति पढ़कर जब पाठक अनुभव करता है कि, 'मैं' फिर वह नहीं हो सकता जो मैं (यह पढ़ने से) पहले था, तो वह इसी बात को स्वीकार करता है। यथार्थ से, समाज से, अस्ति से उसका सम्बन्ध बदल गया है और यह परिवर्तन काव्य-कृति के प्रभाव का ही परिणाम है। पर वह पाठक की इस अनुभव से पहले की अवस्था का भी परिणाम है, इसलिए यह नहीं कहा जा सकेगा कि जो परिवर्तन हुआ वह पूरी तरह कृतिकार के नियंत्रण में था, उसके द्वारा पूर्वानुमानित और प्रमेय था। हालाँकि एक विशेष अर्थ में यह बात सही भी हो सकती है; कृतिकार को अगर अपने समय की अधिक खरी और सही पहचान है, तो वह बहुत दूर तक अपने पाठक की संवेदना की भी सही पहचान रखता है। निःसन्देह व्यक्ति इकाई की बहुत-सी विशिष्ट और अद्वितीय अनुभूतियाँ भी होती हैं पर एक सामाजिक इकाई में अनुभूति-पुंजों का एक सामान्य ढाँचा भी होता है, जिसके भीतर व्यक्ति इकाई के अनुभव प्रतिफलित होते हैं और जिसके द्वारा वे निरूपित, मार्जित और नियंत्रित होते हैं; मूल्यों की परम्परा में मूल्यांकित होते हैं।

साहित्य और प्रगति

इस लेख के प्रारम्भिक खंड में हमने कहा था कि आधुनिक युग की समस्याओं को मोटे शब्द में 'प्रगति की समस्या' कहा जा सकता है। इसके दो पहलुओं पर हमने विचार कर लिया; उस प्रसंग में कुछ व्यापक बातों की भी जाँच-पड़ताल हो गई है जो 'साहित्य और प्रगति' अथवा प्रगतिवाद के प्रश्न से सम्बन्ध रखती हैं। प्रस्तुत समस्या पर विचार करते हुए इन सब बातों को दोहराना आवश्यक नहीं होगा; दो-एक बातें जो इस लेख में नहीं कही गईं उनकी विवेचना अन्यत्र हो चुकी है।

साहित्य से प्रगतिशीलता की माँग करनेवाले प्राय: एक मौलिक सत्य को भूल जाते हैं। प्रगतिशीलता कहाँ से उत्पन्न होती है, इसकी परीक्षा करने से पहले एक और बात जानना जरूरी है कि साहित्य कोई भी कला—कहाँ से उत्पन्न होती है। कला के मूलोद्भव की जाँच करें, तो स्पष्ट हो जाएगा कि प्रगतिवाद का सिद्धान्त राजनैतिक और आर्थिक क्षेत्र में भले ही स्वीकार हो सके, साहित्य, साहित्य-सृष्टि के क्षेत्र में अस्वीकार ही रहेगा।

साहित्यिक कोई भी कलाकार अनिवार्य रूप से अपनी परिस्थितियों का परिणाम होता है। वह अपने आसपास व्याप रहे संघर्ष का फल है। उसमें आत्यन्तिक सन्तुलन नहीं है, न कभी हो सकता है। साहित्यकार होने के नाते ही वह चंचल है, अस्थिर है, असन्तुष्ट है। उसकी यही अस्थिरता और असन्तोष उसको घेरनेवाले बाहरी संघर्ष का भीतरी प्रतिरूप है। साहित्य या कैसी भी कलात्मक रचना, सृष्टि इस मौलिक संघर्ष का नतीजा है, इसे हल करने के लिए कलाकार के प्राणों का उत्कट प्रयास है।[1]

कला संघर्ष का फल है। अत: कलाकार अनिवार्य रूप से गतिमान है, उसमें एक बलवती प्रेरणा काम कर रही है जो उसे स्थिर नहीं होने देती, और जिसके दबाव के कारण वह किसी प्रकार के सामंजस्य की ओर बढ़ता है।

यह गति आगे की ओर है, या पीछे की ओर? प्र-गति है, या प्रति-गति है, या अधोगति है। इसका निर्णय साहित्य के, कला के, भीतर से नहीं होता, भीतर से केवल इतनी ही गूँज आती है कि वह गति है, अरोक गति है। गति का निरूपण

---

1. इस सम्बन्ध में देखिए, 'कला का स्वभाव और उद्देश्य'।

करनेवाला, यह फतवा देनेवाला कि गति किधर है या किधर होनी चाहिए, कला को एक बाहरी कसौटी पर परखना चाहता है। अर्थात् वह कलाकार नहीं होता, केवल आलोचक होता है।

जब निर्णय के आधार बाह्य हो जाते हैं, तब निर्णय आलोचक के रुख पर निर्भर करता है। निर्णेता की कसौटी राजनीति की हो सकती है, अर्थनीति की हो सकती है, धर्मनीति, समाजनीति या और कोई नीति भी हो सकती है। उसका कोई-न-कोई 'नीति' होना अनिवार्य है, क्योंकि आलोचक को एक स्थान चुनना है, एक रेखा खींचनी है जिसे रूढ़ि मानकर वह सापेक्ष्य दृष्टि से देखेगा कि कौन-सी वस्तु उस रेखा के आगे है, कौन-सी पीछे, क्या ऊपर है क्या नीचे।

ठीक यहीं पर प्रगति के 'वाद' की पराजय है, यहीं पर साहित्य अपने को उसके बन्धन से मुक्त घोषित करता है।

नीतियाँ सापेक्ष हैं। रूढ़ियाँ निरन्तर बदलती रहती हैं। अत: नैतिक कसौटियाँ सापेक्ष हैं, प्रगति भी सापेक्ष है। फलत: आज जो प्रगति है, कल वही प्रतिगति भी हो सकती है। और यदि ऐसा है, तब प्रगतिवादी आलोचक की कसौटियाँ साहित्य की कसौटियाँ नहीं हैं, क्योंकि साहित्य आत्यन्तिक होने का दावा करता है, शाश्वत और चिरन्तर होने का दावा करता है। वह माँगता है कि जो उस पर निर्णायक बनकर बैठे उसकी कसौटी भी शाश्वत और चिरन्तन हो।

संघर्ष चिरन्तन है। वह शाश्वत और आत्यन्तिक है। इसीलिए मानना पड़ता है कि साहित्य में, कला में, संघर्ष के किसी भी फल में, प्रगति नहीं है, केवल गति है। और प्र-गति वह इसलिए नहीं है कि उसमें ऐच्छिक प्रेरणा नहीं है। 'यह आगे है, मैं इधर ही बढ़ूँ,' ऐसी कामना लेकर कला उस दिशा-विशेष में नहीं बढ़ती; ठीक उसी प्रकार जिस प्रकार पुरवा हवा यह नहीं सोचती कि 'यह पूर्व है, मैं उधर बढ़ूँ।' पूर्व-पश्चिम का सवाल तब उठता है जब हवा किसी ओर को बह निकलती है। कला पर ऐच्छिक नियंत्रण लगाने से, उसे किसी निर्दिष्ट दिशा में चलाने के प्रयत्न से, विज्ञान मिल सकता है, अर्थशास्त्र, राजनीति, समाजशास्त्र आदि मिल सकते हैं, साहित्य नहीं मिल सकता।

यह बात पहले कही जा चुकी है। प्रगतिवादी के पास इसका उत्तर तैयार है, कि उसने साहित्य का असर प्रत्यक्ष देखा है। उसके पास प्रमाण है कि साहित्य तूफान बरपा कर सकता है, सिंहासन उलट सकता है, आजादी दिला सकता है यानी प्रगतिशील भी हो सकता है।

इसका स्पष्टीकरण भी पहले हो चुका है... किसी साहित्यिक की रचना का असर तो प्रगति के पक्ष में हो सकता है, पर वह साहित्यिक इच्छा से, पसन्द से प्रगतिशील है, ऐसा नहीं है। यदि वह परिस्थितियों का परिणाम है, एक विशेष प्रकार के संघर्ष से पैदा हुआ है, तब वह जैसा है उसके अतिरिक्त कुछ हो ही नहीं सकता

था। परिस्थिति ने उसे केवल चलने का अधिकार दिया; वह आगे की ओर चले, इस विकल्प का अधिकार उसे नहीं मिला। यह बाद में पैरों की छाप पढ़नेवाले ही अपनी-अपनी बुद्धि के अनुसार तय करते हैं कि वह किधर गया।

"इस साहित्य से प्रगति पैदा हुई, इसलिए यह प्रगतिशील साहित्य है।" यह कहना एक बात है और "यह प्रगतिशील साहित्य है, इसलिए प्रगति पैदा करेगा" यह बिलकुल दूसरी। परिणाम को परखकर उसकी चेष्टा का आरोप बीज पर कर देना भूल है। प्रगतिशीलता साहित्य पर निर्णय करने बैठकर स्वयं एक नैतिक विधान बन जाती है; प्रगति का 'वाद' बनकर स्वयं एक रूढ़ि बन जाती है। साहित्य के लिए तैयार किए गए बन्धनों में वह स्वयं बँध जाती है।

"किसी साहित्यिक की रचना का असर प्रगति के पक्ष में हो सकता है, पर वह पसन्द से प्रगतिशील नहीं है, एक विशेष परिस्थिति में पैदा होकर वह जैसा है उसके अतिरिक्त कुछ हो ही नहीं सकता था", इस कथन को एक प्रकार का नियतिवाद कहकर उसकी निन्दा की जा सकती है। किन्तु यह आपत्ति उचित नहीं है। साहित्य में जो प्रेरक-शक्ति होती या हो सकती है, उसकी थोड़ी-सी पड़ताल से यह बात स्पष्ट हो जाएगी। साहित्य परिवर्तन की प्रेरणा कैसे देता है, इस सम्बन्ध में हमें इस बात पर जोर देना होगा कि साहित्यकार को केवल अपनी (व्यक्तिगत) और अपने आसपास की (समष्टिगत) अनुभूति से ही सरोकार कर सन्तोष नहीं करना चाहिए, उसे निरन्तर इन दोनों प्रकार की अनुभूतियों का उन अनुभूतियों के बाह्य (ऑब्जेक्टिव) कारणों के साथ सम्बन्ध जोड़ते रहना चाहिए। इस बात का साहित्य की शक्ति के लिए बहुत अधिक महत्त्व है। जब साहित्यकार अनुभूतियों का चित्रण ही नहीं, उससे आगे बढ़कर अनुभूतियों का यथार्थ (ऑब्जेक्टिव) वस्तु-जगत् के साथ कार्य-कारण सम्बन्ध भी व्यक्त कर देता है, तभी उसे वह तटस्थता प्राप्त होती है और उसकी रचना को वह शक्ति जो परिवर्तन को सम्भव बनाती है। अन्यत्र पलायन-चेष्टाओं का जो विवेचन किया गया है, वह भी यहाँ प्रासंगिक है। जीवन से पलायन की प्रवृत्ति कई परिस्थितियों में उत्पन्न हो सकती है, उसका सामना करने की शक्ति स्वयं साहित्यकार में तभी आ सकती है जब वह अनुभूतियों का सम्बन्ध उनके बाह्य अर्थात् परिस्थितिजन्य कारणों के साथ जोड़े; और इसी से साहित्य दूसरों के लिए भी प्रेरक हो सकता है। साहित्यकार के लिए प्रगतिशीलता का कोई अर्थ हो सकता है तो यही कि वह अनुभूति और परिस्थिति में कार्य-कारण-परम्परा जोड़ने की वृत्ति है। और इस प्रकार प्रगतिशीलता सापेक्ष और अचिर होने के लांछन से भी बच जाती है उस तल पर आ जाती है जिस पर साहित्य की परख होनी चाहिए।

साहित्य-बोध : आधुनिकता के तत्त्व

1

शीर्षक में यह स्वीकार कर लिया गया है कि लेख का विषय 'साहित्य-बोध' है; पर वास्तव में इस अर्थ में इसका प्रयोग चिन्त्य है। यह मान भी लें कि लोक-व्यवहार बहुत-से शब्दों को ऐसा विशेष अर्थ दे देता है जो यों उनसे सिद्ध न होता, तो भी अभी तक ऐसा जान पड़ता है कि समकालीन सन्दर्भ में 'साहित्य-बोध' की अपेक्षा 'संवेदना-बोध' ही अधिक सारमय संज्ञा है। इसलिए शीर्षक में प्रचलन के नाम पर साहित्य-बोध का उल्लेख करके लेख में वास्तव में आधुनिक संवेदना की ही चर्चा की जाएगी।

क्या संवेदना के साथ 'नई' या 'पुरानी' ऐसा कोई विशेषण लगाना उचित है? क्या संवेदना ऐसे बदलती है? क्या मानव मात्र एक नहीं है और इसलिए क्या उसकी संवेदना भी एक नहीं है? क्या यह एकता देश और काल दोनों के आयाम में एक-सी अखंडित नहीं रहती?

नि:सन्देह मानव एक है। किन्तु जब हम विकासशील जीव-तत्त्व की बात करते हैं तब परिवर्तन के सिद्धान्त को भी मान लेते हैं। चेतना स्वयं विकासशील है। संवेदना वह यंत्र है जिसके सहारे जीव-व्यष्टि अपने से इतर सब कुछ से सम्बन्ध जोड़ती है वह सम्बन्ध एक साथ ही एकता का भी है और भिन्नता का भी, क्योंकि उसके सहारे जहाँ जीव-व्यष्टि अपने से इतर जगत् को पहचानती है वहाँ उससे अपने को अलग भी करती है।

मानव-प्राणी की संवेदना न केवल दूसरे जीवों से और जड़ परिस्थिति से प्रतिक्रिया करती है, बल्कि अपनी प्रतिक्रियाओं का मूल्यांकन भी करती है। जीव अपने को परिस्थिति के अनुकूल बनाता है, मनुष्य परिस्थिति को अपने अनुकूल बनाने का चेतन और अवचेतन प्रयत्न करता है। ज्यों-ज्यों उसकी संवेदना विस्तार करती है, अर्थात् ज्यों-ज्यों जगत् से उसके सम्बन्ध नए-नए क्षेत्रों में प्रवेश करते जाते हैं, त्यों-त्यों उसका विवेक विकसित होता जाता है और निरी संवेदना के साथ एक अनिवार्य नैतिक बोध भी जुड़ जाता है। अच्छा और बुरा, ऊँचा और नीचा, मंगलमय और

अमंगल, समाज-हितकारी और असामाजिक, ऐसी अनेक कोटियों के विचार उसके कर्म को ही नहीं, उसकी संवेदना को भी नियंत्रित करने लगते हैं क्योंकि वह अपनी भावनाओं को भी बुद्धि और विवेक की कसौटी पर परखने लगता है।

मानव और मानवेतर के सम्बन्ध के विकास का अर्थ से आज तक अध्ययन करना यहाँ अनावश्यक है। यहाँ इतना ही कहना यथेष्ट होगा कि विज्ञान की उन्नति के साथ-साथ मानव का मूल्य बढ़ता गया है और मानवेतर का मूल्य घटता गया है। विज्ञान ने नैतिकता को ईश्वरपरक न मानकर मानव-सापेक्ष मान लिया है, मानव की उसकी परिकल्पना चाहे कितनी भी विस्तीर्ण हो। ईश्वर के दरबार में सब प्राणी समान हो सकते थे; मनुष्य के दरबार में स्वभावत: वैसा नहीं हो सकता क्योंकि वह मनुष्य का दरबार है। इस प्रकार संसार का मानदंड मनुष्य को मानते ही हमारी नैतिकता के आधार में बहुत-से अवश्यम्भावी परिवर्तन होने लगते हैं। दूसरे शब्दों में, हमारी संवेदना का रूप बदल जाता है।

यह नहीं कि संवेदना नैतिक बोध का पर्याय है। किन्तु पाप-पुण्य की भावना बदलते ही हमें सुख या पीड़ा देनेवाली परिस्थितियों का रूप भी बदल जाता है, हमें चिन्तित करनेवाले या उत्साह देनेवाले तत्त्व भी दूसरे हो जाते हैं। पुराने आदर्श हास्यास्पद या दुर्बोध हो जाते हैं; जो बातें एक समय नगण्य थीं वे जीवनादर्श का सामर्थ्य ग्रहण कर लेती हैं। एक समय था जबकि चींटी या खटमल के लिए अपने प्राणों को जोखिम में डालनेवाला पुण्यात्मा होता था, एक समय है कि कौओं और बन्दरों को रोटी खिलानेवाला समाजद्रोही गिना जाता है क्योंकि मानव के लिए रोटी की कमी है। एक समय था जबकि धर्म के लिए जान गँवानेवाला सर्वोच्च सम्मान पाता था, एक समय है कि थोड़े-थोड़े समय के लिए दो-तीन बार धर्म-परिवर्तन कर लेना भी अनुचित नहीं समझा जाता, बल्कि कुछ परिस्थितियों में अनुमोदित भी होता है।

वास्तव में जहाँ तक साहित्य या किसी भी कला का प्रश्न है, संवेदना से हमारा अभिप्राय निरी ऐन्द्रिय चेतना से बिलकुल भिन्न कुछ होता है। गर्म और ठंडा, उजला और अँधेरा, सादा और रंगीन, खट्टा और मीठा, नरम और कठोर, कर्कश और मधुर, ये सब भी इन्द्रिय-संवेद्य हैं। और संवेदना का यह स्तर नैतिकता से परे है। यह कह लीजिए कि यह उसका जैविक स्तर है, मानवीय स्तर नहीं। इस कोटि की संवेदना जीव मात्र में होती है और मानव में भी उसके जीव होने के नाते ही। किन्तु जो संवेदना उसके नैतिक बोध के साथ गुँथी हुई हैं वह दूसरे स्तर की हैं। वह अनन्य रूप से मानव की है और उसी के कारण जीवों में मानव अद्वितीय है। इसी बात को हम दूसरे शब्दों में कह सकते हैं : संवेदना का सम्बन्ध जैविक परिस्थिति से नहीं, सांस्कृतिक परिस्थिति से है। जिस संवेदना की बात हम कर रहे हैं, जिसे 'साहित्य-बोध' का या और व्यापक स्तर पर कला-बोध का नाम दिया गया है, वह वास्तव में सांस्कृतिक बोध ही है और इसलिए संस्कृति के साथ-साथ बदलता भी रहता है।

2

प्रत्येक संस्कृति के मूल में एक जीवन-दर्शन होता है। इसीलिए प्रत्येक कला के मूल में भी एक जीवन-दर्शन होता है। आवश्यक नहीं कि उसके प्रति कला सचेत भी हो; वह अंशत: या सम्पूर्णतया अवचेतन भी हो सकता है। पर उसका होना अनिवार्य है। कलाकार का विवेक उसी पर आश्रित है, उसी से उसके मूल्य या प्रतिमान नि:सृत होते हैं। कलाकार या साहित्यकार की शिक्षा अथवा संस्कार के कारण यह जीवन-दर्शन कम या अधिक चेतन हो सकता है। उसी के साथ-साथ उस दर्शन की उस कलाकार द्वारा की गई व्याख्या भी उतनी ही कम या अधिक विश्वसनीय होती है।

जैसे-जैसे जीवन-दर्शन बदलता है वैसे ही संवेदना भी बदलती जाती है।

ऊपर जीव के प्रति सम्मान के बदलते रूप का संकेत किया गया है। मानव का जीव किसी आत्यन्तिक स्तर पर पशु के जीव से अधिक मूल्यवान् है, यह सिद्ध करना कठिन है। किन्तु फिर भी मानव का वध हत्या है; इसके लिए प्राणदंड की व्यवस्था है। जीव के वध के लिए केवल कुछ परिस्थितियों में दंड की व्यवस्था है जबकि वह वध के लिए नहीं बल्कि उससे सम्बद्ध अनावश्यक क्रूरता के लिए दिया जाता है। और हम स्वीकार करते हैं कि यह व्यवस्था-भेद उचित और नैतिक और न्यायसंगत और धर्म-सम्मत है। एक दूसरे स्तर पर जीव-दया के आदर्श में हम एक नए प्रकार का अन्तर्विरोध देखते हैं। एक ओर करुणा अर्थात् पर-दुख-कातरता का आदर्श है तो दूसरी ओर दुख को माया मानकर एक सामाजिक दृष्टि से निष्करुण भाव का प्रदर्शन भी, जिसके कारण सभी पश्चिमी लोग सभी पूर्वीय लोगों को हृदयहीन मानते हैं।

नैतिकता की भावना बदलने का पहला कारण हुआ है धर्म-भावना का अथवा ईश्वर की परिकल्पना का रूप-परिवर्तन। जिसके कारण सृष्टि का, या कम-से-कम मानव के उससे सम्बन्ध का, केन्द्र ईश्वर न रहकर स्वयं मनुष्य हो गया है। इस परिवर्तन को धर्मवान् मनुष्य ने भी स्वीकार कर लिया है, चंडीदास की प्रसिद्ध उक्ति इसका एक उदाहरण है।

परिवर्तन का दूसरा कारण है प्रकृति की नई परिकल्पना। विज्ञान की पहली प्रगति ने मनुष्य को यह विश्वास दिया कि बुद्धि सब प्रश्नों का उत्तर दे सकती है। नि:सन्देह ऐसा अखंड विश्वास विज्ञान की भी आधुनिक परिस्थिति में नहीं पाया जाता, किन्तु अनुसन्धान और परीक्षण की परम्परा अब भी विज्ञान की मुख्य पद्धति है। फिर भौतिक और जैविक विज्ञान की प्रगति की जो दो उपलब्धियाँ थीं, उन्होंने विकास की क्रिया को कुछ ऐसा यांत्रिक रूप दे दिया कि वैज्ञानिक चिन्तन भी एक प्रकार का यांत्रिक चिन्तन हो गया। जड़ से चेतन की उत्पत्ति, और प्राथमिक जीवकोष से क्रमश: जटिलतर भीतरी रचनावाले जीवों की रचना की लम्बी शृंखला के अन्त

में मानव-जीवन का विकास : ये विज्ञान की मुख्य उपलब्धियाँ रहीं जिन्होंने परवर्ती मनोविज्ञान को भी एक यांत्रिक ढाँचा दे दिया। अगर मन भी एक यंत्र है, और बाहरी प्रभावों को नियंत्रित करके उसकी सभी क्रियाओं को अनुशासित और निर्दिष्ट किया जा सकता है, तो नैतिक बोध भी केवल एक यंत्रशासित कल्पना है। कोई मूल्य आत्यन्तिक अथवा स्वयंसिद्ध मूल्य नहीं है; जैसे किसी मशीन को संचालित करनेवाले कंट्रोल की अलग-अलग सुइयाँ या बटन अमुक एक स्थिति में रख देने से उस यंत्र का काम अमुक स्तर पर सम्पूर्ण रूप से निर्दिष्ट हो जाता है, उसी तरह मन के भी अलग-अलग कंट्रोल निश्चित करके उसकी सभी क्रियाओं, उसके मूल्य-बोध और नैतिक बोध आदि को नियंत्रित किया जा सकता है; और यह नियंत्रण गुण और मात्रा दोनों पर एक-सा लागू हो सकता है।

नैतिकता सापेक्ष है, इस परिणाम तक पहुँचने के दूसरे कारण भी हुए। सापेक्षवाद के सिद्धान्त ने देशकाल के ही नहीं, पदार्थ मात्रा को एक संशयास्पद रूप दे दिया। पदार्थ के छोटे-से-छोटे अविभाज्य अंश को अणु मानकर इस परिभाषा पर अपना सारा शोध-कार्य आधारित करनेवाला भौतिक विज्ञान जब उस बिन्दु पर पहुँचा जहाँ यह भी सन्दिग्ध हो गया कि अणु अनिवार्यतया पदार्थ ही है और यह सम्भावना सामने आई कि पदार्थ और शक्ति दोनों अनवरत एक-दूसरे में परिवर्तित होते रहते हैं और एक ही तत्त्व कभी स्थूल रूप में अणु हो जाता है और कभी सूक्ष्म रूप लेकर विशुद्ध वैद्युतिक आवेश अथवा शक्ति हो जाता है, तब वैज्ञानिक का यांत्रिक चिन्तन भी सन्दिग्ध हो गया और एक नए प्रकार के अनिश्चय ने जन्म लिया। स्फट (क्रिस्टल) की रचना के अनुसन्धान ने पदार्थ की असारता को और भी स्पष्ट किया। स्फट की आन्तरिक रचना की परीक्षा ने जहाँ इस बात को क्रमशः और स्पष्ट किया कि उसके भीतर अनेक स्तर और 'चेहरे' होते हैं, वहाँ इस प्रश्न का कोई उत्तर नहीं दिया कि वे चेहरे, स्तर, कटाव और कोण होते किस 'पदार्थ' के हैं। अर्थात् स्फट के शोध ने रचना या गठन का और गति का प्रमाण तो दिया, किन्तु इसका कोई संकेत नहीं दिया कि वह रचना या गति किस तत्त्व की है। बल्कि यह भी कहा जा सकता है कि उसे यह संकेत मिला कि तत्त्व कुछ है ही नहीं, रचना-ही-रचना है और गति-ही-गति है। परवर्ती भौतिक शोध ने पदार्थ के साथ 'प्रति-पदार्थ' की उद्‌भावना करके स्थिति को और उलझाया है। हम जानते हैं कि ऊर्जा ही निरन्तर स्वल्प या अनत्यल्प काल के लिए द्रव्य-रूप लेती रहती है। वास्तव और अवास्तव के अलावा आज एक 'प्रति-वास्तव' भी हमारे सामने है !

वास्तव में शोध ने इस प्रकार जिस नई अवास्तविकता को जन्म दिया, उसमें संवेदना के प्रकार का बदल जाना स्वभाविक है।

3

पदार्थ मात्रा की हमारी कल्पना में परिवर्तन तक जाना कदाचित् अनावश्यक है, यद्यपि जीवन-दर्शन का यह एक आवश्यक तत्त्व है क्योंकि मम और ममेतर का परस्पर सम्बन्ध जीव और जीवेतर के सम्बन्ध के व्यापकतर क्षेत्र का एक छोटा-सा हिस्सा-भर है। फिर भी यदि हम उतनी गहराई तक न जाकर अपने को प्राणि-समाज तक ही नहीं बल्कि उसके एक अंग मानव-समाज तक ही सीमित रखें, तब भी हम देख सकते हैं कि समाज-विज्ञान और अर्थ-विज्ञान की प्रगति ने कैसे सृष्टि में मनुष्य के स्थान को क्रमश: बदल दिया है।

मनुष्य जाति का वैज्ञानिक नाम 'होमो सेपिएंस' (ज्ञान-सम्पन्न प्राणी) ही इस बात को स्पष्ट कर देता है कि विज्ञान ने मनुष्य को उसके विवेक के कारण दूसरे जीवों से विशिष्ट माना है। भारतीय परम्परा 'धर्मो हि तेषामधिको विशेष: ' मानती आई थी; किन्तु विज्ञान ने जहाँ मनुष्य की बुद्धि को आत्यन्तिक माना वहाँ धर्म को सापेक्ष मान लिया क्योंकि विवेक या नैतिक भावना परिस्थितिजन्य और प्रभावों के अनुशासन द्वारा परिवर्तनीय मान ली गई। इस प्रकार इतर जीवों से मनुष्य को विशिष्ट करनेवाली बुद्धि ने मनुष्य की बुद्धि के लिए एक नया संकट उत्पन्न किया; विशिष्ट करनेवाली बुद्धि ही यह बताने लगी कि मानव किसी तरह भी पशु से भिन्न नहीं है। कहा जा सकता है कि पशु से मनुष्य को पृथक् करनेवाला विज्ञान मनुष्य को पशु बनाने लगा यंत्र से मनुष्य को अलग करनेवाला विज्ञान मनुष्य को यंत्र बनाता गया, और नैतिक बोध को निरूपित करनेवाला विज्ञान नैतिकता को सन्दिग्ध करता गया।

यह इस प्रगति का परिणाम है कि आज मानव की स्थिति को इस प्रकार निरूपित किया जाता है कि वह "एक नीतिविहीन अथवा अतिनैतिक (क्योंकि यांत्रिक) समाज में रहनेवाला नैतिक जीव" है। वास्तव में आज के सामाजिक रोग इसी अन्तर्विरोध के परिणाम हैं। यदि आधुनिक मानव व्यक्ति भी आधुनिक यंत्र की भाँति नैतिकताविहीन या अतिनैतिक होता तो भी उसकी चेतन में गुत्थियाँ न पड़तीं, और यदि समाज नैतिक होता तो भी यह परिस्थिति न आती।

आधुनिक मनोवैज्ञानिक उपचारों का भी आधार यही है। वे नैतिकता के किसी प्रश्न का हल नहीं बताते, न समाज को अपरिवर्तित करने के सम्बन्ध में कोई संकेत देते हैं। वे केवल अनैतिक समाज में रहने के तनाव को दूर कर देते हैं यह सम्भव बना देते हैं कि नैतिकता-सम्पन्न व्यक्ति बिना अनावश्यक क्लेश के उस अनैतिक समाज में रह सके। मनोविज्ञान की परिभाषाओं के अनुसार मानव-समाज को बदलने या सुधारने की, समाज-कल्याण की कोई भी चेष्टा ऐसा मन या व्यक्तित्व नहीं कर सकती जिसे स्वस्थ या साधारण (नॉर्मल) कहा जा सके, समाज को आगे ले जानेवाले

व्यक्ति का अस्वस्थ और असन्तुलित होना उन परिभाषाओं के अनुसार अनिवार्य है इससे मनोवैज्ञानिकों को कोई चिन्ता या उलझन नहीं होती। उन्हें यह नहीं दीखता कि यदि ऐसा है तो कहीं उनका मनोविज्ञान अधूरा है या उनका 'एप्रोच' गलत है।

साहित्यकार को, साहित्यिक कृतिकार को, शायद यह सब थोड़ा-थोड़ा दीखता है, भले ही धुँधला और स्पष्ट दीखता हो।

4

जिसे यहाँ आधुनिक संवेदना कहा गया है, और जिसको ही लेख के शीर्षक में आधुनिक साहित्य-बोध की संज्ञा दी गई है, उसकी पृष्ठिका में कहीं यह सब कुछ है। ऐसा नहीं है कि ये सब विचार और तर्क-वितर्क सभी आधुनिक लेखकों के चेतन में हों, या कि सबमें समान रूप से हों। बल्कि यह भी नहीं कहा जा सकता कि सब में ये विचार हैं ही। किन्तु इतना अवश्य है कि आज का लेखक अपेक्षया अधिक चेतन है और इसलिए परिस्थिति के प्रभावों को अधिक तेजी से और अधिक मात्रा में ग्रहण करता है।

कहा जा सकता है कि इस ढंग की परिस्थिति-चेतना कृतिकार के लिए हितकर नहीं है। एक प्रकार से आत्मचेतन (सेल्फ-कॉन्शस) होना आधुनिक साहित्यकार का अभिशाप है। अभिशाप नहीं तो दंड तो है ही! उसकी लाचारी ही है कि वह अपनी संवेदना और प्रतिभा में होनेवाली उपलब्धि-भर पाठक, श्रोता अथवा ग्राहक के सामने रखकर सन्तोष कर लेना चाहे तो भी नहीं कर सकता, वह बाध्य होता है कि इससे आगे वह यह भी स्वयं समझाए कि आधुनिक संवेदना क्या है और क्यों है वह आधुनिक क्यों है और संवेदना भी क्यों है!

5

जीवन की प्रक्रिया का यह बढ़ता हुआ ज्ञान, जीवन-यंत्र की यांत्रिक गति का बढ़ता हुआ परिचय अपने-आप में एक समस्या है। जितना ही अधिक हमारा जीवन सतह पर आता जाता है उतना ही सतह बढ़ती जाती है; अर्थात् उसके अनुपात में आभ्यन्तर जीवन उतना ही छोटा होता जाता है। जितना ही अधिक हम सतह पर जीते हैं, उतना ही सतह पर भीड़ भी होती जाती है, स्वयं सतहों की भीड़ होती जाती है। जीवन-स्फटिक रचना ही रचना है, गति ही गति है; तत्त्व कुछ है या नहीं, हम नहीं जानते!

हम बार-बार गहरे उतरे -
कितना गहरे! - पर

जब-जब जो कुछ भी लाए
उससे बस
और सतह पर भीड़ बढ़ गई।
सतहें - सतहें -
सब फेंक रही हैं लौट-लौट
वह कौंध
जिसे हम भर न रख सके
प्याले में।
छिछली, उथली, घनी चौंध से अन्ध
घूमते हैं हम
अपने रचे हुए
मायावी उजियाले में।

आधुनिक साहित्यकार के लिए इस परिस्थिति को अनदेखा करना असम्भव है। लेकिन देखकर स्वीकार कर लेना भी असम्भव है। जितना ही वह दीखती है उतना ही उसे भेदकर भीतर गहराई में पैठना और आवश्यक हो जाता है।

इस प्रकार संवेदना में द्विभाजन हो जाता है। एक तो संवेदना नई, उस पर इस प्रकार द्विभाजित, यह बात आधुनिक साहित्यकार की समस्या को और अपने पाठक से उसकी दूरी को एक नया आयाम दे देती है।

द्विभाजन को दूर करना, सतह और गहराई के विरोध को हल करना, यह साहित्यकार की भीतरी समस्या है, गहराई की समस्या है। अपने इस प्रयत्न को अपने सामने रखना, चेतन रखना, यह उसकी बाहरी समस्या है, सतह की समस्या है। किन्तु भीतरी और बाहरी का यह भेद उसके लिए अत्यन्त महत्त्वपूर्ण और उसकी दृष्टि से आत्यन्तिक होकर भी पाठक के साथ उसके सम्बन्ध को अन्तिम रूप से निरूपित नहीं करता है। क्योंकि प्रयत्न करने और प्रयत्न को सामने रखने के अलावा पाठक के सन्दर्भ में एक और उत्तरदायित्व भी उसका है, कि वह अपने प्रयत्न को ही अपने सामने न रखे बल्कि उस खंडित यथार्थ को भी सामने रखे जिसके कारण वह प्रयत्न है और जो पाठक के और उसके बीच सम्बन्ध का आधार है।

6

इस सन्दर्भ में हिन्दी के बारे में क्या कहा जा सकता है? हिन्दी और हिन्दी मात्र का लेखक होते हुए उसके बारे में कुछ कहने में संकोच करना स्वाभाविक है। एक तो कृतिकार का समकालीन साहित्य के बारे में कुछ भी कहना जोखिम का काम होता

है जब तक कि पाठक इतना सतर्क और उदार न हो कि कृतिकार और समीक्षक की बातों का मूल्यांकन करने की अलग-अलग कसौटियाँ रख सके और यह समझ सके कि यह अलगाव पाखंड नहीं बल्कि दृष्टि है। दूसरे, यह व्यक्ति-विशेष न तो अपने को हिन्दी की ओर से व्यापक रूप से कुछ कहने का अधिकारी मानता है, न साधारणतया दूसरों ने ही कभी उसमें इसकी पात्रता देखी है! अपने विचारों में वह अकेला तो कदाचित् नहीं है, पर बहुत ही अल्प मत का है और उस अल्प मत का भी अधिभाग कदाचित् हिन्दीतर भारतीय भाषाओं में पाया जाएगा, यह सम्भावना उसके सम्मुख रहती है।

हिन्दी के विषय में यहाँ जो कुछ कहा गया है वह इस मर्यादा के साथ ही ग्रहण किया जाना चाहिए और मान्य अथवा अमान्य ठहराया जाना चाहिए।

हिन्दी की दृष्टि भारत की दूसरी भाषाओं की अपेक्षा अधिक व्यापक, अधिक 'भारतीय' दृष्टि रही है। इसके ऐतिहासिक कारण रहे हैं। किन्तु आज वह दृष्टि अधिक वैज्ञानिक भी है, ऐसा नहीं कहा जा सकता। यों कह लीजिए कि ऐसा नहीं जान पड़ता कि आधुनिक विज्ञान की प्रगति का प्रभाव उस पर अधिक पड़ा है या उसमें अधिक लक्षित होता है। हिन्दी का पाठक अभी तक केवल हिन्दी का या मुख्यतया हिन्दी का है। हिन्दी का आलोचक भी केवल हिन्दी का, या अधिक-से-अधिक संस्कृत के परिवेश को लेकर हिन्दी का आलोचक है। ऐसा मानने का कारण है कि हिन्दी का लेखक इन दोनों की अपेक्षा कुछ अधिक खुला है। यह भी दीखता है कि कुछ दूसरी भारतीय भाषाओं के लेखक हिन्दी लेखक की अपेक्षा अधिक खुले हैं। अपवाद प्रत्येक वर्ग में और प्रत्येक भाषा में होंगे; किन्तु यहाँ न अपवादों की बात की जा रही है, न कोई निरपवाद की स्थापना की जा रही है। गुण-दोष, अच्छाई-बुराई की बात भी यह नहीं है, केवल वैज्ञानिक प्रगति के प्रभावों के प्रति खुलेपन की बात है और विनयपूर्वक यह स्वीकार करना चाहिए कि विज्ञान की उपलब्धियों को ग्रहण करने, उनका चिन्तन और मनन करने के प्रति हिन्दी का लेखक उतना सजग नहीं है जितना वह हो सकता है; और हिन्दी का पाठक या समीक्षक तो उतना भी सजग नहीं जितना कि लेखक है।

7

आधुनिक साहित्यकार की संवेदना का कुछ-कुछ निरूपण इन बातों से हो गया होगा। आधुनिकता जो परिवर्तन लाई है, और उनके कारण सम्प्रेषण की जो समस्याएँ उत्पन्न हो गई हैं, उनका कुछ अनुमान भी इनसे हो गया होगा। आधुनिक लेखक और आधुनिक पाठक के बीच जो समस्या है, या दूसरे शब्दों में साहित्यकार की समस्या लेखक और पाठक के सम्बन्ध के क्षेत्र में जो रूप लेती है, उसके बारे में कुछ शब्द और कहे जा सकते हैं।

मूल्यों की परिवर्तनशीलता अथवा शाश्वत मूल्यों के मतवाद और विवाद यहाँ प्रासंगिक नहीं हैं। यह नहीं कहा जा रहा है कि शाश्वत मूल्य कुछ नहीं हैं, न ही यह कहा जा रहा है कि मूल्यों में कोई परिवर्तन नहीं आया है। प्रेषणीयता अब भी बुनियादी साहित्यिक मूल्य है और सम्प्रेषण साहित्यकार का बुनियादी काम, किन्तु बदलती हुई परिस्थितियों में प्रेष्य वस्तु और प्रेषण के साधन दोनों बदल गए हैं। यह लेखक को जानना है, पाठक को समझना है और आलोचक को मानना है। और सभी को यह यत्न करना है कि जहाँ वे दूसरे पक्ष से यह माँग करें कि उनका काम कम कठिन बनाया जाए वहाँ स्वयं भी अपनी क्षमता बढ़ाने की ओर दत्तचित्त हों।

संस्कृति के सम्बन्ध में जो भ्रान्त धारणाएँ फैली हुई हैं वे समस्या को और उलझाती हैं। हमारे अनेक पूर्वग्रह कुछ बुनियादी असत्यों पर आधारित हैं। जब तक सत्य का शोध न किया जाए तब तक इन पूर्वग्रहों से मुक्ति पाना कठिन है। जो लोग भारतीय संस्कृति की दुहाई देते हैं वे प्राय: भूल जाते हैं कि अन्य सभी संस्कृतियों की भाँति भारतीय संस्कृति भी एक मिश्र अथवा सामाजिक संस्कृति है, कि संस्कृति मात्र समन्वित होती है क्योंकि एक समन्वित दृष्टि ही उसकी एकता का आधार होती है। दोनों में अभिन्न सम्बन्ध होने पर भी 'परम्परा' केवल इतिहास अथवा घटना-क्रम नहीं है; वह घटना-क्रम से मिलनेवाला जातिगत अनुभव है, अनुभव ही नहीं बल्कि उस अनुभव का ऐसा जीवित स्पन्दन जो जाति को अभिप्रेरित करता है। हम भारतीय साहित्य के सन्दर्भ में पश्चिम के प्रभाव की चर्चा करते हैं अथवा दूसरे एशियाई देशों पर भारत के प्रभाव की बात करते हैं; लेकिन यह भूल जाते हैं कि प्रभावित होने या प्रभाव ग्रहण करने की भी एक प्रतिभा होती है और कुछ अवदानों का श्रेय दाता को नहीं, प्राप्ता को मिलना चाहिए। जो सांस्कृतिक दाय दूसरों को हमसे मिला, किन्तु उसके बाद दूसरों के जातिगत अनुभवों में जीवित रहा और हममें खो गया, उसका श्रेय लेने का हमें क्या अधिकार है? या उन्हें क्यों उसे परदेशीय मानना चाहिए? वह मूलत: भारतीय होकर भी जब उनकी परम्परा का अंग हो गया है तब उनका है, हमारे इतिहास का होकर भी जब हमारी परम्परा से च्युत हो गया है और हममें क्रियमाण नहीं है तब हमारा नहीं है। पश्चिम के रोमांटिक आन्दोलनों में हमारा बड़ा प्रभाव रहा, किन्तु वह प्रभाव वहाँ क्यों और कैसे प्रकट हुआ, इसका उत्तर वहीं के जातीय जीवन और अनुभव से मिलेगा। वह पूर्व से आया होकर भी हमारा दान नहीं, उनका उपार्जन था। इसीलिए हमने जब फिर उस प्रभाव को ग्रहण किया तब यह भाव हगमें नहीं था कि यह अपनी ही खोई या बहुत दिनों की भूली वस्तु हमें मिल गई। और आलोचक वर्ग तो आज भी आग्रहशील हैं कि हमने पश्चिम का अनुकरण किया! दूसरी ओर छायावाद में पश्चिम का प्रभाव जिस रूप में प्रकट हुआ उसका उत्स पश्चिम से होकर भी पश्चिम को अधिकार नहीं है कि वह उस पर गर्व करे, वह हमारी उपलब्धि है।

संस्कृति की भाँति ही हमारी भाषा भी मिश्र भाषा है। इसका परिणाम यह हुआ कि अलग-अलग वर्गों में अलग-अलग प्रकार की भाषा बोली जाती है और साहित्य-समीक्षा के क्षेत्रों में भी कई परिभाषाएँ हो गई हैं जो अपने-अपने व्यवहार करने वालों में परस्पर संवेद्य नहीं होती हैं। आचार्य-वर्ग में ऐसा कहनेवाले अनेक हैं कि 'आज की आलोचना दुर्बोध अथवा अबोध्य है। किन्तु क्या आज के पाठक के लिए शास्त्रीय आलोचना कम दुर्बोध अथवा अबोध्य है? इतना ही नहीं, क्या वह अपर्याप्त और बहुत कुछ अप्रासंगिक अथवा अनुपयोगी भी नहीं हो गई है?

हमारा उद्देश्य किसी को ललकारने, चुनौती देने या किसी पर आरोप करने या अभियोग लगाने का नहीं है। वादी या पक्षधर या किसी पक्षधर का पैरोकार होना हमें अभीष्ट नहीं या अधिक-से-अधिक साहित्यकर्मी मात्र का पैरोकार होना अभीष्ट है और इस संज्ञा की परिधि के भीतर लेखक, पाठक और आलोचक तीनों को ग्रहण कर लिया गया है। आधुनिक संवेदना का प्रश्न तीनों के लिए समान रूप से महत्त्व रखता है क्योंकि तीनों का अपना-अपना प्रश्न है। आधुनिकता की, आधुनिक जीवन की चुनौती सबके लिए एक-सी है और उसका सामना वे सहकर्मी होकर ही कर सकते हैं।

संस्कृति

सांस्कृतिक समग्रता : भाषिक वैविध्य

भारत के भावनात्मक समन्वय की समस्या की चर्चा पिछले कुछ वर्षों से सुनने में आती रही है। जब यह चर्चा होती है तो उसमें बुनियादी तौर पर यह मान लिया जाता है कि भावात्मक समन्वय की माँग आजादी का एक पहलू है और आजादी को दृढ़तर करने का एक उपाय होगा।

निःसन्देह किसी देश की आजादी और देश की अस्मिता का एक अनिवार्य सम्बन्ध होता है। और अस्मिता में भावात्मक समन्वय निहित है, क्योंकि अगर देश अपने को एक नहीं मानता तो उसकी अस्मिता का कोई सवाल ही नहीं उठता—यानी वास्तव में वह देश है ही नहीं। लेकिन भाषाओं और साहित्यों के सन्दर्भ में जब मैं भावात्मक समन्वय की या एकता की चर्चा सुनता हूँ तो लक्ष्य करता हूँ कि यह चर्चा प्रायः अंग्रेजी में और अंग्रेजी जाननेवालों के बीच ही होती है—और उन अंग्रेजी जाननेवालों के बीच जिनका भारतीय भाषाओं से सम्बन्ध न कुछ के बराबर है और जिनका भारतीय साहित्यों का ज्ञान और भी नगण्य है। जब यह लक्ष्य करता हूँ तो स्वभावतः यह प्रश्न मन में उठता है कि क्या यह समस्या ही अंग्रेजी की और अंग्रेजीदाँ लोगों की बनाई हुई नहीं है? बल्कि क्या इस समस्या का अस्तित्व भी उन्हीं लोगों के बीच नहीं है, उन्हीं लोगों तक सीमित नहीं है जो कि अंग्रेजी के वातावरण में पल कर देश के जीवन से कट गए हैं और जिनके लिए भारतीय अस्मिता का बोध कठिन हो गया है? जो भारत का आजाद होना तो स्वीकार करते हैं, लेकिन जिनको अपने भारतीय होने के बारे में सन्देह हो जाता है—जो भारतीय परम्परा और संस्कार के साथ अपने को जोड़ने में कठिनाई का अनुभव करते हैं और इसलिए जिनके भीतर दुश्चिन्ताएँ पैदा हो जाती हैं। असुरक्षा और दुश्चिन्ता का मनोवैज्ञानिक सम्बन्ध तो जाना हुआ है।

बात को यहीं छोड़ देने में निःसन्देह इन अंग्रेजीदाँ लोगों के साथ थोड़ा अन्याय होता है जैसा कि किसी भी साधारण स्थापना से हुआ करता है; लेकिन मैं यह बात किसी स्थापना के रूप में नहीं कह रहा हूँ, एक प्रारम्भिक प्रश्न के रूप में उठा रहा हूँ, चाहे उस प्रश्न के साथ एक पूर्वग्रह जुड़ा हुआ जान पड़े। क्योंकि यह बात स्वीकार करने में कोई कठिनाई नहीं है कि इन अंग्रेजीदाँ लोगों में अनेक ऐसे भी होते

हैं जिन्हें भारतीय इतिहास का अच्छा ज्ञान होता है और कई ऐसे भी जिनको प्राचीन भारतीय संस्कृति की अच्छी जानकारी होती है।

और शायद उनकी कठिनाई वहीं से आरम्भ होती है। अगर उन्हें यह जानकारी न होती तो शायद उन्हें कम कठिनाई होती, क्योंकि वे समकालीन सांस्कृतिक यथार्थ को अधिक सहज भाव से देख सकते। असल कठिनाई यही है कि ये लोग भारतीय संस्कृति के नाम से केवल उन्हीं बातों पर विचार कर सकते हैं जो कम-से-कम एक हजार साल पहले समाप्त हो गईं। एक आधुनिक भारतीय संस्कृति भी है या हो सकती है, यह सुझाव ही मानो उन्हें चौंका देता है। एक 'भारतीय' संस्कृति यानी एक हजार साल पहले तक की संस्कृति; और फिर एक 'आधुनिक' संस्कृति जो कि उनकी संस्कृति है, तब फिर 'आधुनिक भारतीय संस्कृति' के क्या मायने? मैंने एक ऐसे पंडित को यह भी कहते सुना, "कल्चर की बात तो ठीक है और इंडियन होना भी ठीक है, लेकिन भारतीय होते ही सब गड़बड़ हो जाता है।"

फिर भी अगर सांस्कृतिक समन्वय की समस्या अंग्रेजी पढ़े-लिखों के बीच में ही है और उन्हीं के द्वारा बनाई हुई है तो भी आज की एक समस्या तो हो ही गई है और उसका सामना करना होगा। निश्चय ही देश का तीन-चौथाई नहीं तो दो-तिहाई आज भी सम्पूर्ण निरक्षर है और उसके लिए पढ़े-लिखों की यह समस्या कोई अर्थ नहीं रखती--अगर अर्थ रखती है तो बिलकुल रूपान्तरित होकर। लेकिन साक्षरों में भी जो अल्पसंख्यक पढ़े-लिखे हैं, जिन्होंने यह समस्या गढ़ी है, उनका देश एक प्रभावशाली और फिलहाल निर्णायक स्थान है, इसलिए यह समस्या भी हमारे नागरिक जीवन में हर कदम पर काँटे की तरह चुभती रहती है। मैंने कहा कि हमारे नागरिक जीवन में, क्योंकि यह बात भी ध्यान में रखने की है कि देश का तीन-चौथाई नहीं तो दो-तिहाई आज भी गाँवों में रहता है—नागरिक सुविधाओं में भी उतना ही उपेक्षित, जितना नागरिक समस्याओं से।

अंग्रेजीदाँ लोगों का मानसिक संस्कार ऐसा हुआ कि वे आरम्भ से ही भारतीय भाषाओं को 'वर्नाक्यूलर' नाम से जानते रहे। जाने या अनजाने इस शब्द का संस्कार एक पूर्वग्रह के रूप में उनमें गहरा बैठ गया। प्राचीन ग्रीस में एक भाषा उनकी थी जो स्वतंत्र और नागरिक अधिकारों से सम्पन्न लोग थे, और एक उस समूह की जो इन अधिकारों से वंचित था और जिसे वर्नाक्यूलम् की जातिवाचक संज्ञा दी गई थी। इसी के समान्तर भारत में अंग्रेजीदाँ लोग तो नागरिक अधिकारों से सम्पन्न एक स्वतंत्र वर्ग के सदस्य थे और अंग्रेजी न जाननेवाले लोग उस समाज से बाहर के लोग थे—दूसरे थे—वर्नाक्यूलम् के अंग थे। गांधी जी ने ही इस मनोवृत्ति को बदलने का अभियान खड़ा किया था और एक समय तो लगा कि इस पूर्वग्रह को तोड़ देने में वह सफल हो गए हैं, लेकिन अब जान पड़ता है कि उस समय भी यह दबा ही था, मिटा नहीं था—और आजादी मिलते ही फिर उभर आया, क्योंकि तब विदेशी

के विरोध के सन्दर्भ से वह अलग हो गया। आजाद देश में भारतीय भाषाओं को वर्नाक्यूलर कहने का चलन तो उठ गया, लेकिन उन्हें प्रादेशिक भाषाएँ मानने का आग्रह अभी तक बहुत प्रबल है।

और यही समस्या है। "अगर भारतीय भाषाएँ प्रदेश की हैं, प्रदेश के जीवन का प्रतिबिम्ब हैं, प्रादेशिक मनोवृत्ति की अभिव्यंजना हैं, तो भारतीय वे कैसे हो सकती हैं?"

कोई भाषा किसी प्रदेश की बोली या बोलियों पर आधारित होकर भी भारतीय हो सकती है। इसका ज्वलन्त उदाहरण हिन्दी है और हिन्दी की ऐतिहासिक पृष्ठिका में वह भाषा है जिसे 'भाखा' नाम से अभिहित किया जाता था। भाखा का शब्द समूह मुख्यत: ब्रजभाषा का होकर भी भाखा ब्रजभाषा नहीं थी। अगर आधुनिक मुहावरे में कहें तो वह ब्रज का राष्ट्रीय रूप थी लिंक लैंग्वेज थी ब्रजमंडल से बाहर सारे देश में इसी रूप में सम्मान पाती थी। और इसका कारण यह नहीं था कि ब्रजमंडल का कोई समर्थ और शक्तिशाली राज्य था जिसके दबदबे के कारण दूसरे राज्य उसकी भाषा को सम्मान देते हों। कारण यही था कि भाखा भारतीय चेतना की संवाहिका थी, भारतीय संस्कृति की समग्रता की वाणी भी थी और उसकी चेतना भी और भाखा भारतीय चेतना के प्रसार में योग देती थी, भारतीय प्रतिभा की उपलब्धियों को सारे देश से संग्रह करके सारे देश में वितरित करती थी। आधुनिक संचार साधनों के अभाव में और अत्यन्त सीमित साक्षरता की परिस्थिति में भी भाखा के माध्यम से देश का एक भाग देश के अन्य भागों से परिचित होता रहा और उसकी रचनात्मक उपलब्धियों से लाभ उठाता रहा।

यह उत्तरदायित्व 19वीं शती में हिन्दी पर आ गया और निश्चयपूर्वक कहा जा सकता है कि आजादी मिलने तक हिन्दी इस काम को योग्यता और निष्ठा के साथ पूरा करती रही—'आजादी मिलने तक' न कहकर यदि 'महात्मा गांधी के हमारे बीच से उठ जाने तक' कहें तो शायद ज्यादा सही होगा, क्योंकि महात्मा गांधी हिन्दी के इस विशेष उत्तरदायित्व को समझते थे और उसका निर्वाह करने की हिन्दी की क्षमता को पहचानते थे। यह बात परवर्ती नेतृत्व के बारे में उतने विश्वास के साथ नहीं कही जा सकती। परवर्ती युग में हिन्दी के बारे में जो बातें कही गई हैं, बहुत कुछ तो रस्म अदायगी के तौर पर कही गई हैं और उनके पीछे कोई गहरी निष्ठा या संकल्प या सांस्कृतिक दृष्टि नहीं रही है। जहाँ संकल्प रहा भी वहाँ राष्ट्रीय एकता को केवल राजनीतिक दृष्टि से देखा गया है और व्यापक भाषा का सन्दर्भ केवल राज्य के प्रयोजनों का सन्दर्भ रहा है—सांस्कृतिक एकता के साथ उसे नहीं जोड़ा गया है। यह बात प्राय: उपेक्षित रही है कि सांस्कृतिक एकता का आधार एक अस्मिताबोध होता है और अस्मिता का भाषा के साथ बहुत गहरा सम्बन्ध है।

लेकिन समकालीन परिस्थिति को पहचानने के लिए और उसमें सही कार्य योजना बनाने के लिए इतिहास में हो गई भूलों को पहचान भर लेने से काम नहीं बनता। ये

भूलें और उनके परिणाम भी ऐतिहासिक तथ्य हो जाते हैं जिन्हें समकालीन परिस्थिति के अंग के रूप में पहचानकर कार्यक्रम निर्धारित करना होता है।

वर्तमान परिस्थिति में हमारा आचरण और कर्म कैसा हो कि एक समग्र सांस्कृतिक चेतना फिर हममें उभरे इस पर विचार करें तो सबसे पहले हमें यह बात अच्छी तरह समझ लेनी चाहिए कि यह प्रश्न राजनीति का नहीं है, यद्यपि राजनीति इससे अनिवार्यतया प्रभावित और निरूपित होती रहेगी। हमें यह भी अच्छी तरह पहचान लेना चाहिए कि सवाल केवल जानकारी का भी नहीं है। यद्यपि जानकारी के बिना हम आगे नहीं बढ़ सकते। यह नहीं मान लेना चाहिए कि प्रदेशों की आपसी जानकारी बढ़ जाने से ही उनमें आपसी सहानुभूति या कि सहयोग की भावना भी बढ़ जाएगी। इतिहास ऐसे उदाहरणों से भरा पड़ा है जिनमें जानकारी ने सहानुभूति नहीं बढ़ाई बल्कि दुराव ही पैदा किया है। हमें यह भी समझ लेना चाहिए कि संचार साधनों का विकास जानकारी बढ़ाना सम्भव तो बनाता है, लेकिन जरूरी तौर पर जानकारी बढ़ाता ही है, ऐसा नहीं है। या कि यों कहें कि संचार साधनों के विस्तार से जिस तरह की जानकारी बढ़ती है, वह अत्यन्त एकांगी और विकृत होती है और उससे तरह-तरह के पूर्वग्रह भी पुष्ट होते हैं, क्योंकि संचार साधन स्वार्थों के समूह से बँधे होते हैं—वे स्वार्थ चाहे सरकारी प्रयोजनों के हों चाहे व्यवसायी संगठनों के।

तो प्रदेशों, प्रदेशों की भाषाओं, प्रदेशों की संस्कृतियों में आपसी सहानुभूति, सहयोग भावना और परस्पर निर्भरता के विकास के लिए निरी जानकारी नहीं, एक समग्र दृष्टि चाहिए। ऐतिहासिक पक्ष को ध्यान में रखें तो ऐसी समग्र दृष्टि प्रादेशिक संस्कृतियों और भाषाओं के अस्तित्व और अधिकारों को नकारेगी नहीं बल्कि यह भी स्वीकार करेगी कि प्राचीनतम काल से भारतीय भूमि पर अलग-अलग संस्कृतियाँ विकास पाती रही हैं, उनका एक स्वायत्त जीवन रहा है और अपनी-अपनी भाषा में ये प्रादेशिक संस्कृतियाँ अपने जीवन और अपने आदर्शों को अभिव्यक्ति देती रही हैं। इतना ही नहीं, जिन बड़े राज्यों ने प्रदेशों की स्वायत्तता को अस्वीकार करके उनके सांस्कृतिक विकास को सहज रूप से होने दिया वे अपेक्षया स्थायी हुए और जिन बड़े राज्यों ने इन सांस्कृतिक प्रदेशों की सीमाओं को कृत्रिम रूप से जोड़ना-तोड़ना चाहा वे भीतरी फूट का शिकार होकर ही टूट गए।

लेकिन सही ऐतिहासिक दृष्टि प्रदेशों की सांस्कृतिक स्वायत्तता को पहचानते हुए यह भी पहचानेगी कि इन संस्कृतियों की प्रतिभा ने भी दोनों दिशाओं में विकास किया, एक तरफ प्रदेश के समग्र जीवन को अभिव्यक्ति देने की और दूसरी ओर उसे एक व्यापकतर इकाई के साथ जोड़ने की। जिन संस्कृतियों में इस दूसरे प्रकार का बोध नहीं रहा, या बहुत क्षीण रहा, वे स्वयं दुर्बल हो गईं और क्रमशः निगति को प्राप्त हुईं—भले ही अन्त तक अपने को घिरा हुआ और आक्रान्त समझती हुई। अगर वे निःशेष नहीं भी हो गईं तो भी इस घिरे हुए और आक्रान्त होने के मनोभाव

ने उनका विकास रोक दिया—वे 'जो था' उसकी रक्षा में लगकर जड़ परम्परावादी हो गईं, जीवित और विकासमान संस्कृतियाँ नहीं रहीं।

दूसरी ओर जिन संस्कृतियों ने लगातार एक वृहत्तर इकाई के जीवन में योग दिया वे दुर्बल नहीं हुईं बल्कि निरन्तर विकास करती हुई अपने क्षेत्र के बाहर के जीवन को भी प्रभावित करती रहीं और दूर तक सम्मान पाती रहीं।

तो ऐतिहासिक दृष्टि के विकास में हमें लगातार यह पहचानते रहना होगा कि प्रदेशों की स्वायत्त संस्कृतियों ने किन-किन दिशाओं और क्षेत्रों में एक व्यापकतर जीवन में योग दिया, एक व्यापक दृष्टि के विकास में योग दिया। धर्म, दर्शन, कला, साहित्य, लोकजीवन, विज्ञान और राजनीतिक चिन्तन तक में प्रदेशों की प्रतिभाओं ने ऐसा बहुत कुछ प्रस्तुत किया जो न केवल समग्र भारत की उपलब्धि हुआ बल्कि जिसने समग्र भारत के जीवन को प्रभावित किया और जिसे अलग कर देने से भारतीय चेतना विखंडित ही नहीं हो जाती बल्कि वास्तव में विकसित ही न हुई होती। अब हम विभिन्न भारतीय भाषाओं को केवल प्रादेशिक भाषाएँ न कहकर भारतीय भाषाएँ कहने तो लगे हैं, लेकिन यह भी तो पहचान रखें कि कहाँ और किस रूप में वे भारतीय हैं या हुईं—कहाँ-कहाँ उन्होंने एक समग्र भारतीयता के विकास में योगदान दिया। आदर्श रूप में हम यह मान लें कि प्रत्येक भारतवासी को, प्रत्येक भारतीय भाषा से परिचित होना चाहिए, तो भी व्यवहारत: तो ऐसा सम्भव नहीं होगा। अधिक-से-अधिक हम इतना अनिवार्य मान सकेंगे कि प्रत्येक भाषा को बोलनेवाला कम-से-कम दो अन्य भारतीय भाषाओं से परिचित हो। लेकिन इतनी अपेक्षा हम प्रत्येक भाषा की शिक्षा से कर सकते हैं कि वह इस बात की पहचान करे और निरन्तर कराती रहे कि उस एक भाषा के विकास में पड़ोसी भाषाओं का योगदान रहा है। और यह योगदान केवल पड़ोस का अनिवार्य प्रभाव नहीं रहा है बल्कि इसी के सहारे प्रत्येक भाषा में एक व्यापकतर भारतीय दृष्टि का विकास हुआ है। इस प्रभाव को नकार कर या इससे अपने को बचाकर कोई भाषा न केवल अपने को कमजोर बनाती बल्कि भारतीय भाषा के रूप में अपना विकास ही रोक देती। हमारे जीवनकाल में ही एक से अधिक भारतीय भाषा में संकीर्णता की यह प्रवृत्ति लक्षित हुई और कहीं-कहीं अब भी निर्मूल नहीं हुई। लेकिन जहाँ-जहाँ ऐसी संकीर्णता ने, एक विकृत शुद्धतावाद ने, या जातीयता के निराधार आग्रह ने भाषा की मूल चेतना को अधिकृत कर लिया वहाँ-वहाँ वह भाषा कमजोर हो गई और अपनी रचनात्मकता खोकर अगर पिछड़ नहीं गई तो भी दूसरी भाषाओं की तुलना में रेंगने लगी।

भारतीय दृष्टि के विकास का दूसरा पक्ष साहित्यिक होगा।

नि:सन्देह प्रत्येक जीवित भाषा एक भौगोलिक प्रदेश से भी बँधी हुई होती है, लेकिन जीवित भाषा के स्वास्थ्य और सामर्थ्य का एक लक्षण यह भी है कि वह अपने को उस भौगोलिक प्रदेश तक सीमित नहीं रखती, न रखना चाहती है।

स्वास्थ्य का यह आग्रह नहीं होता कि वह केवल उसी मिट्टी से रस ग्रहण करे। और साँस लेने के लिए जिस हवा की आवश्यकता होती है वह तो न जाने कहाँ-कहाँ से बहकर आती है। जिस दृष्टि से वह भूमि उर्वरा और रसा होती है वह वृष्टि भी न जाने किन-किन सागरों की देन होती है। गांधी जी ने यों ही नहीं कहा था कि वह अपने घर की खिड़कियाँ सब ओर खुली रखना चाहेंगे, सभी संस्कृतियों से हवा और रोशनी ग्रहण करना चाहेंगे।

लेकिन यह दोहरा बन्धन एक अत्यन्त सूक्ष्म सन्तुलन की माँग करता है। कोई साहित्य, कोई संस्कृति न तो अपनी जमीन को छोड़कर पनप सकती है और न चारों ओर से बहकर आनेवाली हवाओं के प्रति अपने को बन्द कर सकती है। अपनी जमीन से सम्बन्ध टूटने पर वह परोपजीवी और पर निर्भर हो जाएगी। और हम देख सकते हैं कि आज भारतीय समाज का एक अंग ऐसा भी है जो भारत से कटा हुआ है और परोपजीवी है, जो आज इस पर गर्व भी करता है और नहीं पहचानता कि वास्तव में वह निर्मूल हो चुका है। दूसरी ओर बाहर की ताजा हवा के प्रति खिड़कियाँ, दृष्टि बन्द कर लेना भी धीरे-धीरे घुटकर मरना है। अपने समाज में और अपने साहित्यों में इस तरह की संकीर्णता के परिणाम भी हम देख सकते हैं।

लेकिन ऐसा भी हो सकता है कि कोई इन व्यापक स्थापनाओं को तो स्वीकार कर ले, लेकिन अपने साहित्य की कसौटी उनको न बनाए। लेखक है तो अपनी रचना में, और पाठक या आलोचक है तो जो पढ़ता है उसमें, यह प्रश्न न उठाए कि इसमें कहाँ एक प्रादेशिक यथार्थ बोलता है और कहाँ एक समग्र चेतना बोलती है। और यही करना, यही प्रश्न उठाना, आवश्यक है। भावात्मक या रागात्मक सम्बन्ध हम किसी पक्ष के साथ भी तोड़ नहीं सकते, लेकिन समग्र चेतना का आधार जो समग्र दृष्टि होगी वह इस बात को देखकर ही दोनों तरह के सम्बन्ध कायम रखेगी। और क्योंकि वह समग्र दृष्टि होगी और खुली आँखों से देखकर इन सम्बन्धों का निर्वाह करेगी, इसलिए उसके सम्बन्ध चेतन होंगे, मूल्य अथवा आदर्श का रूप लेंगे, केवल स्थितिवश मिले हुए नहीं होंगे, वे सच्चे अर्थों में सम्बन्ध होंगे, बन्धन नहीं होंगे।[1]

---

1. प्रदेश भारत को आमने-सामने रखते हुए एक प्रश्न और भी सामने आ जाता है और वह है अलग-अलग प्रदेशों के रीति-रिवाजों का। यह नहीं कहा जा सकता कि रीति-रिवाज और रहन-सहन सामाजिक यथार्थ नहीं हैं : और अगर प्रदेशों के जीवन में ये चीजें इतनी भिन्न हैं तो समग्र दृष्टि उनका क्या करेगी? मैं समझता हूँ कि जिस दोहरे दायित्व की बात मैंने कही उसमें इस समस्या का निराकरण भी है। सूक्ष्मतम भेदों को भी देखा जा सकता है, लेकिन भेद को देखने का अभिप्राय विभाजित दृष्टि से देखना नहीं होता और यह तो है ही कि रहन-सहन और रीति-रिवाज का जहाँ एक पक्ष आभ्यन्तर मन:संस्कार से जुड़ा हुआ है, वहाँ दूसरा और बहुत बड़ा भाग केवल बाह्य आचरण का है। आधुनिक यांत्रिक विकास उसे बदल देगा और बड़ी तेजी से बदल ही रहा है। टेक्नोलॉजी सारे संसार में→

मैं नहीं जानता कि एक समग्र भावनात्मक चेतना के बारे में इससे अधिक या ज्यादा सही क्या कहा जा सकता है, इससे बड़ा या महत्त्वपूर्ण क्या काम किया जा सकता है। मैं हमेशा भारत की एक भाषा में लिखता हूँ, एक भारतीय भाषा में लिखता हूँ। यह संयोग की और मेरे सौभाग्य की बात है कि उस भाषा में हमेशा एक समग्र भारतीय चेतना व्याप्त रही और उसने हमेशा समग्र भारत का आदर्श अपने और दूसरों के सामने रखा। लेकिन मैंने कहा कि यह संयोग की और मेरे सौभाग्य की बात है; इसका श्रेय मुझको नहीं है। मेरा लक्ष्य यही रहा है और यह अगर कभी मुझे मिलेगा तो इतने ही का मिलना चाहिए कि मैं जो लिखता रहा हूँ या लिखता हूँ या लिखूँगा, मैंने हमेशा चाहा है कि उसके माध्यम से एक भारतीय चरित्र का रूप उभरे। मेरे पात्र चाहे भारतीय हों, चाहे अभारतीय, और भारतीय होकर चाहे एक प्रदेश के हों, चाहे दूसरे—सम्प्रेष्य बात यह हो कि एक भारतीय उस तरह देखता, सोचता, भोगता और जीता है, कि इस तरह देखने, सोचने, भोगने और जीनेवाले को भारत ने बनाया है—एक समग्र भारत ने।

← एकरूपता ला रही है जो कि स्वयं एक सांस्कृतिक समस्या बन गई है और जहाँ नहीं बनी है वहाँ बन जानेवाली है। तब हम सांस्कृतिक समग्रता की चर्चा न करके, सांस्कृतिक विशिष्टता की समस्याओं की चर्चा करने लगेंगे बल्कि शहरों में तो यह चर्चा आवश्यक हो गई है, क्योंकि यांत्रिक एकरूपता से संस्कृत मात्र को संकट पैदा हो गया है।

संस्कृति : यहाँ, वहाँ या कब्र में?

एक सवाल मुझसे इतनी बार पूछा जा चुका है और अब भी पूछा जाता है कि अब प्रश्न के आरम्भ होते ही मैं प्रश्नकर्ता का पूरा आशय जान लेता हूँ और यंत्रवत् उसका अभ्यास से सधा हुआ जवाब भी दे देता हूँ। पहले इस प्रश्न से मुझे चिढ़ होती थी, कभी गुस्सा भी आता था; लेकिन अब जानता हूँ कि वैसी प्रतिक्रिया ठीक नहीं, क्योंकि यह प्रश्न हमारे देश-समाज की मानसिकता का एक लक्षण है, और उस पर खेद ही हो सकता है, रोष व्यर्थ है।

प्रश्न कई तरह की शब्दावली में कम या अधिक विस्तार के साथ पूछा जाता है। लेकिन उसका सार यह है कि हिन्दी साहित्य (या भारतीय साहित्य) विश्वसाहित्य की तुलना में कहाँ ठहरता है? प्रश्नकर्ता यह मानकर चलता है कि भारतीय साहित्य का स्थान उस सन्दर्भ में बहुत ऊँचा तो नहीं हो सकता; और यह भी मानता है कि यह चिन्ता या हीनता की बात नहीं। बाकी इस हीनत्व भाव को छिपाने के लिए वह चाहे यह जताए कि मुझसे यह प्रश्न इसलिए पूछा जा रहा है कि मैं विदेशी साहित्य (तथाकथित 'विश्वसाहित्य') भी पढ़ता हूँ, देश-देशान्तर घूमा हूँ, विदेशों में पढ़ा चुका हूँ या इस रूप में प्रस्तुत किया जाए कि मैं हिन्दी में लिखता भले ही हूँ, लेकिन हूँ तो मूलत: विदेशी संस्कार का ही!

मैंने कहा कि प्रश्न का उत्तर बार-बार के अभ्यास के कारण सधा हुआ है, लेकिन उसका यह अर्थ नहीं है कि उसका एक ही रूप होता है। वह भी प्रश्न की भंगिमा और प्रश्नकर्ता के मनोभाव के अनुरूप तरह-तरह से प्रस्तुत किया जाता है, लेकिन उसका भी सार यही है कि हमें विश्वसाहित्य के मोह में नहीं पड़ना चाहिए; साहित्य यानी अच्छा साहित्य मूलत: और अनिवार्यत: एक संस्कृति की उपज होता है और उस संस्कृति का स्वर उस साहित्य में सुनाई पड़ना चाहिए। जो साहित्य किसी एक संस्कृति का प्रतिबिम्बन करता है उसका अपना व्यक्तित्व, अपनी एक अस्मिता होती है; और जब वह व्यक्तित्व उसके क्षेत्र के बाहर पहचाना जाता है तभी दूसरे संस्कृति-समाजों में उसे महत्त्व दिया जाता है और उसके ग्रहण और मूल्यांकन की प्रवृत्ति होती है। दूसरे शब्दों में तभी वह विश्वसाहित्य में स्थान पाता है। जिस साहित्यिक रचना में संस्कृति का स्वर नहीं बोलता उसका विश्वसाहित्य में स्थान पाने

का कोई सवाल ही नहीं उठता। यह बड़ा खतरनाक मोह है कि हम देश, संस्कृति से उबरकर या उसके प्रति उदासीन होकर या उससे अपरिचित रहकर बल्कि उसके विरुद्ध अपने को कवचबद्ध करके विश्वसाहित्य में प्रवेश का द्वार खोल लेते हैं। हम वैसा कुछ नहीं करते, हम केवल उस डाल को काट देते हैं जिस पर हम बैठे हैं।

मैं मानता हूँ कि अधिसंख्य प्रश्नकर्ता मेरे जवाब को स्वीकार नहीं करते, लेकिन यह भी जानता हूँ कि उनमें से कई एक मेरे उत्तर से कुछ सोच में पड़ जाते हैं या कभी-कभी बेचैन हो उठते हैं। मैं मानता हूँ कि वह बेचैनी इस बात का लक्षण है कि उनके भीतर का संशय उनके सामने आ गया है और इसलिए अपनी बात उनको मनवा न पाने पर भी मुझे सन्तोष होता है। डर अथवा दीनत्व भाव अस्वस्थ है; वह दबे रहना रोग को बढ़ाता है और उसे खुले में ले आना रोग के उपचार का पहला कदम है।

अपनी संस्कृति के प्रति इस उदासीनता, सन्देह, अवज्ञा बल्कि कभी-कभी घृणा भाव के कई पहलू हैं। अंग्रेजी भाषा का मोह और उसके प्रति घरवालों का प्रेम तो उसका केवल एक सतही लक्षण है। कई वर्ष पहले एक बातचीत में, जिसमें सूचना और प्रसार विभाग के अधिकारी भी थे और विदेशी मंत्रालय के सांस्कृतिक सम्पर्क विभाग के कुछ अधिकारी भी, मेरे इस बात पर दुख प्रकट करने पर कि भारत सरकार के विभिन्न मंत्रालय और दूतावासों के प्रसार अथवा सांस्कृतिक अधिकारी भारतीय संस्कृति का बाहर प्रसार करने के मामले में क्यों बिलकुल उदासीन हैं, एक अधिकारी ने कुछ तुनककर कहा था, "हमारे पास बाहर दिखाने को है क्या? एक बुद्ध और एक गांधी, बस। और दोनों का ही हम बाहर काफी प्रचार कर ही रहे हैं।"

बात बुद्ध और गांधी के स्तर की ही होती तब तो कोई ऐसी चिन्ता की बात नहीं थी। तब हम कहते हैं कि ठीक है, आप ईसा और मुहम्मद, जरथ्रुस्त्र और लाओत्से का आयात कीजिए, हमें कोई चिन्ता नहीं है और हमारी संस्कृति को कोई खतरा नहीं है। पर स्थिति तो यह है कि बाहर दिखाने को बुद्ध और गांधी के सिवा कुछ नहीं है, मगर बाहर से यहाँ लाने को जार्ज, पॉप, चित्रकला, ठोस कविता, मुक्केबाज मुहम्मद अली, फ्रांसीसी बहुरुपिये, रूसी नट आदि सब हैं और 'आर्ट फिल्म' के नाम पर जलील-से-जलील दर्जे की अश्लीलता है।

जब अकादमियाँ बनी थीं तब हमने आशा की थी कि भारत से बाहर भारत की संस्कृति का सही और उज्ज्वल बिम्ब प्रस्तुत करने में ये कुछ योग देंगी, लेकिन ये भी इम्पोर्ट की एजेंसियाँ बनकर रह गई हैं। इधर तो यह हाल हो गया है कि कोई भी छोटा-मोटा विदेशी कवि या उपन्यासकार या कहानीकार सैलानी बनकर भी इस देश में आया तो कहीं-न-कहीं से अकादेमी को औपचारिक सूचना मिल जाएगी और तुरन्त उसके सम्मान में एक गोष्ठी का आयोजन हो जाएगा। अकादमी के द्वारा संस्कृति के (अब वह जैसी भी है, इस सन्दर्भ में उसे संस्कृति तो कहना ही होगा) इस पहले से बढ़े हुए आयात में और भी तीव्रता लाने के काम में और भी सरकारी एजेंसियाँ (नहीं,

क्षमा कीजिए, ये सरकारी नहीं, सरकार द्वारा भरित और पोषित 'स्वायत्त संस्थाएँ' हैं) भरपूर योग दे रही हैं। इंडियन काउंसिल ऑफ कल्चरल रिलेशंस भी ऐसी ही एक स्वायत्त संस्था है। इधर कई वर्षों के बाद और कई बार याद दिलाए जाने पर उसे इतना तो चेत हुआ है कि आयात केवल अंग्रेजीभाषी पश्चिमी देशों अथवा इंग्लैंड और अमेरिका तक सीमित नहीं रहना चाहिए, और संसार में दूसरे भी देश हैं जिनके पास संस्कृतियाँ और साहित्य हैं। इसके लिए तो इस परिषद् की दाद देनी चाहिए कि अब वह रूसी, फ्रांसीसी, जर्मन, इस्पानी आदि भाषाओं से भी अनुवाद को प्रोत्साहन देने के लिए भारतीय लेखकों को बाहर भेजने का आयोजन कर रही है। लेकिन इस बात को छोड़ भी दें कि अब भी पश्चिमोन्मुखता क्यों? क्या पूर्वेशियाई देशों में संस्कृतियाँ नहीं हैं, तो भी यह लक्ष्य किए बिना कैसे रहा जा सकता है कि यह आयोजन भी आयात करने का ही है। कल्चरल रिलेशंस यानी सांस्कृतिक सम्पर्क भी एकतरफा ही है। पश्चिम के देश तो हमारे सम्बन्धी हैं, लेकिन हम उसी कोटि के हैं जिन्हें अंग्रेजी में पुअर रिलेशन कहा जाता है। हमारा तो केवल गाँव का रिश्ता है, असली रिश्तेदार तो वही हैं जिन्हें हमें बड़ी आवभगत के साथ अपने घर लाना है!

सवाल पूछा जा सकता है और पूछा जाना चाहिए कि सांस्कृतिक सन्दर्भ में भी सरकारी संस्थाओं की ही बात क्यों की जाए? ठीक है, देश में और भी अनेक संस्थाओं के बारे में यह प्रश्न उठाना चाहिए। ऐसा क्यों है कि देश में कोई भी साहित्यिक या सांस्कृतिक संस्था ऐसी या इतनी दमदार नहीं हुई कि भारतीय संस्कृति का एक जीवन्त और गौरवमय चित्र बाहर के लिए प्रस्तुत कर सके? किसी भी कला के क्षेत्र में ऐसी कोई संस्था नहीं है, साहित्य की भी कोई संस्था नहीं है और व्यापकतर सन्दर्भवाला कोई सांस्कृतिक संगठन भी नहीं है। क्यों? जातियों और सम्प्रदायों और धर्मों की संस्थाएँ हैं, और इस देश की संस्कृति मूलतः धार्मिक संस्कृति रही है! लेकिन इन संस्थाओं को भी अपनी संस्कृति में आस्था नहीं है, उसके प्रति सम्मान अथवा गौरव का भाव नहीं है। वे भी 'धर्म सम्मेलन' करती हैं तो उन्हीं को मान देने के लिए जो अपनी धर्मनिरपेक्षता की दुहाई ही नहीं देते, अपने हर काम से यही प्रमाणित करते हैं कि उनके सरोकार केवल भौतिक सुख-सुविधा के हैं। यहाँ तक कि राष्ट्रीय स्वयंसेवक संघ ने भी जो स्वयं अपने दावे के अनुसार एक सांस्कृतिक संगठन है। (और जहाँ तक संगठन का प्रश्न है, उसके समर्थ होने में कोई सन्देह नहीं है) इस दिशा में कुछ प्रयत्न किया हो तो उसका लक्षण कहीं नहीं दीखता। जो लक्षण दीखते हैं, वे इसी बात के कि उसने धर्म संस्कार की रक्षा के मामले में एक आक्रामक नहीं तो संघर्षशील प्रवृत्ति को तो उकसाया, लेकिन संस्कृति के प्रति गौरव का भाव उसने भी नहीं जगाया। संस्कृति के लिए हम लड़ें तो, मगर वह संस्कृति अभिमान के योग्य भी हो, यह आवश्यक नहीं है। ऐसी मानसिकता की कार्यक्षमता कितनी होगी यह सहज ही सोचा जा सकता है।

इसकी चर्चा में एक बार ऐसा हुआ था कि सरकार की तथाकथित स्वायत्त योजनाओं के समर्थकों ने हमें याद दिलाया कि निर्यात के मामले में सरकार इतनी उदासीन नहीं है। उदाहरण के लिए, प्राचीन मूर्तिकला की एक प्रदर्शनी तो यूरोप और अमेरिका भेजी गई थी और बड़ी सफल हुई थी। अब फिर फ्रांस ने पुरानी कलम के चित्रों की एक प्रदर्शनी आमंत्रित की है। मेरे यह आपत्ति करने पर कि ऐसा विनिमय तो रोग को और बढ़ाता है, वह मेरी बात नहीं समझ सके थे। मैंने जब समझाया कि संसार के सभ्य और सम्पन्न देश यानी पश्चिमी देश (चलिए, अपवाद के रूप में जापान को भी जोड़ लीजिए) जब यह प्रयत्न करते हैं कि विनिमय में इस देश से तो केवल प्राचीन वस्तुएँ मँगाकर प्रदर्शित करें और बदले में अपनी केवल आधुनिक चीजें यहाँ भेजें, तो वे पहले से ही असन्तुलित विनिमय को और भी असन्तुलित कर रहे हैं; कि यह एक प्रकार का मँजा हुआ सांस्कृतिक उपनिवेशवाद है कि आप बाहर प्राचीन भारत का भव्य चित्र प्रस्तुत करके यह प्रमाणित करते चलें कि भारतीय संस्कृति तो वही है जो प्राचीन काल में थी और अब बस दिखाने के लायक रह गई है; और दूसरी ओर आधुनिक संस्कृति तो वही है जो पश्चिम से यहाँ भेजी जा रही है आधुनिक संस्कृति तो इस देश में है ही कहाँ। हाँ, बुद्ध और गांधी अवश्य थे; लेकिन बुद्ध तो प्राचीन काल के ही थे, और गांधी महान् तो थे लेकिन जनता के आदमी थे। जनता का संस्कृति से कोई सम्बन्ध नहीं होता। यह दलील कोई विदेशी हमें दे, इसकी तो कोई आवश्यकता नहीं है, आखिर हमारे सारे राजनीतिक नेता यही सब करने में तो लगे हुए हैं।

मैं जानता हूँ कि मेरे दुखी होने या बड़बड़ाने से बहुत लाभ नहीं होनेवाला है, लेकिन चुप रहने से और भी अधिक अहित होनेवाला है। असल में सारे देश ने बिना सोचे-समझे और एक झूठे तथा विकृत जनवाद के नाम पर यह स्वीकार कर लिया है कि संस्कृति तो एक बुर्जुआ चीज है, बुर्जुआ है इसलिए प्रगतिविरोधी है, अर्थात् अगर समाज को बदलना है, अगर प्रगति में गत्यात्मकता लानी है तो संस्कृति को मिटाना होगा। मैंने इसे झूठा और विकृत जनवाद कहा, वह इसलिए कि इसका वास्तव में जन से कोई सम्बन्ध नहीं है। झूठे साम्यवादी भी संस्कृति को उतना ही खतरनाक मानते हैं जितने सच्चे तानाशाह, जो संस्कृति के नाम पर अपनी पिस्तौल का घोड़ा उठाना चाहते हैं।

संस्कृति न तो बुर्जुआ है, न प्रगतिविरोधी है; वह समाज को स्थायित्व देती है तो इसका अर्थ नहीं है कि वह उसे स्थितिशील बनाती है। संस्कृति एक कब्र नहीं है, वह तो जमीन है जिस पर पैर टेके बिना प्रगति हो ही नहीं सकती। बल्कि जो अगर नहीं है तो उस पर खड़ा होनेवाला जन ही नहीं है, केवल एक छाया है।

मेरे पुकारने से अगर इतना ही दीख जाए कि संस्कृति पूरे समाज की चीज है, जीवनदायिनी है और गौरव की वस्तु है तो वर्तमान स्थिति में भी अवश्य कुछ हो

सकता है। और यह तो है ही कि अगर हम इस बात को नहीं पहचानते तब तो किसी भी स्थिति में कुछ नहीं हो सकता। रोगी का उपचार तो सम्भव है, लेकिन मुरदे को तो जलाया या दफनाया ही जा सकता है। कोई दूसरा उपचार उसका नहीं है।

संस्कृति बनाम इतिहास : कला की समस्या

आज जिस दुनिया से हम गुजर रहे हैं उसमें 'पढ़े-लिखे' लोग अधिकतर अंग्रेजी पढ़े-लिखे लोग ही हैं। यह मानकर चलते हैं कि संस्कृति का आज कुछ मतलब नहीं है; आज ऐतिहासिकता का युग है और इसमें संस्कृति की बात करना अप्रासंगिक है, प्रगतिविरोधी है, कठमुल्लापन है। सब पढ़े-लिखे बात को यों साफ-साफ नहीं भी कहेंगे लेकिन 'संस्कृति' का नाम लेते ही उनके स्वर में जो सूक्ष्म परिवर्तन आ जाएगा उसके मूल में यही धारणा होगी।

देश के कुछ विश्वविद्यालयों में तथाकथित संस्कृति के विभाग हैं, लेकिन यह लक्षणीय है कि जहाँ भी संस्कृति को एक विषय माना गया है वहाँ उसे प्राचीन इतिहास के साथ और आनुषंगिक रूप में ही रखा गया है। ऐसे विभाग 'प्राचीन भारतीय इतिहास और संस्कृति' के विभाग होते हैं। इस गठबन्धन से वह पूर्वग्रह और भी पुष्ट हो जाता है संस्कृति अर्थात् प्राचीन ऐतिहासिक मूल्य और मान्यताएँ जिनका आधुनिक जीवन और प्रगतिशील चिन्तन से भला क्या सम्बन्ध हो सकता है...

यों तो सरकारी क्षेत्रों में संस्कृति की जो गति हुई है वह भी इस पूर्वग्रह के प्रभाव का एक पहलू है। देश आजाद हुआ तो एक मंत्रालय को नाम दिया गया 'शिक्षा और संस्कृति' अथवा 'शिक्षा, विज्ञान और संस्कृति', लेकिन फिर संस्कृति इधर-उधर धक्के खाती रही और उसका स्थान कभी-कभी खेलकूद और कभी शरीर विज्ञान लेता रहा। संस्कृति के कुछ अवशेष शिक्षा मंत्रालय में बचे तो उनका विभाजन करके मुख्य अंश विदेश मंत्रालय के जिम्मे कर दिया गया (एक्सटर्नल कल्चर, जिसे शायद एक्सपोर्ट कल्चर भी कहा जा सकता है!) और अल्पांश शिक्षा के साथ जुड़ा रहा जो आज साहित्य, चित्रकला, संगीत, नाटक, रंगमंच से सम्बद्ध अकादमियों की निगरानी करता है। पर सरकार का उल्लेख हमारा मुख्य विषय नहीं है : मुख्यतया हम इतिहास और संस्कृति के सम्बन्धों और उनकी अवधारणाओं की ही बात करना चाहते हैं।

विदेशी अध्येता प्राय: कहता था कि भारतीयों में इतिहासबोध नहीं होता और इतिहास को महत्त्व देनेवाली मानसिकता पश्चिम की विशेष देन है। और हमारी पश्चिमी शिक्षा क्योंकि मुख्यतया तोतारटंत विद्या थी इसलिए हमारे शिक्षाशास्त्रियों में आज भी बहुत से इस बात को मानते हैं। यों ऐसा नहीं है कि इस बात का कोई आधार नहीं है

या कि पश्चिमी विद्वान केवल एक पूर्वग्रह प्रकट कर रहा था। लेकिन आधार क्या था, बात किस सन्दर्भ में सच अथवा उपयोगी है, यह हमें समझाना उसका काम नहीं था, यह समझना हमारा अपना काम था जो हमने नहीं किया (हम अपना काम करने योग्य हों, यह सिखाने की जिम्मेदारी भी पश्चिम की नहीं थी, हमारी थी।)

वास्तव में पश्चिम के इस आरोप अथवा मूल्यांकन का सही अभिप्राय क्या है यह ठीक-ठीक समझने के लिए हम उसी तरह का एक प्रत्यारोप पश्चिम पर लगा सकते हैं—वह भी उतना ही सत्य अथवा पूर्वग्रह दूषित होगा जितना पश्चिम का फतवा अगर हम उसे सही सन्दर्भ में न रखें अथवा उसके आधार पर इतिहास और संस्कृति के सम्बन्ध का पुनर्विचार न करें। हम कह सकते हैं कि 'आधुनिक पश्चिम में संस्कृतिबोध नहीं है।' यदि इसका अर्थ यह लगाया जाएगा कि इतिहास और संस्कृति दो परस्पर विरोधी तत्त्व हैं और एक की उपस्थिति दूसरे के बहिष्कार द्वारा ही सिद्ध होती है तो यह परिणाम भी उतना ही गलत होगा जितना वह परिणाम जो पश्चिम की सूक्ति से निकाला जाता रहा है।

यह ठीक है कि ऐसे विषयों की चर्चा सिर्फ भाववाचक संज्ञाओं के स्तर पर बहुत अधिक फलप्रद नहीं होती कम-से-कम शास्त्रीय चर्चा के बाहर उसका उपयोग नहीं रहता। अच्छा होगा कि हम भी व्यवहार पक्ष से ही उनका विचार करें।

आप भारतीय पारम्परिक चित्रकला को लीजिए। पारम्परिक भारतीय चित्रकार में इतिहासबोध नहीं था। चित्रकारों में तो बहुत से ऐसे भी थे जो आज की परिभाषा में कलाकार न होकर कारीगर अथवा शिल्पी थे और जिनकी शास्त्रीय शिक्षा न के बराबर थी। लेकिन इतिहासबोध न रहते भी ये चित्रकार अपने चित्रों में करते क्या थे? आप पहाड़ी अथवा राजपूत कलम के चित्र देखिए। चित्रकार बना तो रहा है रामायण, महाभारत और भागवत के चित्र, लेकिन रामायण के युद्ध में सैनिकों की पोशाक लगभग वही है जो चित्रकारों के समकालीन भारतीय सैनिक की होती थी घुटन्ने या कहीं-कहीं तंग पाजामे भी, बंडी, कसा हुआ फेंटा, पगड़ी अथवा सिली हुई टोपी... या युद्ध महाभारत का है और उसमें सेनाओं के बीच कहीं-कहीं आपको दीख जाएगी एकाध फिरंगी टोपी। बन्दूक अथवा छोटी तोप का भी चित्रित होना कोई आश्चर्य का विषय नहीं है।

निःसन्देह इससे कई तरह परिणाम निकाले जा सकते हैं। एक तो यही कि उस बेचारे चित्रकार में इतना भी ऐतिहासिक बोध नहीं था कि रामायण-महाभारतकालीन सैनिक को उत्तर मध्यकाल की वर्दियाँ न पहनाए, उत्तर मध्यकाल के अथवा यूरोपीय सम्पर्क के बाद के हथियार न दे, प्राचीन व्यूह रचना के बदले मध्यकालीन मोर्चेबन्दी न दिखाए। लेकिन यही चीज, जिसे उस चित्रकार का अज्ञान अथवा भोलापन बताया जा सकता है, इस बात का भी लक्षण है कि वह चित्रकार अपनी युगातीत सामग्री को एक समकालीन मुहावरे में प्रस्तुत कर रहा था और ऐसा करने में कोई संकोच नहीं

करता था, क्योंकि युगातीत वस्तु समकालीन पोशाक में ही सार्थक रूप में दिखाई जा सकती है..." दूसरे शब्दों में, जहाँ उस चित्रकार में ऐतिहासिकता बोध की कमी थी वहीं यह बात भी उतनी ही स्पष्ट है कि उसका स्थितिबोध और व्यवहारबोध लगातार उसकी 'पुरानी' जानकारी का नवीकरण करता चलता था। इतिहासबोध उसे नहीं था तो एक युग सन्धिबोध से वह उसकी कमी पूरी कर लेता था। यही बात हम रामलीला अथवा भागवतलीला में देख सकते हैं। ये कथाएँ भी युगातीत बल्कि कालातीत वस्तु प्रस्तुत करती थीं, लेकिन प्रस्तोता उसके बीच बिलकुल निःसंकोच भाव से समकालीन वस्तु भी भर देता था। कंस के अत्याचारी शासन की बात होती और उसमें वस्तु भर दी जाती अपने समकालीन मुगल अथवा रियासती अथवा स्थानीय जमींदारी शासन के अत्याचारों की। यहाँ भी लगातार कालातीत सामग्री का नवीकरण समकालीन मुहावरे के आधार पर होता जाता था : महत्त्व ऐतिहासिक तथ्यगत सच्चाई का नहीं था बल्कि अनुभवगत युगीन सच्चाई का। दक्षिण में देवासुर संग्राम के एक प्रस्तुतीकरण में तो सुब्रह्मण्य कार्तिकेय (मुरुगन) देवताओं को बचाने आते हैं, बाइसिकिल पर सवार होकर, देहाती लीला में देवताओं के चमत्कारी विमानों के निकटतम आनेवाला कोई यंत्र वहाँ उनका परिचित था तो बाइसिकिल थी। पश्चिम का पंडित अध्येता इस पर हँसता है और ऐतिहासिकता बोध की इस कमी को नृतत्वशास्त्र की परिधि में बाँधना चाहता है, लेकिन नृतत्त्व विद्या का विषय जो जीवन्त नर है उसके लिए प्रमाण किताब में नहीं बल्कि उसके जीवनानुभव में है।

दृष्टियों के इस अन्तर का एक विलक्षण उदाहरण ईसा के जीवन से सम्बद्ध धार्मिक चित्रों में भी मिलता है। ईसाई धर्म संसार के अनेक देशों में फैल गया है, लेकिन उनके धार्मिक चित्रों के पीछे जो प्रबल ऐतिहासिक आग्रह रहा है उसने ईसा की छवि को भरसक बदलने नहीं दिया, बल्कि एक देशकाल से बाँधे रखने का पूरा प्रयत्न किया है। लेकिन भारत में आकर उनका यह ऐतिहासिक आग्रह हार गया : भारत के चित्रकारों ने उतनी ही गहरी और सच्ची श्रद्धा भावना से ईसा के चित्र बनाए हैं लेकिन उसे भारतीय देहाती पोशाक और सन्दर्भ में ढालकर! ये चित्र फिर पूरी तरह अनैतिहासिक हैं, लेकिन जिस सत्य को प्रस्तुत करते हैं वह क्योंकि स्वयं ऐतिहासिकता से बड़ा है इसलिए इतिहास के पिंजरे से बाहर निकलकर ही उसे अपने पूरे आयाम में प्रस्तुत किया जा सकता है।

तो कला किसी भी कला, चित्र, मूर्ति, काव्य, नाटक, नृत्य के लिए तथ्यमूलक इतिहास का बन्धन बिलकुल आवश्यक नहीं है : उसके लिए महत्त्व उस भाव सत्य का होता है जो कालातीत होता है, यानी कला के लिए मानवताबोध इतिहासबोध से बड़ा है।

लेकिन इस सच्चाई का भी सन्दर्भ है। बात वहीं और वहीं तक सत्य है जहाँ हम उस भाव सामग्री को प्रस्तुत कर रहे हैं जो कालातीत है। जब हम ऐसा विषय प्रस्तुत

करते हैं जिसके आयाम तो महाकाव्य के से हों लेकिन जिसकी भावगत सत्यता जरूरी तौर पर इतिहास की परिधि के भीतर रहनेवाली हो, तब ऐसे प्रस्तुतीकरण के समय तरह-तरह की समस्याएँ उपस्थित होंगी। रामलीला, कृष्णलीला अथवा ईसाचरित की बात दूसरी है, क्योंकि ये चरित्र (विशेष रूप से ईसा की ऐतिहासिकता के आग्रह के बावजूद) इतिहास से बड़े हो गए हैं। उनका एक वैश्विक आयाम है जिसे काल नहीं बाँधता। लेकिन हमारी सांस्कृतिक ऐतिहासिक परम्परा में ऐसी घटनाएँ आईं जिनके आयाम महाकाव्योंवाले हैं, लेकिन जिनके प्रस्तुतीकरण में ऐतिहासिकता का बोध (अथवा उसकी कमी) कई समस्याएँ खड़ी कर देता है। इन समस्याओं का विचार आज की कलाओं के लिए अनिवार्य है आधुनिक काव्य, नाटक, रंगमंच और चित्रकला के लिए तो अनिवार्य है ही, रामायण, महाभारत आदि की लीला के प्रस्तुतीकरण में भी समस्याएँ पैदा करता है।

इस तरह की घटनाओं अथवा कथा-वस्तुओं में, जिनके आयाम तो महाकाव्योचित हों लेकिन जिन्हें ऐतिहासिक सन्दर्भ से काटकर देखना उन्हें अर्थहीन कर देना होगा, हमारे स्वाधीनता आन्दोलन से बढ़कर क्या चीज होगी? अभी तो ऐसे बहुत से लोग जीवित हैं जिनके लिए स्वाधीनता संग्राम अपने निजी अनुभव की बात थी। ऐसे लोग उस संग्राम को और उसकी भाव-स्थितियों को आज स्मरण में चाहे जितनी रोमानी रंगत देकर देखें, इस बात से तो छुटकारा न पा सकेंगे, न पाना चाहेंगे कि वह एक महत्त्वपूर्ण ऐतिहासिक घटना थी। अपने ही प्रत्यक्ष अनुभव से थोड़ा हटकर दूसरी विराट ऐतिहासिक घटनाओं की बात सोचें तो हिरोशिमा-नागासाकी का अणुबम विस्फोट अथवा रूसी क्रान्ति अथवा चीनी क्रान्ति भी ऐसी घटनाएँ हैं जो अगर काल की दृष्टि से हमारे इतने निकट न होतीं तो बड़ी आसानी से महाभारत का-सा रूप ले सकती थीं। उनके आयाम उतने ही बड़े और महत्त्वपूर्ण हैं, लेकिन साथ ही उन्हें हम किसी तरह ऐतिहासिक सन्दर्भ से काटकर मिथकीय अथवा पौराणिक सन्दर्भ में नहीं रख सकते। दूसरे शब्दों में, उन्हें तो उनके आयाम की विशालता एक मिथकीय संयोजन माँगती है, लेकिन ऐतिहासिक आग्रह पूरी तरह उसकी अनुमति नहीं देते।

इस तनाव को जीवन्त कलात्मक अभिव्यक्ति देना आज की कला की एक समस्या है केवल काव्य अथवा उपन्यास कला की नहीं, सभी कलाओं की।

जहाँ इस स्तर की कला समस्याएँ होती हैं वहाँ कोई बने-बनाए समाधान या नुस्खे काम नहीं करते। यों तो कला में कहीं भी नुस्खे काम नहीं करते, लेकिन इस सन्दर्भ में यह बात विशेष रूप से सही है कि समस्या को बेलौस रूप में रख देने के बाद सारी प्रतिक्रिया कलाकार की सर्जनात्मक प्रतिभा पर छोड़ देनी चाहिए। आलोचक का काम फिर तभी शुरू होता है जब यह सर्जक प्रतिभा अपना काम कर चुकी हो। उसके परिणाम पर ही आलोचक टिप्पणी कर सकता है, उससे पहले सर्जक को यह बताने का कोई अधिकार उसका नहीं है कि उसकी प्रतिक्रिया क्या रूप ले।

राजाराव ने अपने छोटे उपन्यास कंठपुरा में राष्ट्रीय जागरण की ऐतिहासिक सच्चाई को मिथकीय आयाम का संस्पर्श देते हुए प्रस्तुत करने का प्रयत्न किया है। इसी में उस उपन्यास की शक्ति है। कहीं भी उसे इतिहास के रूप में ग्रहण नहीं किया जा सकता; वैसा करना चाहने पर उपन्यास की सारी वस्तु हल्की और हास्यास्पद जान पड़ने लगेगी। लेकिन दूसरी ओर कहीं भी इस बात को भुलाया नहीं जा सकता कि वह एक विराट ऐतिहासिक घटना को उसी रूप में प्रस्तुत करने का प्रयत्न कर रहा है जिस रूप में उसने ग्राम-मानस को प्रभावित किया होगा यानी एक मिथकीय आयाम देते हुए। सच्चाई की रक्षा की यह एक औपन्यासिक युक्ति है। रंगमंच पर बड़ी सत्ताएँ मुखौटे पहनकर प्रकट होती थीं और इस प्रकार एक साथ ही अनुभव यथार्थ को और अनुभव सामर्थ्य से बड़े सत्य को प्रस्तुत करती थीं। एक तरह से यह उसका औपन्यासिक पर्याय है। फणीश्वरनाथ 'रेणु' के छोटे और बड़े सभी उपन्यासों में भी इसी युक्ति के सफल प्रयोग देख सकते हैं : वहाँ भी इतिहास नहीं है लेकिन इतिहास सत्य है एक मिथकीय संस्पर्श लिये हुए, जो रंगमंच के मुखौटे की तरह ही सत्य के विराट रूप की रक्षा करता है और उसे स्वर देता है।

हमने कहा कि यह समस्या सभी कलाओं के सामने होगी और उपन्यास के सामने समस्या का रूप स्पष्ट करने के लिए हमने रंगमंच का उदाहरण भी दिया। स्वयं रंगमंच से भी इसके उदाहरण दिए जा सकते हैं, लेकिन हम नहीं जानते कि ऐसे कौन से उदाहरण होंगे जिन्हें हिन्दी के साधारण पाठक का परिचित मान लिया जा सके। हिन्दी का रंगमंच उतना समर्थ, सम्पन्न और प्रयोगशील नहीं रहा है जितना मराठी अथवा बांग्ला अथवा कन्नड़ का भी। इधर हिन्दी में कुछ हलचल जरूर है, लेकिन उसका भी कुछ श्रेय इन्हीं तीनों भाषाओं के रंगमंच अथवा रंगकर्मियों को है। उनके रंगमंच में अवश्य यह देखने को मिलेगा कि बड़ी घटना के बड़प्पन को कैसे प्रस्तुत किया जा सकता है ऐतिहासिक सत्यता और मिथकीय आयाम दोनों का निर्वाह करते हुए।

समस्या उतनी ही चित्रकला के सामने भी है, लेकिन भारतीय चित्रकार, एकाध अपवाद को छोड़कर इससे बिलकुल कतराकर निकल गया है। बाबू हैरूर ने सन् '42 के आन्दोलन के कुछ चित्र प्रस्तुत किए थे जिनमें हम इस विराट आयाम को छूने का प्रयत्न देख सकते हैं। कृपाल सिंह शेखावत ने पारम्परिक चित्रकला की युक्तियों का निर्वाह करते हुए फिर एक बार उस रास्ते की याद दिलाई थी जिस पर चलकर चित्रकार अपनी समस्या का सामना कर सकता है और उसका समाधान खोज सकता है। लेकिन उस रास्ते पर कोई चले नहीं, न हमारे आलोचकों में कोई ऐसे निकले जो कला के समाधानों को इस व्यापक भूमि पर रखकर उनका सामना कर सकें। ले-देकर उनके सामने पिकासो का एक चित्र गैर्निका ही रह गया। निःसन्देह यह महान् कलाकृति है, लेकिन उसकी नकल भी महान् कलाकृति होगी, ऐसा तो

नहीं है। न यही कहा जा सकता है कि अपनी वस्तु के साथ पिकासो के संघर्ष को कोई दूसरा चित्रकार अपने ऊपर ओढ़कर वहीं पहुँच सकता है जहाँ पिकासो पहुँचा। हर कलाकार अपनी वस्तु से लड़कर ही उस पर जय पाता है। लड़ाई भीतर लड़ी जाती है, लेकिन इसका यह मतलब नहीं है कि किसी की लड़ाई ओढ़ी जा सकती है या कि सिर्फ अभिनय से जीती जा सकती है।

नृत्य नाट्य के लिए और यह विधा भारतीय प्रतिभा की विशेषता रही है यह समस्या और भी उग्र रूप लेकर सामने आती है। पारम्परिक नृत्य नाट्य में लोक नर्तक उसी तरह समकालीन वस्तु भी ले आता था जिस तरह पारम्परिक चित्रकार अथवा लीलामंच का नट। लेकिन आज के नाट्य नर्तक को इसमें घबराहट होती है? उसकी घबराहट निराधार भी नहीं है क्योंकि उसकी कला चित्रकला की अपेक्षा कहीं अधिक सामाजिक है और ग्रहण के लिए एक व्यापक सामाजिक संस्कार माँगती है। सूनी रंगशाला में या चार-छह सहृदयों के सामने कला प्रदर्शन का जोखिम वह नहीं उठाता उसे तो भरा-पूरा प्रेक्षक समाज चाहिए। इप्टा की वे प्रस्तुतियाँ जो एक समय मर्म को छू सकती थीं आज क्यों निरर्थक हो गईं? 'इंटा' की भारत की खोज आज क्यों नीरस हो जाएगी? ऐसा क्यों है कि शान्तिवर्द्धन द्वारा निर्मित रामायण और पंचतंत्र आज भी इसके बावजूद जीवन्त और प्रभावशाली होती हैं कि उनकी वस्तु भी पारम्परिक है और प्रस्तुतीकरण की पद्धति भी, जबकि आधुनिक इतिहास प्रस्तुत करनेवाली रंगकृतियाँ उन्नत कौशल और तकनीक के बावजूद असर नहीं रखतीं? यह बात सोचने की है और सोचकर अपनी स्थापनाएँ सभी कलाओं पर लागू करके देखने की है उससे हमारी कलाओं को भी लाभ होगा और हमारी आलोचना में भी कुछ जान आएगी।

प्रभात गांगुली ने शान्तिवर्द्धन की परम्परा को आगे बढ़ाते हुए पशुशाला रची; नृत्य रचना और मंचन कौशल की दृष्टि से यह एक अद्वितीय कृति है और फिर उसे जॉर्ज ऑरवेल की विख्यात रचना एनिमल फार्म की पृष्ठिका भी उपलब्ध है। फिर उसका वैसा प्रभाव क्यों नहीं होता जैसा एक कुशल प्रस्तुति का होना चाहिए और जैसा ऑरवेल के उपन्यास का आज भी है? क्या इसका कारण यही नहीं है कि नृत्य-नाट्य की परिकल्पना में कहीं उस तनाव की कमी है जो ऐतिहासिक सत्य और उसके मिथकीय आयामवाले प्रतिरूप के बीच होना चाहिए?

वास्तव में यह प्रश्न हमारे युग का एक व्यापक और आधारभूत प्रश्न है, बल्कि यह बहुत से आधारभूत प्रश्नों का स्रोत है क्योंकि इसी में से यह प्रश्न भी निकलता है कि क्या अब ऐसी कृतियों को बचाया जा सकता है जिन्हें हम आधुनिक क्लासिक मानने के आदी हो चले हैं फिर वे कृतियाँ चाहे काव्यकला की हों, चाहे चित्रकला की, चाहे रंगमंच की, और क्या उन्हें बचाना चाहिए भी और क्या यह चाहना अपने आप में अतीत मोह है? और सवाल आधुनिक क्लासिक तक ही नहीं रह जाएगा,

हमें फिर यह भी पूछना पड़ेगा कि क्या रामलीला, कृष्णलीला और दूसरी भागवत लीलाएँ भी बचाई जा सकती हैं लीला रूप में अथवा संचीय रूप में या कि उन्हें भी नष्ट हो जाने देना होगा? या कि वे नष्ट हो ही चुकी हैं और अब केवल व्यावसायिक उपयोगिता की चीज रह गई है?

हमारा विश्वास है कि उन्हें केवल बचाया जा सकता है बल्कि बचाना चाहिए, क्योंकि वह राष्ट्र की सांस्कृतिक सम्पत्ति है और इस रूप में समग्र मानव-जाति की सम्पत्ति है। उपेक्षित सम्पत्ति अवश्य है, लेकिन उद्धार करके उन्हें फिर मानव कल्याण में निश्चय ही लगाया जा सकता है। लेकिन इसके लिए उनमें परिवर्तन जरूरी है। एक तो यह कि हम फिर से उन्हें ऐतिहासिक सन्दर्भ से प्रस्तुत करें और लगातार उनकी ऐतिहासिक प्रासंगिकता का परीक्षण करते रहें। दूसरे यह कि हम स्वयं अपनी इतिहास सम्बन्धी धारणा को बदलें। उसकी तथाकथित 'वैज्ञानिकता' की संकीर्णता को छोड़कर उसे वृहत्तर सांस्कृतिक और मानवीय आयाम में रखने का साहस करें।

क्योंकि जैसे इसमें कोई सन्देह नहीं कि संस्कृति का एक ऐतिहासिक सन्दर्भ होता है जिसकी उपेक्षा नहीं हो सकती, उसी तरह यह भी सच है कि इतिहास का भी एक सांस्कृतिक सन्दर्भ है जिसकी उपेक्षा नहीं हो सकती। ऐतिहासिक सन्दर्भ खोकर संस्कृति मरुस्थल में भटकने लगती है, उसे दिशा-ज्ञान नहीं रहता। लेकिन सांस्कृतिक सन्दर्भ खोकर इतिहास तत्काल मर जाता है क्योंकि उसका संवेदन ही नष्ट हो जाता है।

राजनीतिक संस्कृति और सामाजिक संस्कृति

संस्कृति की बात करने का जमाना नहीं है। जो लोग फिर भी हठपूर्वक उसकी चर्चा करते हैं जैसे कि मैं उन्हें तुरन्त दो श्रेणियों में से किसी एक में डाल दिया जाता है (और मेरे जैसे व्यक्ति को तो दोनों ही श्रेणियों में डाल दिया जाता है)। या तो ऐसे लोग सब परम्परावादी, दकियानूसी दिमाग के हैं, या फिर किसी-न-किसी तरह के परम्परावादी संगठन से जुड़े हुए हैं। आश्चर्य की बात यह है कि इस तरह का वर्गीकरण सबसे अधिक हमारे देश में होता है उस देश में जिसमें इस तरह का आसान रास्ता अपनानेवाले लोग साथ ही अपनी संस्कृति पर गर्व करने की मुद्रा अपनाना भी आवश्यक समझते हैं। यों तो यह प्रवृत्ति भी मूलत: आसान रास्ता चुन लेने की प्रवृत्ति का ही एक पहलू है। नि:सन्देह संस्कृति की दुहाई देकर परम्परावादी भी बने रहा जा सकता है और प्रतिक्रियावादी भी बना जा सकता है, लेकिन उतना ही सच यह भी है कि संस्कृति के सवाल उठाए बिना न आधुनिक बना जा सकता है, न प्रगति की जा सकती है और न वास्तव में मनुष्य ही बने रहा जा सकता है। यह बात केवल कला या संस्कृति के क्षेत्र का सत्य नहीं है, आज यह राजनीति का भी सत्य है और विज्ञान का भी, यहाँ तक कि आधुनिक जीव विज्ञान भी इस बात को मानता है कि संस्कृति की प्रक्रिया समझे बिना जैविक स्तर के विकास की दिशा भी नहीं सँभाली जा सकती, दूसरे किसी विकास की बात तो बाद की बात है और उन इने-गिने राजनीतिज्ञों ने भी, जो रोजमर्रा व्यावहारिक राजनीति के जाल में फँसकर गहराई से राजनीति के बारे में सोचना ही भूल नहीं गए, संस्कृति को नए सिरे से राजनीति से जोड़ने का प्रयत्न किया है, क्योंकि संस्कृति भी समाज से जुड़ी है और जो राजनीति समाज से नहीं जुड़ती वह घातक रूप ले सकती है। आज संसार के अधिसंख्यक देशों में राजनीति की दिशा ऐसी है कि वह समाज विकास से कटकर शुद्ध सत्ता की व्यवस्था में लग जाती है। नि:सन्देह सत्ता के कुछ व्यवस्थापक 'जनता' का भी नाम लेते हैं और कुछ केवल 'कानून और व्यवस्था' का; लेकिन मूलत: इन दोनों में उस स्तर पर कोई भेद नहीं रहता जहाँ सत्ता के अधिकरण की बात होती है यानी जनता की चर्चा भी जनता से सत्ता पाने के सन्दर्भ में होती है, जनता को सत्ता देने के सन्दर्भ में नहीं।

संस्कृति का विचार इस नए सन्दर्भ में हो सकता है और होना भी चाहिए। क्या हम सामाजिक संस्कृति और राजनीतिक संस्कृति की अवधारणा करके दोनों के सम्बन्धों पर विचार कर सकते हैं? क्या इस व्याख्या का प्रतिपादन किया जा सकता है कि राजनीतिक संस्कृति को सामाजिक संस्कृति के अधीन और उसके द्वारा अनुशासित रहना चाहिए और यही दोनों का श्रेष्ठ सम्बन्ध होता है? क्या जब तक यह सम्बन्ध बना रहता है तब तक प्रशासनिक सत्ता समाज की सेवा में लगी रहती है और जब इसमें व्यतिक्रम हो जाता है तब सत्ता अपने को निरंकुश मानकर समाज को इस्तेमाल करने लगती है? और अगर इस अवधारणा को (विवेचन के लिए ही सही) मानकर भारत की आजादी के युग का और विशेष रूप से आज की स्थिति का अध्ययन किया जाए तो क्या कुछ उपयोगी और शिक्षाप्रद परिणाम निकल सकते हैं? क्या यहाँ भी ऐसा नहीं हुआ है और हो रहा है कि राजनीतिक संस्कृति धीरे-धीरे सामाजिक संस्कृति का अनुशासन तोड़कर निरंकुश हो गई है और आज हमारा समाज एक निर्बल (और इसलिए भ्रष्ट) समाज होकर एक अतिबल (और इसलिए भ्रष्ट) राजनीति के फेर में पड़ गया है? क्या यह सम्भव है कि सामाजिक संस्कृति और राजनीतिक संस्कृति के रिश्ते फिर सुधारे जा सकें? और क्या यह हिंसा के बिना सम्भव है? बल्कि क्या हिंसा से भी यह सम्भव है? क्या कोई भी, कैसी भी हिंसा सत्ताधिकरण से जुड़ी हुई नहीं होगी और इसलिए क्या वह अनिवार्यतया समाज के विरुद्ध निरंकुश राजनीति के पक्ष में नहीं जाएगी?

हम क्योंकि उन लोगों में से नहीं हैं जो मानते हैं कि प्रश्नों का हमारा दिया हुआ उत्तर सबको अप्रश्न भाव से स्वीकार कर लेना चाहिए, इसलिए हमें इसमें कोई दोष नहीं दीखता कि हम बहुत से प्रश्न सामने रख दें जिनका उत्तर भी हम साथ-साथ प्रस्तुत नहीं कर रहे हैं। वास्तव में इन प्रश्नों के कोई अन्तिम उत्तर हैं ही नहीं। अगर संस्कृति एक जीवन्त प्रक्रिया है तो उससे सम्बद्ध सभी प्रश्न भी लगातार अपना रूप और लय बदलते जाएँगे और इसी तरह उनके उत्तर भी सार्थक होने के लिए लगातार बदलते रहेंगे। किसी एक समय के लिए कोई सही प्रश्न उठा लेने से प्रश्नकर्ता उस गतिमान प्रक्रिया में शामिल हो जाता है जिसमें प्रश्नों और उत्तरों के गतिमान रूप के साथ वह लगातार जुड़ता रहे।

यह प्रस्ताव करना तो गलत होगा कि शासन का सम्बन्ध सत्ता की व्यवस्था के साथ न रहे। वह सम्बन्ध हमेशा रहा है (बल्कि दोनों पर्याप्त हैं); और आज सत्ता का विस्तार इतना हो गया है कि उस पर अंकुश रखने के लिए कोई-न-कोई संस्थान होना ही चाहिए और वर्तमान परिस्थिति में वही राजकीय संस्थान होगा। इसलिए प्रश्न का रूप बदल जाता है और सवाल उठता है कि उस संस्थान को निरंकुश और अनाचारी होने से रोकनेवाला कौन-सा संस्थान होगा? वही समाज है या होना चाहिए एक संस्कृत समाज, क्योंकि ऐसा ही समाज उन मूल्यों की प्रतिष्ठा कर सकता है

जिसका अनुशासन राज्य व्यवस्था पर रहना चाहिए। और न्याय—आप चाहें तो कह लीजिए सामाजिक न्याय इन मूल्यों में प्रमुख है। यह बात ध्यान में रखने की है कि न्याय की जिस व्यवस्था को काम चलाने का काम सरकार को और सरकारी अधिकरणों को सौंपा गया होता है उस न्याय की वास्तविक अवधारणा समाज की संस्कृति ही करती है। इसीलिए सरकारें 'न्याय व्यवस्था' की बात नहीं करतीं, 'कानून और व्यवस्था' की बात करती हैं। उसके कानून जिस न्याय भावना पर आधारित होते हैं उसकी अवधारणा मूलतः सामाजिक चेतना करती है विधिवेत्ता जब तब इसी न्याय भावना और उसके आधारभूत मूल्यों की व्यवस्था करते रहते हैं। ये मूल्य ही संविधानों के आधारभूत सिद्धान्त होते हैं।

इससे यह स्पष्ट हो जाएगा कि जहाँ समाज और सामाजिक संस्कृति सन्तुलन बनाए रखने का अपना काम पूरा नहीं करतीं या कर सकतीं, वहाँ शासनसत्ता निरंकुश हो जाएगी और कानून की व्यवस्था का आधार न्याय अथवा मूल्यदृष्टि न होकर केवल व्यवहार या तात्कालिक सुविधा रह जाएगी। बिहार की वर्तमान सामान्य स्थिति, वहाँ के राजनीतिक और सामाजिक जीवन की व्यापक परिस्थिति और सरकारी शह से या प्रेरणा से होनेवाली न्याय की हत्या इसका एक उदाहरण है। विचाराधीन कैदियों के साथ किए गए बर्बर और अमानुषी व्यवहार के लिए सरकार और प्रशासन को तो शर्म से डूबना ही चाहिए, लेकिन क्या यह भी सच नहीं है कि सरकार और उसके अधिकरणों को ऐसे काम करने, करवाने या होने देने की हिम्मत न हुई होती अगर समाज भी इस मामले में उदासीन न होता और कहीं-कहीं तो प्रशासन के कुकृत्यों का प्रकट या अप्रकट समर्थक भी न होता? क्योंकि समाज में कोई मूल्यदृष्टि नहीं रही, उसकी न्याय भावना सो रही है या मर गई है, इसीलिए तो ऐसे अत्याचार सम्भव हो सके और इतनी निर्लज्जता से उनका समर्थन भी हो सका। अवश्य ही कुछ अल्पसंख्यक लोगों ने इन अत्याचारों की भर्त्सना की। लेकिन इन भर्त्सना करनेवालों में भी कुछ थोड़े से ही थे जिनसे हम मूल्यों के सम्बन्ध में प्रामाणिक निर्देश की आशा करते आए हैं। इनके अलावा ऐसे भी थे जिन्होंने व्यावहारिक राजनीति के कारण अत्याचार का विरोध करना उपयोगी समझा, लेकिन फिर उससे आगे उस विरोध को व्यावहारिक रूप देने की अपराधियों को दंड देने की और भविष्य में उसकी सम्भावना रोकने की कोई जरूरत नहीं समझी।

राजनीतिक संस्कृति और सामाजिक संस्कृति के सम्बन्ध की चर्चा में यह स्पष्ट करने पर कि मूल्यदृष्टि और न्याय भावना को प्रतिष्ठा करने का काम पूरे समाज का है और उसे प्रशासनिक रूप देने का काम राजनीतिक समाज, एक सवाल जरूर सामने आता है। आपत्ति उठाई जाती है कि सामाजिक संस्कृति तो समाज में उस समय प्रभुता प्राप्त वर्गों के संवेदना का ही प्रतिबिम्ब होती है, इसलिए किसी भी समय की सामाजिक संस्कृति उस समय के प्रभुतासम्पन्न वर्गों की मूल्यदृष्टि पर आधारित होगी

और ये मूल्य स्वभावत: उसी वर्ग का उन्हीं वर्गों के हितों के पोषक होंगे। इस आपत्ति में कोई सार नहीं है, यह कहना तो बिलकुल गलत होगा; लेकिन उतना ही गलत यह भी होगा कि हम यह मान लें कि समाज में प्रतिष्ठित मूल्यों की अवधारणा का एकमात्र आधार वर्गहित होते हैं। यह मान लेना एक ओर मानव के बौद्धिक, मानसिक और आध्यात्मिक विकास को नकारना होगा; प्रबुद्ध व्यक्ति की भी वर्गहित से ऊपर उठ सकने की सम्भावना को नकारना होगा; दूसरी ओर यह सामाजिक जीवन में हिंसा की एक स्थायी प्रतिष्ठा और अनिवार्यता दे देना होगा। अगर वर्गस्वार्थ ही मूल्यों का एकमात्र आधार है तो वर्गसंघर्ष ही उसमें सुधार का एकमात्र उपाय है। हमें यह परिणाम स्वीकार्य नहीं है। वर्गचेतना भी परिवेश का एक प्रमुख और क्रियाशील तत्त्व है; लेकिन उसको क्रियाशीलता का एकमात्र रास्ता संघर्ष अथवा वर्गगत हिंसा है इसे मान लेना यही मानना है कि विकास की एकमात्र प्रेरणा सामाजिक हिंसा है।

हम सोचते हैं कि मानवीय संस्कृति जहाँ तक पहुँची है, और बार-बार पथ से भटककर भी उसने अब तक जो कुछ सीखा है, वह सब इस मान्यता के विरुद्ध पड़ता है। हिंसा अनिवार्य नहीं है। और अगर अनिवार्य नहीं है तो न्याय की अवधारणा में हमें उसी सामाजिक न्याय और उसी के आधारभूत मूल्यों को खोजना है, उन्हीं मूल्यों की प्रतिष्ठा का प्रयत्न करना है जो हिंसा पर आधारित नहीं है और जो हिंसा की अनिवार्यता को स्वयंसिद्ध मानकर नहीं चलते।

अगर आज भी हमें यह प्रयत्न करना है और हम इसे सम्भव मानते हैं कि शासनसत्ता के ऊपर सामाजिक संस्कृति का कार्यक्षम अनुशासन हो सके, तो हमें इसी चुनौती का सामना करना है। न्याय सरकारें नहीं बाँटतीं; सरकारें कानून और व्यवस्था की रक्षा करती हैं। न्याय की प्रतिष्ठा पूरा-का-पूरा समाज करता है। और अगर नहीं करता तो उसका नतीजा भोगता है। हिंसा होती है, और हिंसा की सन्तान सबसे पहले अपने जनक को खाती है। कुछ लोगों के लिए उस दृश्य की कल्पना भी सुखद हो सकती है। हमारी कल्पना को प्रेरणा देनेवाले दृश्य दूसरे हैं।

संस्कृति की चेतना

'संस्कृति' शब्द यों तो बहुत पुराना है, लेकिन जिस अर्थ में हम आधुनिक युग में उसका प्रयोग करते हैं उस अर्थ में उसका इतिहास लम्बा नहीं है। वास्तव में संस्कृति की वैसी परिकल्पना या अवधारणा का ही इतिहास बहुत लम्बा नहीं है न इस देश में, न पश्चिमी संसार में। यह भी एक रोचक बात है कि आज हिन्दी और अंग्रेजी में जो दो शब्द पर्यायवाची माने जाते हैं, दोनों के मूल में भावना एक-सी है मानव प्राणी को एक वांछित अर्थात् पहले से निर्दिष्ट आदर्श के अनुकूल रूप देने की। जैसे 'संस्कृति' मानव प्राणी को तो 'दिया हुआ' मानकर उसे मनोवांछित अर्थात् आदर्श संस्कार देना चाहता है, वैसे ही कल्चर शब्द भी मानव प्राणी को 'दिया हुआ' मानकर उसे अंकुरित होनेवाले बीज की तरह देखभाल, गोड़ाई-सिंचाई, निराई-छँटाई आदि के द्वारा मनोनुकूल पौधे के रूप में विकसित देखना चाहता है। यहाँ मैंने खेती का मुहावरा जानबूझकर अपनाया है वास्तव में लातीनी मूल का शब्द 'कल्चर' मानव संस्कृति के लिए भी उसी अर्थ में प्रयुक्त होता है जिस अर्थ में वह एग्रीकल्चर अथवा हॉर्टिकल्चर में आता है। जिन्हें शब्दों के इतिहास में रुचि है उनके लिए यह तथ्य भी मनोरंजक होगा कि बंगाल में उस युग में जिसमें 'पुनरुत्थान' पश्चिम के समक्ष एक जवाबी आन्दोलन होता था, कल्चर के लिए भी संस्कृति के बदले कृष्टि शब्द का प्रयोग होता रहा था। स्वयं रवीन्द्रनाथ ठाकुर भी कुछ समय तक इसी शब्द के प्रति आकृष्ट रहे (देखिए, 'आकृष्ट' में भी वही धातु काम कर रही है 'खींचकर किसी दिशा में प्रभावित अथवा प्रेरित करने' की क्रिया के अर्थ में)। यह 'कृष्टि' शब्द भी कृषि से उसी तरह जुड़ा था जिस तरह अंग्रेजी में कल्चर एग्रीकल्चर के साथ; नहीं तो ऐसा कर्णकटु शब्द पसन्द करने का कोई कारण नहीं था।

लेकिन अगर संस्कृति मानव प्राणी को किसी पूर्व निश्चित आदर्श के अनुरूप ढालने की प्रेरणा अथवा प्रक्रिया का नाम है, तो वह पूर्व निश्चित आदर्श आता कहाँ से है? और क्या वह वास्तव में पूर्व निर्दिष्ट है या कि स्वयं मानव के या उसकी संस्कृति के साथ विकासमान है? और अगर संस्कृति की यह परिकल्पना आधुनिक है तो क्या इससे पहले मानव को आदर्शों के अनुकूल ढालने का प्रयत्न नहीं होता था, अथवा कोई आदर्श नहीं होते थे जिनके अनुरूप उसे ढालने का प्रयत्न किया जाए?

जब आज तक भी अनेक पुराने आदर्श चरित्र हमारे सामने रखे जाते हैं और उनके इतिहासों का पुंज संस्कृति का एक प्रमुख अंग माना जाता है, तब अन्तिम प्रश्न उठाना तो स्पष्ट ही बात को विकृत करना होगा। प्रश्न से जो बात वास्तव में सूचित होनी चाहिए वह यह कि आधुनिक पूर्व युग में भी आदर्श थे, लेकिन उन्हें 'सांस्कृतिक' आदर्श नहीं कहा जाता था, क्योंकि संस्कृति की वैसी अलग (और हम कह सकते हैं कि सीमित) अवधारणा इस देश में नहीं की जाती थी। मानव चरित्र के विकास को दिशा देनेवाले आदर्शों और संकेतों को 'संस्कृति' नाम देने की आवश्यकता नहीं थी, क्योंकि वे सब 'धर्म' का ही अंग थे धर्म की जैसी व्यापक परिकल्पना यहाँ थी (और पश्चिमी शिक्षा के संस्कार में आकंठ डूबे हुए व्यक्ति को छोड़ दें तो बहुत दूर तक अभी है), वैसी अवधारणा संसार के इतिहास में अन्यत्र कहीं नहीं हुई। आधुनिक मुहावरे को अपनाते हुए, धर्म और संस्कृति के प्राचीन सम्बन्ध को बिलकुल उलटकर कहें तो धर्म की वैसी व्यापक परिभाषा संसार की किसी संस्कृति में नहीं मिलेगी।

लेकिन क्योंकि यह बात आधुनिक युग में कही जा रही है इसलिए, एक बार शब्दों के सम्बन्ध के उलट-फेर का उल्लेख कर देने के बाद, आधुनिक मुहावरे के भीतर रहना ही ठीक होगा और हम संस्कृति की ही बात करेंगे; धर्म की चर्चा जहाँ-तहाँ होगी तो संस्कृति को अनुप्राणित करनेवाली मूल भावना अथवा सृष्टिदर्शन के रूप में ही होगी। सृष्टिदर्शन और संस्कृति का कैसा अभिन्न सम्बन्ध है इसकी चर्चा भी अनन्तर होगी ही।

यहाँ तक एक बात तो स्पष्ट हो ही गई होनी चाहिए कि संस्कृति मूलत: एक मूल्यदृष्टि और उससे निर्दिष्ट होनेवाले निर्माता प्रभावों का नाम है उन सभी निर्माता प्रभावों का जो समाज को, व्यक्ति को, परिवार को, सबके आपसी सम्बन्धों को, श्रम और सम्पत्ति के विभाजन और उपयोग को, प्राणिमात्र से ही नहीं वस्तु मात्र से हमारे सम्बन्धों को, निरूपित और निर्धारित करते हैं। संस्कृतियाँ लगातार बदलती हैं क्योंकि मूल्यदृष्टि भी लगातार बदलती है, क्योंकि भौतिक परिस्थितियाँ भी लगातार बदलती हैं। लेकिन संस्कृति केवल भौतिक परिस्थिति का परिणाम नहीं है, क्योंकि वह अनिवार्यतया भौतिक जगत् और जीव जगत् के साथ मानव-जाति के सम्बन्ध पर आधारित है और वह सम्बन्ध ज्ञान के विकास और संवेदन के विस्तार के साथ-साथ बदलता है। संस्कृति उन सम्बन्धों का निरूपण भी करती है, निर्धारण भी करती है, मूल्यांकन भी करती है और उन्हीं सम्बन्धों की अभिव्यक्ति भी है; अर्थात् वह एक साथ ही उनका परिणाम भी है और उनका आधार भी। और इस कथन में कहीं कोई अन्तर्विरोध नहीं है विरोध का जो आभास होता है वह सभी प्राणवान् और विकासशील सम्बन्धों में दीखता है, क्योंकि वह दो प्रश्नों की परस्पर भेदकता का ही एक रूप है, यह गतिशील परस्पर भेदकता युग पक्ष की जीवन्तता का ही प्रतिफलन है।

आधुनिक युग में रहकर संस्कृति की चर्चा करते हुए उसे बुनियादी मानव-मूल्यों से मूल्यदृष्टियों से जोड़ देने पर एक समस्या हमारे सामने आ जाती है। यह समस्या भी उसी आधुनिक युग की देन है जिसका मुहावरा हमने अपनाया है। इस युग को हम 'वैज्ञानिक युग' कहने के आदी हो गए हैं; और विज्ञान सौ वर्ष से अधिक से अपनी 'मूल्य निरपेक्षता' का दावा करता आया है, विज्ञान क्योंकि विषयी निरपेक्ष है, वस्तु सत्य से सम्बन्ध रखता है, इसलिए मूल्य निरपेक्ष है क्योंकि मूल्य तो मानव समाज की उपज है और इसलिए सर्वदा विषय सापेक्ष और परिवर्तनशील है। इसी तर्क को आगे बढ़ाते हुए विज्ञान कहता आया है कि विज्ञान और वैज्ञानिक दृष्टि मूल्य निरपेक्ष है इसलिए वैज्ञानिक चिन्तन भी मूल्य निरपेक्ष होना चाहिए, वैज्ञानिक शिक्षा भी मूल्य निरपेक्ष होनी चाहिए। दूसरे शब्दों में मूल्य अथवा मूल्य चिन्तन से विज्ञान का कोई वास्ता नहीं है।

अर्थात् हमारी परिभाषा की संस्कृति से ही विज्ञान का कोई वास्ता नहीं है, अर्थात् विज्ञान के सन्दर्भ में संस्कृति अप्रासंगिक है भले ही इससे उत्पन्न तर्क यह निकलता हो कि तब फिर संस्कृति के सन्दर्भ में विज्ञान की कोई प्रासंगिकता नहीं है।

लेकिन क्या यह प्रतिज्ञा सच है? क्या सचमुच विज्ञान मूल्य निरपेक्ष है, या होता है, या कभी हुआ है? दो-एक दशक पहले तक पश्चिम के वैज्ञानिकों में जो एक विशेषण जोरों से प्रचलित था, वैल्यू फ्री, क्या उसमें वास्तव में कोई सार है? क्या वैज्ञानिक का अपना आग्रह, कि विज्ञान का सम्बन्ध सत्य के शोध से है, अपने आप ही इस तर्क की जड़ नहीं काट देता? क्या सत्य ही एक चरम मूल्य नहीं है? विज्ञान भी सत्य को चरम लक्ष्य और परम इष्ट मानता है और सभी धर्मों ने भी कहा है, गॉड इज ट्रुथ, 'एक सत्', 'सत्यमेव जयते', 'सत्यं वद, धर्म चर... एक आदेश:'। धर्मों ने प्राय: सत्य और धर्म में न केवल भेद नहीं किया है बल्कि अभेद का भी आग्रह किया है, धर्म ही सत्य है और सत्य ही धर्म है। क्या बात वास्तव में यह नहीं है कि विज्ञान भी मूल्य निरपेक्ष नहीं है, केवल पूर्वग्रह निरपेक्ष है और कह सकते हैं कि भाव निरपेक्ष है? विज्ञान सत्य के शोध में प्रतिज्ञा और अनुमान लेकर तो चलता है, "लेकिन यथासम्भव पूर्वग्रह लेकर नहीं, उसका प्रयत्न बराबर यह रहता है कि उसका सत्य और उसका शोध राग रंजित न हो; शोधकर्ता के अथवा उसके परिणाम में बाधक न हो। दूसरी ओर संस्कृतियाँ राग सत्य अथवा भाव सत्य को भी उतना ही महत्त्व देती हैं; उनका सम्बन्ध केवल वस्तु जगत् से नहीं बल्कि वस्तु जगत् के साथ अपने सम्बन्ध से होता है; और ये सम्बन्ध जितने भौतिक होते हैं उतने ही रागात्मक और आनुभविक, आस्तित्विक और आध्यात्मिक भी। यह तो कहा जा सकता है कि संस्कृति के सत्यों और विज्ञान के सत्यों में अन्तर होता है, लेकिन इस बात का कोई अर्थ नहीं है कि विज्ञान मूल्य निरपेक्ष होता है; यह वैसा हो ही नहीं सकता क्योंकि परिभाषा से ही वह एक विशेष प्रकार के मूल्य का शोध है। संस्कृति के लक्ष्य और

विज्ञान के लक्ष्य समान्तर हो सकते हैं, परस्पर पूरक हो सकते हैं, लेकिन विरोधी नहीं हो सकते। और यद्यपि अभी तक यह कहना ही ठीक होगा कि विज्ञान का यह मूल्य निरपेक्षता का आग्रह आधुनिक मुहावरे में शामिल है, तथापि यह स्पष्ट हो चला है कि विजय की इस परिभाषा का युग अपनी अन्तिम घड़ियाँ गिन रहा है। आज कोई भी बड़ा वैज्ञानिक विज्ञान की मूल्य निरपेक्षता का आग्रह नहीं करेगा, बल्कि जीव विज्ञान के विभिन्न क्षेत्रों के सभी वैज्ञानिक यह स्वीकार करेंगे कि आज विज्ञान के सामने मूल्यों की एक बहुत बड़ा संकट है, एक बहुत बड़ी चुनौती है जिसका सामना विज्ञान एक सफल मूल्यदृष्टि और एक अध्यात्मविज्ञान अपनाए बिना कर ही नहीं सकता। जब तक वैज्ञानिक के सामने यह सम्भावना नहीं थी कि वह सचमुच मूल्य निरपेक्ष मानव समाज का निर्माण कर सकता है, जीवनकोश को ही प्रभावित करके प्राणिमात्र के विकास को मूल्य निरपेक्षता की दिशा में ठेल दे सकता है, तभी तक वह मूल्य निरपेक्ष और 'वैल्यू फ्री' उद्यम का दावा कर सकता था! आज यह सम्भावना उसके सामने है और वह सहम गया है। और वह सहमना उचित है, एक मूल्यदृष्टि का परिणाम है और मूल्यों की चुनौती है। जिस जिम्मेदारी का द्वार वैज्ञानिक के सामने खुल गया है उसके लिए वह तैयार नहीं है और उसे अपनाना नहीं चाहता। बल्कि उसके स्वीकार को वह गलत भी समझता है। क्यों और कैसे गलत समझता है? क्योंकि उसके पास एक मूल्यदृष्टि है। अगर विज्ञान मूल्य निरपेक्ष है तो यह मूल्यदृष्टि उसे कहाँ से मिली है? अगर संस्कृति से, तो विज्ञान अपनी मूल्य निरपेक्षता के बावजूद संस्कृति के घेरे में आ जाता है; और अगर स्वयं विज्ञान से तो फिर उसके मूल्य निरपेक्षता के दावे का क्या होता है? वास्तव में यही कहना आज सही होगा कि सारे संसार में बड़े वैज्ञानिक आज फिर एक नैतिक चुनौती की देहरी पर खड़े हैं, नैतिक चुनौती अर्थात् मूल्यदृष्टि की चुनौती। यह मानना सही नहीं है कि मूल्यदृष्टि केवल संस्कृति की देन होती है अथवा केवल विज्ञान की उपज होती है। लेकिन विज्ञान कभी मूल्य निरपेक्ष नहीं हो सकता और संस्कृति भी कभी उन सत्यों के प्रति एकान्त उदासीन नहीं हो सकती जिनका आधार भौतिक जगत् है; यद्यपि उसका एक प्रमुख आग्रह उन सत्यों के प्रति बना रहेगा जो मानव के आभ्यन्तर जगत् से, उसकी कामना और आकांक्षा से, उसके सुख-दुखों से, उसके सामाजिक परिवेश से और परिवेश के बन्धनों से अपेक्षया मुक्त होने अथवा रहने की उसकी सहज प्रवृत्ति से सम्बन्ध रखते हैं। विज्ञान सदा भावग्रहों और रागबन्धों से मुक्त होना चाहता है। संस्कृति मुख्यतया अपने को रागबन्धों से जोड़ती है। लेकिन यह भेद दोनों की समान्तर यात्रा का ही निरूपण करता है; विरोधी लक्ष्यों का नहीं।

आधुनिक मुहावरे के भीतर भी संस्कृति की एक से अधिक परिभाषाएँ प्रचलित हैं। समाजविज्ञानियों में भी संस्कृति की परिभाषा के बारे में मतैक्य नहीं है। एक परिभाषा वह है जो जन्म से लेकर मृत्यु तक मानव के समग्र कर्म और उसके तन-

मन पर असर डालनेवाले सब प्रभावों को संस्कृति के अधीन ले जाती है; अर्थात् जैविक या आनुवंशिक दाय के अतिरिक्त जो कुछ मानव प्राणी ग्रहण करता है वह सब-का-सब उसका संस्कार है और इसलिए उसे संस्कृति कहा जाना चाहिए; शिक्षा और परिवेश से मिलता है, जो स्वयं मानव समाज के कर्म के अधीन है, इसलिए उस सबको संस्कृति ही मानना चाहिए। एक-दूसरी परिभाषा इतनी व्याप्ति से बचती हुई मानव के समग्र उद्यम को नहीं बल्कि केवल उसे निरूपित, निर्धारित और प्रेरित करनेवाले मूल्यों के समूह को और समाज की मूल्यदृष्टि को संस्कृति की अभिधा देना चाहती है। एक तीसरी परिभाषा इस दृष्टि का खंडन न करते हुए भी अपने को केवल उन मूल्यों तक सीमित रखना चाहती है जिनका सम्बन्ध समाज के सौन्दर्यबोध से है। अपने समर्थन में वह यह भी कह सकती है कि संस्कृति का सम्बन्ध क्योंकि पारम्परिक 'तीसरे पुरुषार्थ' से है, इसलिए धर्म लाभ और अर्थ लाभ से सम्बद्ध 'उचित' और 'अनुचित' का विचार उससे अलग करना चाहिए; संस्कृति को नैतिक प्रश्नों से जोड़कर मुख्यतया उन्हीं बातों की ओर ध्यान देना चाहिए जो आनन्द, तृप्ति और मनोरंजन से सम्बन्ध रखती हैं। आज हमारे समाज में कल्चरल एक्टिविटी अथवा कल्चरल प्रोग्राम के नाम पर जो नृत्य, संगीत, चित्रकला प्रदर्शनी अथवा हास्य कवि-सम्मेलन ही होते हैं उनके मूल में संस्कृति की यही परिभाषा होती है। निःसन्देह ऐसे कार्यक्रमों के संयोजकों के सामने यह बात रखी जाए तो उनमें से बहुत से चौंकेंगे, ऐसी संकीर्ण दृष्टि के आरोप का प्रत्याख्यान करेंगे। बहस होने पर कदाचित् वे संस्कृति की कोई अधिक व्यापक परिभाषा भी प्रस्तुत करना चाहेंगे। लेकिन यह तो हमारे समाज की साधारण बात है। तर्क-वितर्क के समय हम जो कहते हैं वह हम मानते नहीं है; और जिन अनकही मान्यताओं के आधार पर काम करते हैं, वे अलग-अलग होती हैं (उदाहरण के लिए, ऐसे ही कितने लोग होंगे जो आज के इस व्याख्यान को ही एक 'सांस्कृतिक आयोजन' मानेंगे!)

संस्कृति की एक चौथी परिभाषा भी है जो अपने को केवल उत्पादन के उपकरण पर आधारित करना चाहती है। यों तो यह सबसे पहली परिभाषा के साथ जुड़ जाती है क्योंकि औजारों का विकास भी बहुत दूर तक समाज की शिक्षा पद्धति को, परिवेश को, श्रम-सम्बन्धों को और इसलिए उद्यम के दौरान होनेवाले प्रभावों को निर्धारित करता है। लेकिन जिन्हें यह परिभाषा मान्य है वे दूसरे प्रभावों को और परिवेश के उस अंग को जिसे 'परम्परा' अथवा जातीय विश्वास कहा जा सकता है, अस्वीकार करते हैं और केवल औजारों के ऐतिहासिक विकास तक ही अपने को सीमित रखना चाहते हैं।

लेकिन यहाँ हमारे प्रयोजन के लिए यह आवश्यक नहीं है कि हम उनमें से कोई भी एक परिभाषा चुन लें अथवा इन सबसे अलग हटकर अपनी कोई परिभाषा प्रस्तुत करके उससे आगे बढ़ें। जहाँ तक संस्कृति की चेतना का प्रश्न है,

ये परिभाषाएँ काम की हैं और हम चाहे जिस एक के अथवा सभी के सहारे आगे बढ़ सकते हैं। संस्कृति के अर्थ, उसके प्रभाव और उसके प्रति अपने समकालीन उत्तरदायित्व, अपने योगदान की सम्भावना के प्रति अगर हम सजग हैं, तो किसी भी एक परिभाषा से आरम्भ करने पर भी हम मानव के समग्र कर्मों की ओर जाने को बाध्य हो जाएँगे। अवश्य ही हर संस्कार का सम्बन्ध चेतना के भी संस्कार से है तो स्पष्ट है कि हमारे संवेदनों के क्षेत्र का जितना विस्तार होगा, हमारी संस्कृति भी उतनी ही सम्पन्नतर, व्यापकतर और अधिक ग्रहणशील होगी; और इस प्रकार हमारी मूल्यदृष्टि भी अपने क्षेत्र का विस्तार करने और अपने को विशदतर बनाने की ओर उन्मुख होगी। और हमारा आनन्दबोध भी एक तरफ व्यापकतर चेतना अपनाना सीखेगा, दूसरी तरफ अपने संवेगों को ज्यादा बारीकी से देखना होगा, अधिक महीन छलनी से छानना सीखेगा।

यह भी ध्यान में रखना चाहिए कि संस्कृति की कोई भी परिभाषा हम अपनाएँ संस्कृति की वर्तमान अवस्था की अपेक्षा हम नहीं कर सकते। बल्कि यों भी कह सकते हैं कि हमारा आरम्भ बिन्दु तो हमेशा हमारा वर्तमान क्षण ही होगा; वहीं पर खड़े होकर हम उसके अतीत का परिदृश्य और उसके भावी विस्तार की सम्भावनाएँ रखेंगे। इस बात को ध्यान में रखते हुए यह भी लक्ष्य किया जा सकता है कि अलग-अलग संस्कृतियाँ भी, और विभिन्न युगों में कोई एक संस्कृति भी, गोचर अनुभूतियों को बहुत अधिक (अथवा बहुत कम) महत्त्व दे सकती है, संवेदन के विचार को केवल ऐन्द्रिय संवेदन तक सीमित रख सकती है। प्राचीन श्रमण संस्कृति एक छोर का उदाहरण है जिसमें ऐन्द्रिय संवेदन को यथासम्भव नकारने का प्रयत्न किया गया था। दूसरी ओर जापान का उत्तर मध्यकालीन सौन्दर्यवाद अठारहवीं-उन्नीसवीं शती के यूरोप का एस्थेटिसिज्म ऐन्द्रिय संवेदन को चरम महत्त्व देते हुए नैतिक विचारों को पूरी तरह नकारने का यत्न करता रहा। संस्कृति के कुछ समाजशास्त्रीय चिन्तक ऐसे भी हैं जो मानते हैं कि विभिन्न संस्कृतियों में ही नहीं, प्रत्येक संस्कृति के भीतर भी ऐसे विवर्तन होते रहते हैं'; एक समय नैतिक मूल्यों को चरम महत्त्व दिया जाता है तो दूसरे समय ऐन्द्रिय भोग को। ऐसे चिन्तकों के मत से पश्चिमी सभ्यता इस समय ऐन्द्रियवाद के युग से गुजर रही है। हम नहीं जानते कि यह बात कहाँ तक सही है; भारतीय समाज की वर्तमान प्रवृत्ति को देखें तो लगेगा कि पश्चिमी संस्कृति जो कुछ भी कर रही हो, जिधर भी जा रही हो, हम उसी दिशा में उससे दो कदम बढ़ जाने पर भी उतारू हैं! लेकिन यह एक छोटा-सा प्रसंगान्तर है जिसका उल्लेख मात्र तो उपयोगी है पर जिसे और आगे बढ़ाना आवश्यक नहीं है। इतना प्रसंगान्तर भी इस बात का उल्लेख करने के लिए आवश्यक हो जाता है कि ऐसी स्थिति में विज्ञान और संस्कृति के परस्पर प्रभाव की अथवा कह लीजिए 'वैज्ञानिक संस्कृति' की बात भी सामने आ जाती है।

विज्ञान की दो प्रमुख धाराएँ लक्षित होती हैं। दोनों में विकास के जिस रूप अथवा जिन पहलुओं पर बल दिया गया है उनमें मानव मन अथवा मानव चेतना के मामले में एक विचित्र उदासीनता है। एक तरफ जैविक विकास का सिद्धान्त है जो जड़ से चेतन और फिर चेतन से अनेक जीव-जातियों और इस प्रकार जातियों के अविराम विकास को मानता है और इसी क्रम में चेतना के विकास को भी रखता है। लेकिन इस प्रश्न को बिलकुल अप्रासंगिक समझ लेता है कि यह सारा विकास किसलिए? किस ओर? किस प्रेरणा से? अर्थात् यह मान लेता है कि चेतना के विकास में भी कोई चेतना काम नहीं कर रही थी—विकास की अनिवार्य और अनवरत प्रवृत्ति तो है लेकिन वह अहेतुक और मनश्चेतना रहित ही है।

दूसरी धारा आर्थिक विकास की प्रवृत्ति पर बल देती हुई आर्थिक शक्तियों और बाह्य जगत् का अस्तित्व स्वीकार करती है और आभ्यन्तर संसार को बिलकुल अमान्य कर देती है। उसके लिए यथार्थ वही है जो बाहर है। इस प्रकार यह अवधारणा भी मनश्चेतना को अमान्य कर देती है अथवा केवल एक गौण अथवा उपपन्न चीज मानती है। लेकिन आज हमारा सारा ज्ञान, सारा अनुभव और संवेदन इन अवधारणाओं के विरुद्ध विद्रोह करता है। हम कह आए हैं कि आज का श्रेष्ठ वैज्ञानिक भी ऐसी भंगिमा अपनाते संकोच करेगा बल्कि वह कदाचित् यह स्वीकार कर लेगा कि विज्ञान केवल यथार्थ के अंशों को लेकर उनके भीतर कार्यकारणत्व की परम्पराएँ स्थापित करने का उपक्रम करता है, यह समग्र का कोई ढाँचा या उसका हेतु नहीं प्रस्तुत करता, न वैसा कोई दावा करता है। और वैज्ञानिक की बात छोड़कर साधारण व्यक्ति तक भी आएँ तो कह सकते हैं कि प्रत्येक संवेदनशील मानव प्राणी जानता है कि यथार्थ जगत् केवल बाहर का जगत् नहीं है, भीतर भी एक जगत् है जो यथार्थ है। फलत: अगर संस्कृति की सौन्दर्यवादी परिभाषा से भी हम आरम्भ करेंगे तो भी हम ऐन्द्रिय संवेदनों तक सीमित नहीं रह सकेंगे, एक आभ्यन्तर जगत में प्रवेश करेंगे। और वहाँ प्रवेश करने पर हमें मूल्यों की समस्या का भी सामना करना पड़ेगा। आभ्यन्तर जगत् अनिवार्यतया मूल्यों का भी जगत् है, केवल वासनाओं का नहीं।

तो हम चाहे किसी परिभाषा से आरम्भ करें, हमें इस परिणाम पर पहुँचना पड़ता है कि संस्कृति अथवा हमारे संस्कार मात्र हमारे समाज में एक नियामक सत्ता का प्रभाव रखते हैं। 'अमुक काम ऐसा करना चाहिए क्योंकि उसे ऐसे करना ही ठीक है', इसमें यह 'चाहिए' अथवा 'ठीक' का बोध क्या है? यों तो जहाँ भी 'चाहिए' है, वहाँ एक नैतिक कसौटी है : लेकिन उस कसौटी की नैतिकता को हम इतने भर से सिद्ध न भी मानें तो भी इसमें तो सन्देह नहीं रहता कि कोई-न-कोई मूल्य वहाँ पर काम कर रहा है : मूल्य ही तो कसौटी है जिसके आधार पर हम औचित्य का विधान करते हैं।

और चेतना का सन्दर्भ यही है। इस स्तर पर इससे भी फर्क नहीं पड़ता कि आप संस्कृति की परिभाषा कितनी व्यापक अथवा संकुचित रखते हैं, क्योंकि उसकी

परिभाषा के अनुकूल ही चेतना का क्षेत्र विस्तार भी निर्धारित हो जाता है, क्षेत्र-विस्तार ही निर्धारित होता है, चेतना की बात नहीं बदलती। वास्तव में ऐसी स्थितियाँ जो आत्मचेतन नहीं हैं, सांस्कृतिक स्थितियाँ तो हो सकती हैं, लेकिन वह अपने आप में संस्कृति नहीं है। अच्छा संस्कार सिद्ध तभी होता है जब वह इतना गहरा और सहज हो जाए कि हमारा ध्यान इस बात की ओर न जाए कि हमारा कर्म संस्कारी कर्म है, उसकी हमें दीक्षा मिली है। लेकिन कर्म की यह सहजता संस्कृति की अचेतना नहीं है; केवल उसकी नियामक सत्ता की लक्ष्य सिद्धि का प्रमाण है। सारी अच्छी शिक्षा का लक्ष्य यही होता है कि हम सही कर्म के दौरान यह न सोचें कि "हम यह कर्म इसलिए कर रहे हैं कि हमें ऐसा करना सिखाया गया है।" इसी तरह संस्कृति का यह लक्ष्य है कि संस्कारी जीवन जीते हुए हमें अपने को यह याद दिलाने की जरूरत न पड़े कि ऐसा हम इसलिए कर रहे हैं कि हमारी संस्कृति में यही विधेय है। कर्म की सहजता ही धनुर्धर अर्जुन की लक्ष्यवेधवाली चिड़िया की आँख है : बाकी सब चिड़िया है।

संस्कृति की चर्चा सैद्धान्तिक आधार पर भी होती है तो भी उसमें कहीं-न-कहीं अपने देश की संस्कृति का वैचारिक सन्दर्भ निहित रहता है। इस देश की संस्कृति सम्बन्धी विमर्श में भी भारतीय संस्कृति की परिकल्पना निहित रहती है। लेकिन हम भारतीय संस्कृति और भारतीयता का चिन्तन केवल निहित नहीं रखना चाहते हैं; सैद्धान्तिक चर्चा भी केवल भारतीय संवेदन और भारतीयता पर आधारित संस्कृति की चर्चा के लिए है, उसी की भूमिका है।

यह तो हमने पहले कहा कि हमारी संस्कृति मूलतः एक धार्मिक संस्कृति रही है और अब भी है। धार्मिक आधार का उल्लेख करते समय हर धर्म की परिभाषा का भी विचार कर सकते हैं, लेकिन उस सम्बन्ध में केवल इतना ही ध्यान में रखना काफी है कि भारतीय परिभाषा में धर्म वह नहीं है जो पश्चिम एशिया अथवा यूरोप में समझा जाता है, अर्थात् उसकी जड़ किसी अनिवार्य मत-विश्वास में नहीं है जिससे इधर-उधर हटना हैरेसी अथवा कुफ्र हो जाता है। मत-विश्वास एकान्ततः व्यक्तिगत चीज मानी गई है और जीवनदृष्टि तथा तदनुकूल आचरण पर बल दिया गया है। बल्कि इसीलिए कभी-कभी यह भी कहा जाता है कि भारतीय समाज एक धर्मरहित किन्तु अत्यन्त धार्मिक समाज है, ए रिलिजियस सोसाइटी विदाउट ए रिलिजन।

धर्म की इस विलक्षण और अद्वितीय परिभाषा को हम भारतीय परम्परा और दृष्टि की एक विशेषता मानते हैं। हम यह भी मानते हैं कि संसार के इतिहास में लगातार जो अत्याचार होते रहे और हो रहे हैं वे काफी कम हुए होते यदि धर्म की यह परिकल्पना अधिक व्यापक रूप से अपनाई गई होती। हम यह भी मानते हैं कि आज भी इसकी प्रासंगिकता है। वर्तमान हिन्दू समाज के भीतरी दोषों और उसकी परिपाटियों की अनदेखी किए बिना भी हम इस परिकल्पना की उदात्तता पर बल दे सकते हैं।

लेकिन समाज के धार्मिक होने पर भी जब हम संस्कृति की बात करते हैं तो उसे देशीयता से अलग नहीं कर सकते, इसके बावजूद कि संस्कृति का आधार धर्म है। यह इसीलिए कि इस सन्दर्भ में धर्म पूरे समाज के कर्म मात्र को धारण करनेवाला नियम है। और यहाँ पर संस्कृति की वर्तमान दुरवस्था हमारे सामने आ जाती है। यह संस्कृति एक ढंग की 'धार्मिकता' तो आज भी लिये हुए है, लेकिन उसकी 'देशीयता' आज भारतीयता नहीं है; वह विखंडित होकर जातीय और प्रादेशिक कहीं अधिक होती है, बल्कि जातीय भी उस शब्द के सबसे घटिया अर्थ में, यानी जात-पाँत पर आधारित। आज न भारतीय समाज की चर्चा बिना उद्वेग और शंका के हो सकती है, न भारतीय संस्कृति की, ऐसी चर्चा उठते ही तुरन्त स्वयं अपने मन का चोर सामने आ जाता है। कभी-कभी तो ऐसा भी लगता है कि आज की परिस्थिति में वास्तव में भारतीयता की भावना विदेश जाने पर ही जागती है, उन्हीं लोगों में जगी है जो विदेश हो आए हैं या विदेश में रहे हैं, उन्हीं लोगों के द्वारा चर्चित हुई है और होती रही है जो लम्बे अरसे तक प्रवासी रहे हैं और जिन्हें बार-बार अस्मिता की चुनौती का सामना करना पड़ा है, ऐसी चुनौती जिसका सम्बन्ध धर्म विश्वास से नहीं बल्कि संस्कृति से है, उन संस्कारों के समूह से जो हमारे सारे कर्म व्यापार और हमारे चिन्तन को निरूपित करते हैं। कह सकते हैं कि भारतीय भाषाओं के सम्बन्ध में भी अस्मिता के आग्रह वास्तव में विदेशी चुनौती के सामने ही प्रकट होते हैं। निःसन्देह भारतेन्दु हरिश्चन्द्र के लिए विदेश यात्रा की नहीं, केवल विदेशी भाषा की युनौती ही काफी रही थी, निज भाषा उन्नति अहे सब उन्नति को मूल। लेकिन जिस हद तक यह चुनौती सीमित थी उसी हद तक सांस्कृतिक अस्मिता के सम्बन्ध में भारतेन्दु की सजगता भी सीमित रही, वह चुनौती उनके सामने आई ही नहीं जो एक दूसरे प्रकार की जागरूकता की अपेक्षा रखती। राष्ट्रीय अस्मिताबोध के साथ भाषा का यह अभिन्न सम्बन्ध हम माइकेल मधुसूदन दत्त के समय से ही देखते आए हैं : माइकेल मधुसूदन दत्त उस व्यापक चुनौती का सबसे अधिक शिक्षाप्रद उदाहरण है जो एक नया सांस्कृतिक धरातल देती है, जिससे नई दृष्टि पुरानी के साथ नए सार्थक सम्बन्ध में जुड़ती है। क्योंकि मधुसूदन दत्त तो उन्नीसवीं शती के उन सम्पन्न और प्रतिभाशाली लोगों में से थे जिन्होंने केवल अंग्रेजी भाषा की शिक्षा पाना नहीं, संवेदन की जड़ों तक अंग्रेज हो जाना चाहा था और जिन्होंने फिर गहरी चोट खाकर पहचाना था कि यह प्रयत्न एक व्यर्थ और आत्मघातक प्रयत्न है।

लेकिन इस सन्दर्भ में केवल असाधारण व्यक्तियों के उदाहरण देना शायद सही नहीं है। क्योंकि जोर देने की बात यह है कि संस्कृति केवल आभिजात्य अथवा उच्च वर्ग के सरोकार की बात नहीं है बल्कि पूरे समाज को अपने में समोती है। इसलिए एक छोटा-सा उदाहरण दूसरे छोर पर से देता हूँ, उस वर्ग से जिसे आज के मुहावरे में 'आम आदमी' कहा जाता है। बचपन में जब मैं लखनऊ में था तब हमारे घर के

साथवाले घर में एक और परिवार रहता था जिसके गृहपति किसी दफ्तर में 'बाबू' अर्थात् क्लर्क थे। गर्मियों के दिनों में जब हम लोग अपनी-अपनी छत पर सोने जाते थे तब बीच की दीवार के आर-पार की बात आसानी से सुनी जा सकती थी, खास कर जब लोग उतना ऊँचा बोलें जितना आम आदमी बोलता है। हमें प्राय: ही सुनने को मिलता था, पड़ोसी गृहपति शाम को भोजन के बाद छत पर आकर अपनी तीन-चार वर्ष की लड़की से पूछते थे, "मुन्नी, हम कौन होते हैं?" और जवाब में जब सम्बोधित 'मुन्नी' केवल खिलखिलाकर हँसती थी तो उसे समझाते हुए कहते थे, "मुन्नी, तू कह, हम अरोड़े होते हैं।" यानी पड़ोसी मिस्टर अरोड़ा का सारा जोर इस बात पर था कि उनकी मुन्नी अपनी विनोद भरी उदासीनता छोड़कर अपनी अरोड़ा अस्मिता पहचाने और पूरी तरह ओढ़े। इसके अलावा किसी तरह की सांस्कृतिक चेतना अरोड़ा साहब ने अपनी मुन्नी के मन में जगाने की कोशिश की हो, हमने नहीं सुना। अरोड़ा साहब पंजाबी थे और मुन्नी से उनका संवाद पंजाबी में ही होता था, उनके शब्द आज भी अक्षरश: याद हैं और जब कभी याद आते हैं तो उस विनोद की लहर ताजा हो जाती है जिसका अनुभव हम सभी भाई-बहन तब भी करते थे। लेकिन जानता हूँ कि जो और जैसी शिक्षा पड़ोसी अरोड़ा साहब अपनी लड़की को दे रहे थे वह हँसी की चीज नहीं थी और न है : कह सकते हैं कि हमारे आज के समाज का ही नहीं, हमारी राजनीति और हमारी अर्थव्यवस्था का भी संकट इसी बात पर आधारित है कि कोई भी मुन्नी को 'हम कौन होते हैं' का जवाब यह नहीं सिखाता कि 'हम इनसान होते हैं' या कि 'हम भारतीय होते हैं'; यही सिखाता है कि 'तू कह, हम अरोड़े होते हैं', या 'हम ठाकुर होते हैं, हम यादव होते हैं, हम जाट होते हैं, ब्राह्मण होते हैं, कायस्थ होते हैं, अग्रवाल होते हैं, कुछ भी होते हैं, केवल भारतीय नहीं होते और अकसर इनसान भी नहीं होते जैसा कि आज लगभग रोज अखबारों में हिंसा और बलात्कार के समाचारों से परिणाम निकाला जा सकता है।

लेकिन यह 'भारतीय होना' है क्या? क्या चीज, या कौन-सी बातें, या संवेदन के कौन से संस्कार हैं जो एक संस्कारवान भारतीय को तुलनीय दूसरे बड़े देश के संस्कारी व्यक्ति से अलग करेंगे और पहचनवा सकेंगे? नि:सन्देह प्रश्न को इस रूप में रखने पर हम फिर बुनियादी मूल्य दृष्टि की ओर लौटेंगे : मानवीय संवेदन के घेरे के भीतर उन विशेष संस्कारों पर बल देते हुए जो भारतीय मूल्यदृष्टि का परिणाम है, उसी मूल्यदृष्टि के, जिस पर बल दिया गया और जिसकी छाप भारतीय समाज के हर सदस्य के सामाजिक व्यक्तित्व पर डालने की कोशिश परम्परा से होती रही। ये भारतीय मूल्य कहाँ पर दूसरी बड़ी संस्कृतियों के आधारभूत मूल्यों से भिन्न हैं? क्या वे बुनियादी तौर पर भिन्न हैं या केवल आग्रहों का और वरीयताओं का भेद है? क्या ऐतिहासिक परिस्थितियाँ भी वास्तविक भेद अथवा भेद के आभास का कारण रही हैं, अर्थात् क्या ऐसा नहीं है कि भारतीय संस्कृति आज भी कुछ चीजों को बुनियादी

मूल्य का पद देती हैं जिन्हें, उदाहरण के लिए, मसीही सभ्यता भी मध्यकाल तक उतना ही महत्त्व देती थी लेकन अब नहीं देती, जैसे तप और शरीर पीड़न? नि:सन्देह ऐतिहासिक परीक्षण के दौरान इस तरह की बातें सामने आएँगी, लेकिन यह भी तो सांस्कृतिक दृष्टि का ही परिणाम होता है कि कोई मूल्य किसी युग में अधिक महत्त्व पाते हैं और किसी दूसरे युग में कम। परिवेश या ऐतिहासिक परिस्थितियों का योग होता है; लेकिन यह तो कोई नहीं कहता कि संस्कृति का परिवेश अथवा ऐतिहासिक स्थितियों से कोई सम्बन्ध नहीं है।

मूल्यदृष्टियों पर बार-बार इतना बल देने का एक कारण यह भी है कि कदाचित् किसी दूसरी संस्कृति ने सजग और चेतन रूप में इस बात पर इतना बल नहीं दिया कि सृष्टि मात्र में एक समग्रता लक्षित होनी चाहिए और संस्कृति को अनवरत रूप से उस समग्रता की ओर उन्मुख होना चाहिए। सभी कुछ धर्मशासित है, इसीलिए सभी कुछ में एक सांस्कृतिक चेतना क्रियाशील होनी चाहिए; और क्योंकि भारतीय दृष्टि में लगातार इस बात पर बल रहा है इसलिए यहाँ हमेशा यह भी सम्भव रहा है कि आप उस समग्रता की खोज में चाहे जिस छोर से अपनी यात्रा का आरम्भ कर सकते हैं, केन्द्र से परिधि की ओर बढ़ते या परिधि से केन्द्र की ओर जाते हुए। अन्य संस्कृतियों में ऐसी यात्रा में सम्बन्ध-सूत्र जगह-जगह टूटा हुआ दीखेगा तो यह टूटन आसानी से स्वीकार्य भी समझी जाएगी क्योंकि संस्कारी जीवन को, संस्कृति सामाजिक आचरण को, निरूपित करने वाली दूसरी युगीन अथवा परिवेशगत शक्तियों को भी महत्त्व दिया जाएगा और यह जरूरी नहीं समझा जाएगा कि सबको एक समग्र मूल्यदृष्टि के अधीन ला सकना चाहिए। पश्चिम में साधारण शिष्टाचार और लोकव्यवहार को संस्कृति से जोड़ने का प्रयत्न लोगों को प्राय: कुछ अटपटा लगेगा और चौंकाएगा, या अनावश्यक किताबीपन लगेगा। भारत में अब भी ऐसा नहीं होगा, भले ही सांस्कृतिक मूल्यों की अवधारणा में और प्रचलित लोकव्यवहार में कोई सम्बन्ध न दीखे। प्रकट सम्बन्ध न होने पर भी माना यही जाएगा कि लोकव्यवहार और शिष्टाचार सब हैं संस्कृति के अंग ही। कहा जा सकता है कि यह तो केवल पाखंड है और पाखंड को निबाहते चलने का सामर्थ्य या सहनशीलता हमारे समाज में अपेक्षया अधिक हैं। और यह आपत्ति एक हद तक उचित भी होगी। हर समाज में पाखंड की भी कुछ निर्धारित सीमाएँ होती हैं और माना जाता है कि सच और झूठ के बीच लोकाचार का एक धुँधला क्षेत्र भी होता है जिसमें कुछ मिथ्याचरण प्रीतिकर होने के कारण सम्मत होता है।

लेकिन हम आचरण के ऐसे 'समयो' की विस्तृत चर्चा में न जाकर मुख्य विषय पर ही रहें।

भारतीय चिन्तनधारा में समग्रता की खोज की बात मान लें तो संस्कृति की चेतना की अपनी पड़ताल में परिधि से केन्द्र की ओर यात्रा करते हुए हम बहुत से

बाहरी लक्षणों की पड़ताल कर सकते हैं जिनसे हमें भीतरी स्थिति का निदान करने में सहायता मिलेगी। इनमें कदाचित् समकालीन भारतीय गृह जीवन की ओर ध्यान देना ही सबसे अधिक फलप्रद होगा। उसमें भी हम पहले स्थूल वस्तुओं की ओर ध्यान दे सकते हैं और फिर उनसे अपने सम्बन्धों पर और अपने व्यवहार पर। कदाचित् स्थापत्य का प्रश्न सबसे पहले उठना चाहिए।

क्या आज भारतीय स्थापत्य नाम की कोई चीज है? प्रश्न उठते ही बहुत से लोगों का ध्यान प्राचीन मन्दिरों, महलों और दुर्गों की ओर जाएगा। लेकिन प्रश्न यह नहीं है कि भारतीय स्थापत्य कोई था या नहीं था, प्रश्न यह है कि भारतीय स्थापत्य है कि नहीं है। और यह भी ध्यान में रखने की जरूरत है कि संस्कृति और स्थापत्य के विचार मन्दिरों, महलों और दुर्गों तक सीमित रखने का कोई कारण नहीं है। जिन घरों में देश के करोड़ों जन रहते हैं उनका स्थापत्य भी संस्कृति में अपना महत्त्व रखता है। जो लोग प्राचीन मन्दिरों और महलों की ओर हमारा ध्यान दिलाएँगे, क्या वे यह भी हमें बता सकेंगे कि जिस युग के ये मन्दिर और महल हैं उस युग में साधारण जन कैसे घरों में रहते थे? कैसे उठते-बैठते थे? क्या कहीं ऐसे घरों के अवशेष भी देखने को मिलेंगे? कहा जा सकता है कि केवल विशालतर सार्वजनिक इमारतें ही सुरक्षित रह सकती थीं और घर जैसी सामग्री से बनते थे वह अधिक टिकनेवाली नहीं होती थी। लेकिन सच्चाई यह है कि हम उन्नीसवीं शती के भी भारतीय जीवन के बारे में लगभग कुछ नहीं जानते, जो थोड़ा-बहुत जानते थे वह भी बड़ी तेजी से भूल रहे हैं। एक तरफ किसान और निर्धन आदिवासी का झोंपड़ा दो हजार वर्ष में जरा-सा भी नहीं बदला है; दूसरी ओर मध्य वित्त के और साधारण नागरिक के बारे में हमारी जानकारी के आधार सर्वथा लुप्त हो गए हैं, यहाँ तक कि हम यह भी नहीं जानते या देख सकते कि सत्रहवीं-अठारहवीं शती का धनी भारतीय भी कैसे रहता था। इस सम्बन्ध में प्रश्न पूछने पर हमें या तो संस्कृत काव्य और नाटक के वर्णनों की शरण लेनी पड़ेगी, या फिर फारसी इतिहासकारों के वृत्तान्तों की जिन्हें हम भारतीय जीवन का प्रतिनिधिक चित्र तो नहीं कह सकेंगे। और तो और, संग्रहालयों तक में हमें समाज जीवन के आनुक्रमिक ढाँचे देखने को नहीं मिलेंगे। जहाँ-तहाँ सत्रहवीं-अठारहवीं शती की जो इक्का-दुक्का हवेलियाँ बची भी थीं वे भी हमारे देखते-देखते नष्ट हो रही हैं या तोड़-फोड़कर पर्यटकों के हाथ बेच दी जा रही हैं। यह तो मान लिया जा सकता है कि यांत्रिक औद्योगिकी के विकास ने स्थापत्य की सारी पद्धतियाँ बदल दी हैं और नए इमारती सामान के कारण स्थापत्य शास्त्र में भी परिवर्तन आया है। लेकिन कोई भी प्राणवान संस्कृति नए उपकरणों को अपनी प्रतिभा से अपने अनुकूल ढालती है, अपनी नई शैलियों का विकास करती है। क्या भारत में ऐसा हुआ है? क्या एक भी बड़ी सार्वजनिक इमारत स्वाधीन भारत में ऐसी बनी हैं जिसे हम आधुनिक भारतीय स्थापत्य का नमूना मान सकें? क्या यही मानना ईमानदारी की बात नहीं होगी कि

जितनी बड़ी इमारतें बनी हैं सब में विदेश की नकल की गई है, केवल विदेशी निर्माण पद्धतियों को ही नहीं अपनाया गया है, बल्कि अकसर तो कोई-न-कोई विदेशी इमारत ध्यान में रखकर उसकी नकल की गई है क्योंकि ऐसी नकल में दिमागी मेहनत और भी कम करनी पड़ती है। और यह तो बड़ी सार्वजनिक इमारतों की बात है; साधारण घरों पर विचार करें तो स्थिति का और भी दुखद चित्र सामने आएगा। वहाँ तो केवल नकल नहीं, नकल की भी नकल है; और उसके साथ यह भी प्रयत्न है कि साधारण भारतवासी रहने-सहने, उठने-बैठने का अपना परिचित ढंग भी छोड़ दें और इन नकल की नकल इमारतों के अनुरूप अपने को बनाने का प्रयत्न कर सकें। और यह प्रक्रिया यहीं पर समाप्त भी नहीं हो जाती : नकल की नकल घर में रहनेवाले नकल की नकल साहब को आदर्श मानकर उनकी भी बेसमझ नकल करनेवाले देश में दिन-ब-दिन बढ़ते जा रहे हैं। इस तथाकथित आधुनिक भारतीय संस्कृति में भारतीय कुछ नहीं बचा है; संस्कृति भी लगभग नहीं बची है; आधुनिक कितना है यह बिलकुल सन्दिग्ध है; लेकिन इसी पर गर्व करनेवालों की संख्या लगातार बढ़ती जा रही है। और ऐसे लोग यत्नपूर्वक अपनी जीवन परिपाटियों के सम्बन्ध में अपनी सारी जानकारी को मिटाने में भी लगे हुए हैं मानो नया संस्कार न मिला तो न सही, पुराना तो मिट ही जाना चाहिए।

पश्चिम में पुराने संस्कारों का मोह बिलकुल नहीं है, लेकिन उसका ज्ञान पूरा है और ज्ञान बनाए रखने की चिन्ता भी पूरी है। यहाँ आप जानना चाहें कि जो लोग पचास वर्ष पहले, सौ वर्ष पहले, दो सौ वर्ष पहले, तीन सौ, चार सौ, पाँच सौ, हजार वर्ष पहले कैसे रहते थे, कैसे उठते-बैठते थे, कैसे खाते-पीते थे, किन उपस्करों का इस्तेमाल करते थे, तो प्रत्येक की पूरी और प्रमाणयुक्त जानकारी आपको मिल जाएगी, किताबी जानकारी, चित्र, मॉडल और खुले संग्रहालयों में संगृहीत झोंपड़ी और गाँव-घर तक। और पुराने नगरों में जाएँ तो हर गली-कूचे, हर मकान, खिड़की-दरवाजे का इतिहास भी मिल जाएगा। सब कुछ बदलता जाएगा, और परम्परा अटूट भी बनी रहती चली जाएगी? क्योंकि विकास भी एक सांस्कृतिक मूल्य है और ऐतिहासिक क्रमबोध भी एक ऐतिहासिक मूल्य है।

मगर यहाँ?

इस प्रश्न को अनुसारित छोड़ देना ही कदाचित् सच्चाई के पूरे विस्तार को सामने ला सकेगा।

सामाजिक शिष्टाचार भी संस्कृति का एक अंग है। निःसन्देह सामाजिक विषमता को कम करते हुए और समता की ओर बढ़ते हुए हम ऐसे बहुत से स्तरभेद छोड़ देंगे जो पहले आत्यन्तिक महत्त्व रखते थे। बन्धुजनों को नमस्कार करने का एक ढंग था, गुरुजनों को नमस्कार करने का दूसरा, ब्राह्मणों को तीसरा और देवता को चौथा; बिलकुल जरूरी नहीं है कि हम इस स्तरभेद का इस आधार पर आज निर्वाह

करें। लेकिन समतावादी समाज में भी छोटे-बड़े का, व्यक्तित्व का और पद का भेद पहचाना जाता है और आचरण को प्रभावित करता है। फिर जो था वह आज वांछनीय न भी हो तो भी उसकी ऐतिहासिक जानकारी न केवल पाप नहीं है बल्कि हमें अपने वर्तमान की पहचान में सहायता करती है। ऐतिहासिक बोध से अलग वर्तमान, वर्तमान भी नहीं रहता, क्योंकि उसके परिदृश्य की पहचान हम खो चुके होते हैं।

फिर और भी सोचिए। हम लोग आपस में तो नमस्ते-नमस्कार कर लेते हैं; लेकिन आपको क्या कभी यह देखकर धक्का लगा है कि गाँव-देहात का अनपढ़ व्यक्ति भी उजले कपड़े पहने किसी शहरी को देखकर 'गुड मॉर्निंग' कहने में गर्व का अनुभव कर रहा है, बल्कि सुबह हो या शाम, दिन हो या रात, वह 'गुड मॉर्निंग' ही कहता है, क्योंकि नमस्कार का एक ही पर्याय उसने सीखा है, और इस एक अधूरी उपलब्धि के अहंकार में वह अपनी पुरानी सारी जानकारी गँवा बैठा है। फिर अगर आपको भारत में पूर्व के देशों की यात्रा का सुयोग मिला है तो क्या आप ने यह भी लक्ष्य किया कि जहाँ स्वदेश में हम अंग्रेजी का विरोध करते हुए भी अंग्रेजी संस्कार के गुलाम बने रहते हुए 'शुभ प्रभात' और 'शुभ रात्रि' जैसे अर्थहीन आविष्कार करते रहे, वहाँ कम्बुजिया अथवा थाईदेश का व्यक्ति अभी तक 'प्रात: स्वस्ति' और 'सायं स्वस्ति' (अपनी उच्चारण में प्राट्सोस्टि और सायोसोस्टि), कहकर अभिवादन करता है? इसी तरह की छोटी-छोटी घटनाएँ जब हमें चौंकाती हैं तो भारतीयता की चेतना जागती है, मानसिक दासता के बहुत से सूक्ष्मतर संस्कार भी हमारे सामने उजागर हो उठते हैं जिनकी ओर हमारा ध्यान पहले नहीं गया था। अनुवादगन्धी भाषा को स्वीकार कर लेना केवल भाषिक स्तर पर दासता नहीं है बल्कि सांस्कृतिक हीनत्व का स्वीकार है, इतना गहरा स्वीकार कि हमें यह भी पहचान नहीं रहती कि हमने अपने साथ क्या कर लिया है, इसकी पहचान भी ऐसे ही झटकों से ताजा होती है।

संस्कृति और सांस्कृतिक चेतना का नारी से और समाज में नारी के स्थान से गहरा सम्बन्ध है, यह कहना मानो एक स्वयंसिद्ध बात को दोहराना है। लेकिन जब स्वयं सिद्ध बातें हमारे विवेक को थपकी देकर सुला देती हैं तब उनकी स्वयंसिद्धता पर भी प्रश्नचिह्न लगाना उपयोगी होता है। भारतीय संस्कृति का अभिमान करनेवाले भी बड़ी आसानी से कह जाएँगे कि "हमारी संस्कृति में तो नारी पूज्य है, यत्र नार्यस्तु पूज्यन्ते" वगैरह। लेकिन जो था या जो स्मृतियों और शास्त्रों में विधीत है, और जो आज प्रत्यक्ष है, उन दोनों के बीच का वैषम्य भी तो देखना होगा। और फिर अपने आप से यह भी तो पूछना होगा कि जितनी बुराइयाँ आज हमें दीखते हैं क्या उन सबकी जिम्मेदारी पश्चिमी सभ्यता पर डालकर हम पल्ला झाड़कर अलग खड़े हो जा सकते हैं, या कि विकृतियों की जड़ कहीं हमारी मानसिकता में और, हाँ हमारी सांस्कृतिक और पारम्परिक मूल्यदृष्टि में भी रही? क्या कारण है कि गली में दो पुरुष लड़ते हैं और तुरन्त हिंसा का लक्ष्य हो जाती हैं एक-दूसरे से सम्बद्ध नारियाँ,

जिनका न उस लड़ाई से कोई वास्ता है, न जो मौके पर उपस्थित ही हैं? क्या हमारे समाज में व्यापक रूप से प्रचलित माँ-बहन की गालियाँ भी नारी-पूजा के सिक्के का दूसरा पहलू नहीं हैं? मन्दिर में भी देवता की खंडित मूर्ति की पूजा नहीं होती। मूर्ति के खंडित हो जाने पर मन्दिर भी उपेक्षित होकर खँडहर हो जाने दिया जाता है। हमारा परिवेश ऐसे खँडहरों से भरा पड़ा है। नारी को देवता बनाकर हमने उसे भी उतना ही असहाय बना रखा है और सदियों से उसके प्रति अन्याय करते आए हैं। उसकी प्रतिमा भी एक बार खंडित अथवा लांछित, चाहे झूठ ही, हो जाने पर न केवल पूज्य नहीं रहती बल्कि मानो गिनती से ही बाहर हो जाती है। फिर उस पर क्या-क्या अत्याचार हुए उससे मानो किसी का कोई सरोकार ही नहीं रहता, उस इकाई को हमने अपने बोध के क्षितिज से परे ठेल दिया है।

भारतीय संस्कृति और उसमें नारी के स्थान पर गर्व करते हुए, और निश्चय ही गर्व करने के भी बहुत से कारण हैं, हमें यह भी पूछना चाहिए कि नारी को पूज्य मानने में और उसे हमेशा माँ-बहन, बहू-बेटी आदि के रूप में देखने में क्या हम वास्तव में उसके स्वतंत्र व्यक्तित्व को नकारने का ही रास्ता नहीं निकालते रहे हैं? हमने कहा कि पूजा और गाली एक ही सिक्के के दो रुख हैं। उसी तरह यह भी सच है कि नारी को हमेशा किसी रिश्ते में देखना जहाँ उसे आत्मीयता का गौरव देना है वहाँ उसके स्वतंत्र व्यक्तित्व का नकार भी है।

संस्कृति की चेतना उत्सवों और मनोरंजनों के प्रति भी एक नई दृष्टि देती है। सिनेमा और कॉमिक ही नहीं, बच्चों के खेल भी संस्कृति में अपना स्थान और प्रभाव रखते हैं, संस्कार देने और पाने के साधन होते हैं और इसलिए सांस्कृतिक प्रभाव के साधन भी बनाए जा सकते हैं। बच्चों के खेलों में ग्रीक भाषा के शब्द पहचानकर भाषाविज्ञानी तो स्फूर्ति का अनुभव कर सकते हैं, लेकिन संस्कृति के समाजशास्त्री को भी चौंकना चाहिए। संस्कृतियों में आदान-प्रदान हमेशा होता रहा है और होता रहेगा, होते रहना भी चाहिए, लेकिन बराबर के आदान-प्रदान एक चीज होते हैं और नकल दूसरी चीज। अगर पंजाब के ठेठ देहात के बच्चे मंडली बाँधकर नाचते हुए खेल का जो गीत गाते हैं उसमें वृत्त के लिए प्राचीन ग्रीक शब्द 'कीकली' मिलता है तो उसका एक मूल्य है। और आज नर्सरी स्कूल के बच्चों को जब सिखाया जाता है, 'भालू चढ़ गया पहाड़ पर' तो उसका मूल्य और अर्थ बिलकुल दूसरा है। इसी प्रकार जब आँखमिचौनी खेलते हुए बच्चे गाते हैं—

लुक-छिप जाना मकई दा दाना
राजे दा बेटा आऽया जेऽऽ।

तो इसमें हम उस सामाजिक स्थिति का प्रतिबिम्ब भी पहचान सकते हैं जिसमें राजे का बेटा राजस्व के रूप में अनाज बटोरने निकलता था, और किसान का वह

पुराना संस्कार भी जिसमें वह मकई का दाना छिपाकर रखना सुरक्षा का एक सहज उपाय समझता था। समाजशास्त्री एक परिणाम निकालेगा कि अनाज को छिपाकर रखने की प्रवृत्ति हमारे किसान में पुराने जमाने से चली आई है; हम एक दूसरा भी परिणाम निकालना चाहेंगे कि बहुत से वर्णगत और वर्गगत संस्कार इसी तरह खेल-खेल में प्राप्त किए जाते हैं और इसलिए खेल-खेल में दिए भी जा सकते हैं। एक-दूसरे खेल में आमों की टोकरी में से एक-एक आम जब राजा के लिए, माली के लिए, चौकीदार के लिए, कोतवाल और सिपाही के लिए निकाल लिया जाता है और अन्त में किसान अगर एक आम बचा भी पाता है तो इसीलिए कि उसका कोई मालिक प्रकट होने से पहले वह उसे ले भागता है, तो यह एक तरफ बीते कल के ग्राम समाज के शोषण पर तीखी टिप्पणी तो है ही, साथ ही यह खेल में आगामी कल की उन परिस्थितियों का गहरा संस्कार बैठा देना भी है, जिसमें खेलनेवाले बच्चे अपने को पाएँगे। वास्तव में इस खेल की मूल स्थिति या आर्किटाइप वही है जो प्रेमचन्द के गोदान में ठाकुर और किसान के बीच प्रकट होती है जब ठाकुर दस रुपये का दस्तावेज लिखाकर किसान को पाँच रुपये देता है। किसान चकराकर पूछता है, "यह तो पाँच हैं मालिक।"

"पाँच नहीं, दस हैं। घर जाकर गिनना।"

"नहीं सरकार, पाँच हैं।"

"एक रुपया नजराने का हुआ कि नहीं?"

"हाँ, सरकार।"

"एक तहरीर का?"

"हाँ, सरकार।"

"एक कागद का?"

"हाँ, सरकार।"

"एक दस्तूरी का?"

"हाँ, सरकार।"

"एक सूद का?"

"हाँ, सरकार।"

"पाँच नकद, दस हुआ कि नहीं?"

"हाँ, सरकार। अब पाँचों भी मेरी ओर से रख लीजिए।"

"कैसा पागल है?"

"नहीं सरकार, एक रुपया छोटी ठकुराइन का नजराना है, एक रुपया बड़ी ठकुराइन का। एक रुपया छोटी ठकुराइन के पान खाने को, एक बड़ी ठकुराइन के पान खाने को। बाकी बचा एक, वह आपकी क्रिया-करम के लिए।"

हम नहीं जानते, प्रेमचन्द बच्चों के उस खेल से परिचित थे; लेकिन उपन्यास में आर्किटाइपल सिचुएशन वही है; और अगर उन्होंने उसे किसान की ओर से परिस्थिति

के स्वीकार का आधार न बनाकर तीखे व्यंग्य का आधार बनाया है, तो उस व्यंग्य को भी इस बात से अतिरिक्त बल मिला है कि किसान युगों-युगों से शोषण के इस रिश्ते से परिचित रहा है और खेल में भी उसे अपनी नियति के रूप में स्वीकार करता आया है। और क्या आज भी स्थिति बहुत भिन्न है? किसान ही नहीं, कहीं से कुछ भी उपार्जन करनेवाला राह में कितनी जगह लुटता है, कितने गिद्धों के लिए उसे गुंजाइश रखनी पड़ती है, आज किसी भी सरकारी दफ्तर से वास्ता रखनेवाला हर व्यक्ति अपने अनुभव से जानता होगा।

संस्कृति और श्रम के रिश्ते भी चेतना के क्षेत्र में आने चाहिए। अलग-अलग संस्कृतियों में श्रम के बारे में अलग-अलग धारणाएँ रही हैं और उन धारणाओं को सम्पूर्णतया आर्थिक सम्बन्ध का परिणाम बताना वास्तव में सांस्कृतिक प्रक्रिया को अधूरा समझकर उसे विकृत करना है। निःसन्देह संस्कृतियों के विकास का और उस पर आधारित श्रम सम्बन्धों के परिवर्तन का अद्धितीय महत्त्व का रहा है। लेकिन श्रम के मूल्य के विषय में संस्कृतियों की दृष्टि केवल इतने ही से नियंत्रित नहीं होती, यह पहचानना जरूरी है, आज के युग में तो और भी जरूरी है जब यांत्रिक औद्योगिकी के विकास के साथ जगह-जगह ऐसा मनोभाव भी पनपने लगा है कि श्रम मात्र एक बोझ और एक लाचारी है। समाजशास्त्री भी अपने विशेषकृत ज्ञान से बँधकर इस बात को भूलने लगे हैं कि श्रम केवल लाचारी नहीं है बल्कि एक उत्कृष्ट कोटि का सुख भी है और होना चाहिए; कि जो सभ्यता श्रम मात्र को एक निरा बोझ, एक अनिवार्यता बना देती है अथवा मान लेती है, एक ऐसा काम जो करना ही है, जिसमें रस लेने का कोई सवाल नहीं है, जिससे कोई आत्मतोष नहीं हो सकता इसलिए जिसके साथ अच्छाई और बुराई का, अच्छे काम के गर्व का और घटिया काम के लिए कम मेहनताने का नहीं बल्कि एक आत्मभर्त्सना का भाव होने की कोई सम्भावना नहीं है, वह सभ्यता आत्मघात के रास्ते पर है। कदाचित् आज हम अलग-अलग डगरों-पगडंडियों से आत्मघात के इसी राजमार्ग पर आ गए हैं। गांधी अथवा शूमाखर जैसे इने-गिने व्यक्ति इस बात की ओर ध्यान दिलाकर संस्कृति की हमारी चेतना को जगाने का प्रयत्न करते रहे हैं। यों तो हम भी अंग्रेजी के पुराने आदर्श वाक्य वर्क इज वरशिप के मुकाबले शास्त्रों से बहुत से प्रमाण वाक्य प्रस्तुत कर सकेंगे। जिनमें श्रम को, यज्ञ को महत्त्व दिया गया है। लेकिन, जैसा हम पहले भी कह आए, सांस्कृतिक चेतना केवल शास्त्र के प्रमाण से सिद्ध नहीं हो जाती : ऐतिहासिक साक्ष्य अथवा परम्परा उसका एक आधार मात्र है। चेतना तो चैतन्य होकर ही हो सकती है।

एक अन्तिम मूल्य की ओर ध्यान दिलाना उचित होगा। वह मूल्य है स्वातंत्र्य। दर्शनशास्त्रियों में ऐसे अनेक होंगे जो कहेंगे कि यह मूल्य पश्चिमी सभ्यता का है; कि भारतीय सभ्यता में धर्म को और उसके अधीन विश्व मात्रा से तादात्म्य और सामंजस्य को जो महत्त्व दिया गया है, पश्चिमी संस्कृति में उसी के समकक्ष स्वातंत्र्य

का मूल्य रखा गया है; कि उसके अधीन व्यक्ति के अकेलेपन, उसके उत्तरदायित्व, नैतिक निर्णयों की आवश्यकता और इसलिए भूल होने पर पापबोध का संकट, ये सब पश्चिम के हैं। अवश्य ही सभ्यताओं और संस्कृतियों की तुलना और उनकी मूल दृष्टियों के विवेचन के लिए इस प्रतिज्ञा से भी आरम्भ किया जा सकता है और ऐसा विवेचन विभिन्न संस्कृतियों की विशेषता को उजागर करने में सहायक होगा। और अगर हम अपनी संस्कृति के अलावा दूसरी संस्कृतियों के मूल्यों को भी पहचान और समझ सकते हैं तो हमारे संवेदन का विस्तार बढ़ता है, हम अधिक संस्कारवान होने की अर्हता प्राप्त करते हैं और इसलिए अपनी संस्कृति को सम्पन्नतर बना सकने की स्थिति में आ जाते हैं। लेकिन 'मैं' और 'हम' के व्यष्टि और समष्टि के इस सापेक्ष महत्त्व की ओर संकेत कर देने के बाद हम यह आवश्यक नहीं समझते कि दोनों को विरोध के ही सम्बन्ध में जोड़कर रखा जाए। 'अकेले होने' और 'साथ चलने' की व्यापक परिकल्पनाओं ने विभिन्न संस्कृतियों को जो कुछ दिया है उसे अगर हम पहचान सकते हैं तो हम टकराहट की स्थिति से ऊपर भी उठ सकते हैं। और यह 'ऊपर उठ सकना' ही सारे सांस्कृतिक उपक्रम के मूल में होता है।

उपसंहार करते हुए कहें कि संस्कृति का अनिवार्य सम्बन्ध मूल्यदृष्टि से होता है और अगर हममें संस्कृति की चेतना है अथवा जागती है तो उसका अर्थ केवल इतना नहीं है कि हम परम्परा से चले आए मूल्यों को पहचान लें और स्वीकार कर लें। चेतना केवल स्वीकार भाव नहीं है। मूल्यदृष्टि की चेतना मूल्यों की अर्थवत्ता की अनवरत खोज की प्रक्रिया है। अर्थवत्ता की यह खोज मूल्यों की प्रत्यभिज्ञा तक ही सीमित नहीं रह सकती बल्कि उनका पुनर्मूल्यांकन और प्रमाणीकरण भी करती चलती है और वैसा करना अपना अनिवार्य कर्तव्य मानती है। दूसरे शब्दों में कहें कि कोई भी चेतना-सम्पन्न संस्कृति (वास्तव में तो चेतना-सम्पन्न न रहने पर उसे संस्कृति कहना ही नहीं चाहिए, लेकिन संस्कृति की जड़ अवस्थाओं को भी संस्कृति समझने की भूल में पड़ जाना बहुत कठिन नहीं है।), कोई भी चेतना-सम्पन्न संस्कृति एक जिज्ञासु भाव अथवा प्रश्नाकुलता लिये रहती है। और प्रश्न पूछने का यह सामर्थ्य, इस आकुलता की मात्रा, उसकी जीवन्तता, उसके चैतन्य की माप हो सकती है। संस्कृति का विचार हम करें तो इस दृष्टि से अतीत परम्परा का मूल्य आँकें, इसी दृष्टि से भविष्य का पथ निर्धारण करें। तभी हम अपने वर्तमान को भी पहचान सकते हैं। बोधरहित वर्तमान भी है अवश्य, बाहर भौतिक जगत् में बहुत घटित हो रहा है, जिसे वर्तमान ही कहेंगे क्योंकि वह है : लेकिन 'वर्तमान' शब्द में ही बदलाव की पहचान का भी भाव निहित है। उस बदलाव के साथ हमारा सम्बन्ध क्या हो, कैसे हम केवल उसके साधन न बनकर उसे प्रभावित भी कर सकें, नियन्ता होकर उसे दिशा दे सकें, यह जानना ही संस्कृति की चेतना है।[1]

1. शाह गोवर्द्धन काबरा स्मृति व्याख्यान, जोधपुर, अगस्त, 1980

भारतीय संस्कृति और विश्व संस्कृति

आधुनिक भारत में रहते हुए भारतीय संस्कृति के प्रति नितान्त उदासीन होकर भी रहा जा सकता है, यह मैं अपने आसपास के जीवन के पर्यवेक्षण से अच्छी तरह समझ चुका हूँ। मुझे स्वयं इस उदासीनता की सुविधा नहीं मिली, इसे मैं अपना सौभाग्य ही मानता हूँ। पैतृक दाय के कारण और प्रारम्भिक जीवन के उस संयोग के कारण जो मुझे देश के विभिन्न सांस्कृतिक क्षेत्रों और प्रदेशों में घुमाता रहा संस्कृति मात्रा के और उसके उस विशिष्ट रूप के प्रति जिसे भारतीय कहा जा सके, मेरे मन में निरन्तर एक सजग जिज्ञासा और अध्ययनशीलता बनी रही। मैं जानता हूँ कि इसने एक सीमा तक मुझे अपने आधुनिक परिवेश में जीने के लिए कम योग्य भी बनाया, परिवेश के सन्दर्भ में मेरी कठिनाइयों को बढ़ाया, लेकिन इस चुनौती से कम-से-कम अभी तक मैं परास्त या हतोत्साह नहीं हुआ हूँ।

देश की या संसार की प्राचीन संस्कृति के अध्ययन का महत्त्व कम है, ऐसा मैं नहीं कहूँगा। लेकिन अध्ययन की कोटियाँ होती हैं। साधारण जन के लिए प्राचीन संस्कृतियों के अध्ययन का महत्त्व एक आधुनिक सन्दर्भ में ही होता है, अपनी संस्कृति के आधुनिक रूप को किसी अर्थपूर्ण सन्दर्भ में रखकर उसकी परिधि के अन्दर अपने जीवन को अधिक-से-अधिक सम्पन्न बनाने के लिए और उसके द्वारा फिर उस आधुनिक संस्कृति को सम्पन्नतर बनाने के लिए उसकी मुख्य धारा में अपने अनुभव का छोटा निर्झर मिला देने के लिए।

पिछले सौ वर्षों में भारतीय संस्कृति की, भारतीयता की, बहुत चर्चा हुई। भारत के स्वाधीन हो जाने पर कुछ वर्षों तक वह चर्चा और भी जोरों से हुई। ये दोनों बातें स्वाभाविक थीं : एक समर्थ और प्रबल गतिमान विदेशी सभ्यता के टकराहट में यह प्रश्न उठाना स्वाभाविक था कि भारतीय संस्कृति क्या है, उसमें क्या मूल्यवान् और स्पृहणीय है, किन मूल्यों में उसका सामर्थ्य निहित है और कौन-सी प्रवृत्तियाँ उसे वह बल और वह गतिशीलता दे सकती हैं जिसकी उसे पश्चिमी संस्कृति का मुकाबला करने के लिए आवश्यकता होगी? उसी प्रकार स्वाधीन भारत की सही रूप में परिकल्पना के लिए आवश्यक था कि एक स्वायत्त भारतीय संस्कृति का रूप भी हमारे सामने हो।

लेकिन यहाँ से आगे न केवल चित्र धुँधला हो जाता है बल्कि प्रश्न भी धूमिल होने लगते हैं। ऐसा क्यों हुआ कि जहाँ एक ओर वह प्रश्न प्रतिदिन तीखे से तीखा होता गया कि राजनीति के सन्दर्भ में स्वाधीन भारत की राष्ट्रीयता, स्वाधीन भारतीयता क्या है, वहाँ दूसरी ओर इस समान्तर महत्त्व के प्रति लोग उदासीन हो गए कि सांस्कृतिक सन्दर्भ में स्वाधीन भारतीयता क्या है? यह तो अनिवार्य ऐतिहासिक क्रिया है कि राजनीतिक, आर्थिक अथवा तकनीकी दृष्टि से समृद्धतर और प्रबलतर संस्कृति का प्रभाव दूसरे ग्रहण करते चलें अच्छा प्रभाव भी और बुरा प्रभाव भी लेकिन यह क्या कम स्वाभाविक है कि एक विकासमान नवस्वतंत्र देश के नाते भारतीय संस्कृति के शील की, सांस्कृतिक भारतीयता की पहचान का प्रबल आग्रह हममें हो? क्षेत्रफल की दृष्टि से भारत से छोटे, या सांस्कृतिक विकास की दृष्टि से भारत की अपेक्षा कम प्रौढ़ देशों में भी हम यह प्रवृत्ति देख सकते हैं; और ऐसा भी नहीं है कि सर्वत्र इस प्रवृत्ति का स्वर सांस्कृतिक संकीर्णता या प्रतिक्रियावाद का ही स्वर हो (बल्कि वैसी दुराग्रहभरी पश्चिमुखता और युयुत्सु संकीर्णता शांविनिज्म—तो भारत में भी काफी क्रियाशील है।)

मेरी समझ में इस विषम स्थिति का एक कारण यह है कि पिछले बीस वर्षों में हमारी एक क्षतिपूरक महत्त्वाकांक्षा ने हमें विश्व संस्कृति की एक मरीचिका का शिकार हो जाने दिया है। कदाचित् यह विश्व राजनीति के मंच का प्रमुख अभिनेता होने की महत्त्वाकांक्षा का ही सांस्कृतिक पहलू रहा। यह नहीं है कि एक विश्व संस्कृति, विश्व मानव अथवा विश्व नागरिक का आदर्श इस देश की परम्परा में नहीं रहा। लेकिन वह आदर्श तभी एक प्राणवान और प्रेरणा देनेवाला रहा जब तक कि उसका आधार एक समृद्ध और समर्थ सार्वदेशिक संस्कृति और एक आत्मविश्वास भरी देशव्यापी सांस्कृतिक भावना रही। वैदिक काल का सामाजिक जब कृण्वन्तो विश्वमार्यम् की बात सोचता था तब स्वयं अपने आर्यत्व में उसकी आस्था थी और उस पर वह गर्व भी करता था। मध्यकाल के वैष्णव भी जब कहते थे कि "सबके ऊपर मनुष्य है, उससे ऊपर कुछ नहीं"[1] अथवा 'जो भी हो मेरा पड़ोसी है, जहाँ भी हो मेरा देश है"[2] तब उनकी विश्व मानवता या विश्व नागरिकता को पुष्ट करनेवाली एक देशव्यापी वैष्णव अथवा भक्त समाज की परिकल्पना थी। लेकिन आज का तमिल, तिरुवल्लुवर की दुहाई देता हुआ सारे संसार के लोगों को अपना पड़ोसी और देशों को अपना घर मानने को तैयार है लेकिन हिन्दीभाषी को और भारतवर्ष को छोड़कर। और ऐसी ही संकीर्ण दृष्टि आज के साम्प्रदायिक वैष्णव, वैष्णव ही क्यों, साम्प्रदायिक हिन्दू मात्र की है। पुरी के शंकराचार्य के एकाधिक वक्तव्य ऐसे ही संकीर्ण चिन्तन के अच्छे समकालीन उदाहरण हैं। एक 'जगद्गुरु' से जिस उदार

1. चंडीदास,
2. तिरुवल्लुवर

व्यापक मानवीय दृष्टि की अपेक्षा हम करते (और इसमें तथा धर्मदृष्टि में कोई विरोध नहीं, कम-से-कम धर्म की भारतीय परिकल्पना के सन्दर्भ में) वह तो दूर की बात, इतिहास और धर्मदर्शन की दृष्टि से इतनी पोच दलीलें कोई विद्वान दे सकता है, इसकी कल्पना करना भी कठिन होता।

विश्व संस्कृति की आरती उतारकर मानो संस्कारी भारतीय होने के दायित्व से हम छुट्टी पा जाते हैं; न केवल अपने कुएँ के मेढक बने रहने के लिए आधार पा लेते हैं बल्कि और सब ताल, पोखर, नदियों से घृणा का भी समर्थन हमें मिल जाता है। ठीक वैसे ही, जैसे अपनी राजनीति में विश्व नागरिकता की आरती गाकर हम भारतीय नागरिकता की जिम्मेदारी से मुँह चुरा लेते हैं और तन्मय होकर जात-पाँत, दल-बदल और बेच-खरीद की प्रादेशिक, आंचलिक या निरी गँवई राजनीति में आकंठ डूबे रहते हैं।

"यथार्थ और आदर्श के बीच आ पड़ती है तेरी छाया"[1] कवि ने यह किसी दूसरे सन्दर्भ में कहा था; लेकिन हमारे आज के यथार्थ में यह बीच में आ पड़नेवाली छाया ही हमारा आदर्श है, या हो सकता है। यथार्थ है आंचलिक और प्रादेशिक संस्कृति, यथार्थ है प्रादेशिक, आंचलिक और मांडलिक राजनीति। आदर्श है विश्व संस्कृति; विश्व राजनीति और विश्व नागरिकता और बीच में विधाता की छाया भारतीय संस्कृति और भारतीय नागरिकता जो असल सच्चाई और असल ललकार है। जब तक इस यथार्थ, इस आदर्श, इस चुनौती की सही पहचान और इसका सम्यक् स्वीकार हममें नहीं है, तब तक हम एक आत्मप्रवंचना के कुहासे में ही जी रहे हैं और जीते रहेंगे। आत्मनिर्भर होने से पहले समृद्ध होने चलने की भूल का अर्थ है और परावलम्बित गरीबी; उसी तरह सच्चे अर्थ में राष्ट्र होने से पहले 'वर्ल्ड पावर' होने चलने के मोह का परिणाम है देश विघटनकारी राजनीति। इसी तरह भारतीय संस्कृति होने से पहले विश्व संस्कृति की पिनक का एक ही परिणाम हो सकता है; वह परिणाम जो आज हम देश में जगह-जगह देख रहे हैं।

विश्वव्यापी सहयोग और सांस्कृतिक सम्पर्क की यह एक जीवित समस्या है। विश्व के स्तर पर सांस्कृतिक सहयोग या तो व्यक्ति करता है यानी व्यक्ति के विचार ही सम्पर्क का आधार होते हैं, वह सम्पर्क चाहे व्यक्ति और दूसरे व्यक्तियों के बीच हो, चाहे व्यक्ति और समाजों-संस्कृतियों के बीच या फिर संस्थागत सम्पर्क राष्ट्रों और राष्ट्रों के बीच हो सकता है। ऐसे सम्पर्क का सरकारों के बीच होना जरूरी नहीं है। लेकिन गैरसरकारी संस्थाएँ भी यह काम तभी सम्पन्न कर सकती हैं अगर जिस संस्कृति की ओर से या जिस संस्कृति के साथ सम्पर्क वे करना चाहें उसका एक देशव्यापी रूप उनके सम्मुख हो।[2]

---

1. टी. एस. इलियट : बिटवीन द रिएलिटी एंड द आइडिया फॉल्स दाई शैडो,

2. सन् 1966 की वार्षिक स्मारिका के लिए लिखित।

✪✪✪